1930년대 현대시의
아이와 유년기의 상상력

양소영

1930년대 현대시의 아이와 유년기의 상상력

인쇄 · 2015년 5월 8일 | 발행 · 2015년 5월 15일

지은이 · 양소영
펴낸이 · 한봉숙
펴낸곳 · 푸른사상
주간 · 맹문재 | 편집 · 지순이, 김선도 | 교정 · 김수란

등록 · 1999년 7월 8일 제2-2876호
주소 · 서울시 중구 충무로 29(초동) 아시아미디어타워 502호
대표전화 · 02) 2268-8706(7) | 팩시밀리 · 02) 2268-8708
이메일 · prun21c@hanmail.net / prunsasang@naver.com
홈페이지 · http://www.prun21c.com

ISBN 979-11-308-0407-1 93810

값 21,000원

The imagination of child and childhood in modern poem in the 1930s

현대문학
연구총서

38

1930년대 현대시의
아이와 유년기의 상상력

양소영

푸른사상
PRUNSASANG

국립중앙도서관 출판예정도서목록(CIP)

1930년대 현대시의 아이와 유년기의 상상력 / 지은이: 양소영.
-- 서울 : 푸른사상, 2015
    p. ;   cm. -- (현대문학 연구총서 ; 38)

참고문헌과 색인수록
ISBN 979-11-308-0407-1 93810 :   21000

아동(어린이)[兒童]
시 평론[詩評論]
한국 시[韓國詩]

811.6109-KDC6
895.71309-DDC23   CIP2015012880

책머리에

　1930년대 당대 최고의 시인들은 '아이'를 작품의 소재로 많이 다루었다. 어떤 면에서 그들은 아이들을 통해 당시 식민지 근대 현실을 극복하고자 하였다. 이런 점에서 이들 작품에 나타난 '아이'를 분석하는 것은 그들의 사유를 이해하는 길이기도 하다. 이 책은 1930년대 시인들 가운데 정지용, 백석, 이상을 중심으로 그들의 작품 속에 나타난 '아이'의 의미를 살펴본 것이다. '아이'의 이미지가 1930년대 다른 시인들에게도 나타나기는 하지만, 특히 이들 세 시인에게는 서로 다르면서 또한 공통된 부분이 있고, 이런 점은 '아이'를 통해서 더 잘 드러난다.

　이 책의 1장은 1930년대 시 작품을 왜 아이의 관점으로 바라보는지, 그리고 1930년대 시인들에게 아이는 어떤 대상인지를 설명했다. 1930년대 경성은 식민지라는 현실과 자본주의 물결 속에서 존재하고 있었다. 이런 점은 도시에 살고 있는 시인들에게 긍정적인 면과 부정적인 면을 주지만, 특히 그들에게 부정적인 부분, 내면의 갈등을 점차 키워나가게 했다. 그리고 그들은 이런 도시가 주는 혼란스러움을 극복하고자 했고, 그것은 '아이'라는 소재의 시 쓰기를 통해 가능했다. 그들에게 아이라는 소재는 아이의 순수함과 천진함으로 통합적 감각, 무정형인 코라의 정신세계, 샤머니즘 세계로까지 확장되며 자아와 세계를 허물어버린다.

이 책의 2장에서는 정지용의 동시와 동시 계열의 시들을 분석하면서 아이의 의미를 살펴보았다. 특히, 정지용의 동시에는 불안감이 나타나는데, 이런 불안감은 부정적인 면이 아니라 오히려 사물을 다양하게 느낄 수 있는 열린 감각으로서, 이런 감각은 아이들이 느끼는 감각이기도 하다. 이는 바슐라르의 역동적 상상력과 관련되며, 게다가 바슐라르의 역동적 상상력은 여러 질료와 연결시켜볼 수 있는데, 그중에서 공기는 가장 자유로운 성질을 가지고 있다. 확장해서 생각해보면 공기의 기본 성질과 원초적 감각을 지닌 아이의 본질은 서로 관련되며, 이런 점은 무한한 상상력을 만든다.

이 책의 3장에서는 이상 문학을 중심으로 아이의 의미를 살펴보았다. 이상 시나 소설에서는 아이 이미지와 상징들이 소재로 등장한다. 대표적으로 시 「시제1호」에는 어딘가로 질주하는 아이들이 등장하고, 소설 「날개」의 주인공은 성인이긴 하지만, 어린아이의 의식에 사로잡혀 있다. 특히, 「날개」의 주인공은 점차 의식이 백지 같은 상태에 놓이며, 그는 놀이를 통해 쾌락을 얻는다. 이런 점은 그의 시에서 해학적인 면으로 나아가게 되는데, 이는 기존의 질서를 넘어서는 아이의 시선으로 현실에 대해 냉소한다는 의미이다. 여기서 확장해서 생각해보면, 이런 아이의 본질은 무정형인 코라의 상태와 연결시킬 수 있다. 이 상태에서는 여러 충돌들이 나타나며 이는 이상 시에서 기존 문법을 넘어서는 경우에 해당된다. 이런 점은 아이들의 원초성과 연결된다.

이 책의 4장에서는 백석 시에 나타난 아이의 의미를 살펴보았다. 백석 시에 나타난 마을은 신비스럽고 성스러운 공간이다. 이런 공간에 존재하는 아이들은 순수성과 원초성을 지녔기에 자연과 하나가 되기 쉽다. 이런 점은 샤머니즘 세계와 상통한다. 샤머니즘의 특징 중에 접신이 있다. 이는 자연과 인간이 하나가 되는 경우를 의미한다. 이는 백석 시에서 사물과 친구가 되거나 사물을 살아 있는 듯 표현하는 부분과 연결된다. 또한 아이들의 세계는 초월성을 지닌다. 이는 카오스적인 상태를 의미한다. "태반"(「북방에서」)이라는 표현은 절대적인 시초로 돌아가는 것으로, 카오스적인 상태이다. 이는 샤머니즘의 세계이며, 모든 것의 경계를 초월하는 아이의 순수성과도 상통한다.

이 책은 나의 박사학위 논문을 기반으로 만든 것이다. '아이'의 이미지로 1930년대 현대시 전반을 살펴보지 못한 점이 아쉽다. 문학 연구를 할 수 있게 도와주시고 항상 격려해주신 선생님들, 오세영 교수님, 신범순 교수님, 허남춘 교수님, 김동윤 교수님, 남기혁 교수님, 곽명숙 교수님께 감사의 말씀을 드린다. 그리고 이 책을 출간해주신 푸른사상사의 한봉숙 사장님과 편집부 직원들에게도 고마움을 전한다.

2015년 봄
양소영

차례

제1장

1930년대 시와 원초성과
순수성을 지닌 '아이'

1. 1930년대 시에 나타난 '아이'의 문제 제기

1930년대의 문학작품에는 '아이'의 표상과 아이 같은 속성이 많이 등장하고 있다. 특히 이상의 경우, 그의 대표작인 「詩第一號」에서 '13인의 아해'라는 언급과 함께 여러 시와 소설에 아이의 표상들을 등장시키고 있다. 또한 백석, 정지용도 마찬가지로 여러 시 속에서도 이 '아이'는 예외 없이 계속 나타나고 있다.[1] 이러한 사정에도 불구하고 이 아이들은 기존의 논의에서 주목을 받지 못했다. 단지 '아이'에 대한 연구는 주로 아동문

---

1 1930년대에 등단한 시인들은 '아이'를 소재로 시를 창작하곤 했다. 당대 최고인 시인 이상, 정지용, 백석뿐만 아니라 윤동주, 신석정, 김기림도 '아이'를 소재로 많은 작품을 창작했다. 우선 윤동주는 동시 및 여러 시편에서 아이들의 이미지를 나타냈다. 정지용과 윤동주가 초기 시작을 동시부터 시작했고, 이후에도 어린이 잡지에 동시를 발표했다는 점은 그들의 시 세계에 동화적인 상상력이 차지하는 비중이 높다는 것을 알 수 있다. 신석정도 초기 작품에 유년 화자를 내웠다. 특히 신석정은 여러 작품에서 유년의 동경을 잘 드러냈으며, 그는 이런 유년의 동경을 원초적 인간의 지닌 본성과 연결시키려 했다. 마지막으로 김기림은 그의 시와 수필에서 '아이'를 소재로 작품을 창작했고, 이 '아이'를 매개로 근대성을 비판하기도 했다.

학자에 의해 아동문학에 범주에서만 활발한 연구가 진행되었다.[2] 그리고 현대시에 나타난 '아이'는 주로 단편적인 연구로만 진행되었다.

최근 1930년대의 문학을 '아이'의 문제로 분석하려는 일련의 시도들이 있었다. 이런 점은 근대라는 거시적인 틀 안에서 혹은 근대적인 사유 밖에서 1930년대 문학을 설명하고 있다. 신범순은 '아이'의 의미를 이상 문학과 연결시켜 우주적으로 해석[3]했는데, 이 연구는 독특한 시각을 보여준다. 그에 의하면 '아이'는 '세계와 사물, 우주에 대한 다차원적 인식으로서의 순수한 열림'[4]을 의미하며 그렇게 함으로써 '모든 것들과 생명력을 주고받을 수 있다'[5]고 언급한다. 이런 점은 이상의 문학이 근대문학의 보편적인 범위에서 벗어나 있음을 의미하는 것이다. 신범순의 논의와 같은 맥락에서 김정수는 이상과 백석을 분석하며 1930년대 '아이'가 근대적 인식 바깥에서 사유되는 것으로 보았다.[6] 그는 정신-육체, 혹은 주체-객체의 근대적 이분법적 사고를 이상과 백석의 아이를 통해 뛰어넘고자 시도했다. 이는 도구화된 이성을 비판하며 근대성을 뛰어넘는 사유를 제공했다. 하지만 어떤 규정없이 아이와 근대 초극을 연결시켜 아쉬움을 남긴다.

---

2   이재철, 「한국 현대 아동문학사 연구」, 단국대학교 박사학위 논문, 1978; 김화선, 「한국 근대 아동문학의 형성과정 연구」, 충남대학교 박사학위 논문, 2002; 이원수, 「아동문학의 결산」, 『월간문학』, 1968. 11; 원종찬, 『아동문학과 비평정신』, 창작과비평사, 2001; 박춘식, 『아동문학의 이론과 실제』, 학문사, 1987; 이상현, 『아동문학강의』, 일지사, 1987; 정선혜, 『한국 아동문학을 위한 탐색』, 청동거울, 2000.

3   신범순, 「이상의 개벽사상」, 『한국시학회 제24차 전국학술발표대회』, 2009.

4   위의 글, 76쪽.

5   위의 글, 76쪽.

6   김정수, 「이상과 백석 문학에 나타난 아동 미학 연구」, 울산대학교 박사학위 논문, 2010.

다음으로 1930년대 나타난 '아이'가 근대라는 거시적인 틀 안에서 논의될 수 있다고 본 연구가 있다. 차원현의 논문은 '아이'를 30년대 모더니즘의 기법상의 특징과 연결시켜 논의를 전개시켰다. 그는 모더니즘의 문학이 성숙을 향한 열망이 존재한다고 보고, 모더니즘 문학을 '유아기적 감수성'과 연결시켜 새로운 주체를 정립시켰다.[7] 결국, 그가 주장하는 '아이'라는 것은 미성숙에서 성숙을 향해 가는, 미정형에서 정형으로 가는 모더니즘의 주체 형성의 과정인 것이다. 하지만 이는 '아이'의 어떤 고유한 속성을 배제하고 무리하게 '아이'와 모더니즘의 문학을 연결시켰다. 그 결과 모더니즘 주체 형성이라는 주제 전달이 더욱 모호해져버렸고, 작품의 풍부한 해석에 한계점을 남겼다.

정리하자면, 기존의 연구자들은 '아이'를 매개로 근대적인 관점에서 혹은 근대 초극의 관점에서 1930년대 문학을 살펴보았다. 하지만 이러한 관점에서 1930년대 문학을 깊이 사유할 수 있는 것은 사실이나, 이러한 관점에서 벗어나 작품을 살펴보면 좀 더 다양한 의미를 찾을 수 있을 것이다. 물론, 한국 문학사에서 1930년대는 근대적인 문화 현상뿐만 아니라 고전 문학과 근대 문학 등 다양한 문학 양식들이 공존한 시대였다. 특히 1930년대 문학은 리얼리즘[8]과 모더니즘[9]으로 문단이 나뉜다. 결국, 그

---

7 차원현, 「1930년대 모더니즘 소설에 나타난 미적 주체의 양상에 관한 연구」, 서울대학교 박사학위 논문, 2001.

8 주지하는 바와 같이 1930년대는 일본 군국주의 확대와 함께 만주사변에서부터 태평양 전쟁에 이르기까지 급격한 전란의 상황으로 이어졌다. 일본이 전쟁을 위해 경제적 수탈과 강제적인 인적 동원을 함으로써, 한국 사회는 전반에 걸쳐 암울한 분위기에서 벗어나기 어려웠다. 특히, 일본의 강압적인 사상 탄압으로, 문화, 예술의 영역에서조차 민족이니 계급이니 하는 집단적인 주체와 이념에 대한 논의가 용납되지 않았다(권영민, 『한국현대문학사』 1, 민음사, 2002, 547쪽). 이렇게 볼 때, 1930년대는 또한 문학자들에게 정치적으로 가장 긴박한 상황에 직면했던 시기라고 평가될 만하다. 이와 같이 1930년대 문

동안 1930년대의 문학의 연구는 리얼리즘과 모더니즘으로 문단을 양분하여 살펴보았다. 게다가, 1930년대 문학을 '아이'를 매개로 근대적인 관점에서 혹은 근대 초극의 관점에서 살펴보는 것도 이원화된 틀에서 살펴보는 방식에 불과하며, 이런 점은 해석의 다양성에 한계를 낳는다. 그러므로 이원적인 관점에서 벗어나 다양한 관점에서 1930년대 문학을 살펴보면 풍요로운 의미를 찾을 수 있을 것이다.

이 책이 살펴보고자 하는 '아이'라는 개념은 순수한 마음으로 근대적인 관점과 근대 초극의 관점, 자아와 세계 등의 이분법들을 전부 아우를 수 있는, '아이'라는 이미지, 혹은 '아이'라는 상징을 통해 드러나는 미의

학에 나타난 정치성을 검토하며 1930년대 문학에 나타난 '윤리'의 문제를 '불가능한 상황에 직면한 주체의 행위'라는 관점에서 파악한 논문이 있다. 조연정은 1930년대 문학에 나타난 윤리의 지형도를 그려내기 위해 1930년대의 시대적 상황과 관련하여 '숭고'라는 키워드로 30년대를 살펴보았다(조연정, 「1930년대 문학에 나타난 숭고에 관한 연구」, 서울대학교 박사학위 논문, 2008. 9쪽). 그러나 이 논문은 개별 작가의 작품에 대한 일관되고 깊이 있는 해명에 이르지 못하고 작품을 정치적 상황과 비교하는 점만 부각시켜서 30년대의 미적 지형도를 새롭게 그리지 못했다. 또한 1930년대 문학에 나타난 윤리와 관련된 연구로 '동정'이라는 도덕 감정으로 1930년대 문학을 연구한 논문이 있다. 손유경은 1910년대 후반부터 1930년대 초반의 지식인 담론과 소설 영역에 나타난 다양한 이념적 미학적 특질들이 '동정'이라는 지배적 심성을 중심으로 분기한 양상을 고찰했다(손유경, 「한국 근대 소설에 나타난 '동정'의 윤리와 미학에 관한 연구」, 서울대학교 박사학위 논문, 2006). 물론 이 논문에서 1930년대 식민지 시기의 지배적 심성을 동정으로 살펴보는 것은 독특한 시각이나, 동정 담론의 형성과 전개 과정에 대한 고찰을 토대로 포괄적인 작품 분석이 부족하였다.

9 1930년대를 미적 근대성으로 보는 연구로는 전봉관의 논문과 차원현의 논문을 들 수 있다. 전봉관의 논문은 도시적 서정시에서 미학적 특성을 밝혀내었다(전봉관, 「1930년대 한국 도시적 서정시의 연구」, 서울대학교 박사학위 논문, 2003). 그리고 차원현은 30년대 문학을 주체의 문제와 관련해서 살펴보았다. 특히, 그는 '유아기적 감수성'을 통해 모더니즘 문학의 주체의 문제와 연결시키며 미학적 범주에서 살펴보았다(차원현, 「1930년대 모더니즘 소설에 나타난 미적 주체의 양상에 관한 연구」, 서울대학교 박사학위, 2001). 1930년대 모더니즘을 '아이'의 관점에서 살펴본 차원현의 글은 이 글에 일정한 시사점을 준다.

식이다. 이런 미의식은 '아이'의 통합적 감각으로, 원시주의적 정신으로, 샤머니즘 세계로까지 확장되어 나타날 수 있다.

1930년대 자본주의 경제는 경성의 생활 구조뿐만 아니라 새로운 인간을 만들어냈다.[10] 이런 경성은 사람들에게 긍정과 부정을 동시에 안겨다 주었다.[11] 김기림은 근대화된 경성의 거리에서 다음과 같은 혼란을 체험했다. "나는 안국동 네거리에서 바람이 쏴오고 쏴가는 길을 오락가락만 했다."[12]며 김기림은 도시의 혼란에 빠졌다. 즉, 그에게 '경성'이라는 공간은 새로운 공간인 동시에 가치관의 혼란을 주는 대상이기도 하며, 또한 김기림은 안국동 네거리와 광화문통의 번잡한 교통량 속에서 헤매는 어느 시골 늙은이의 모습을 통해 대도시 거리에 적응하지 못하는 자신의 처지를 보기도 한다.[13] 이런 점은 도시의 거리의 혼란스러움과 복잡함

---

10 거리에 자동차와 인파가 밀려나가고 네온사인이 번쩍거리는 쇼윈도를 기웃거리는 남녀들은 서양 패션 잡지를 사거나 영화배우 사진을 걸어놓고 스타들의 스타일을 흉내 내며 재즈가 울리는 카페에서 칵테일을 즐긴다. 외양과 삶의 양식만을 말하는 것이 아니다. 우리가 지니고 있는 사고의 줄기, 생각의 결들은 그 밑동을 파보면 현재와 동일한 뿌리를 지니고 있음을 거기서 발견하게 된다. 학문, 교육, 정치, 행정에 이르기까지 뿌리 깊게 배어 있는 관념적 사회관, 지식인의 룸펜적 기질과 거대담론에 의한 사회비판이 비롯되고 유행과 스타일에 대한 맹목적 집착, 현실과 동떨어진 여성주의와 이에 대응하는 일상의 보수적인 시각, 유교의 봉건성과 결합되었음에도 현대적 사고로 둔갑한 문화 교양주의, 취미론에 머물고 있는 예술에 대한 태도 등등, 그 곳을 '현대가 형성되는 곳'이라고 말하거니와 시기로 1930년대라고 말할 수 있다(김진송, 『서울에 딴스홀을 許하라』, 현실문화연구, 1999, 12~13쪽).

11 근대 초엽 도시와 탈것의 강렬한 체험은 급작스러운 진보와 파국의 이미지를 동시적으로 그려준다. 거리는 동시적으로 갑작스럽게 모든 사람들이 출현하고 전차는 끼이익 소리를 내며 끊임없이 거리를 가로질러 간다. 근대인들은 혼잡스럽고 무절제 속에 강제로 쑤셔 넣은 듯한 현기증을 느낀다. 도시 거리에서 허상과 영혼의 혼란은 현대 감각이 잉태하게 된 분위기라 할 수 있다(김용희, 『정지용 시의 미학성』, 소명출판, 2004, 57쪽).

12 김기림, 「밤거리에서 집은 우울」, 『김기림 전집』 5, 심설당, 1988, 397쪽.

13 신범순, 『이상의 무한정원 삼차각나비』, 현암사, 2007, 109쪽. 또한 벤야민은 대도시의

을 의미하는 것이다. 즉, 도시가 주는 이러한 혼란에서 넘어서는 것이 당시 시인들에게 주요한 목표였다. 결국, 불안하고 혼란스러운 도시가 주는 충격을 어떻게 헤쳐나갈 것인가의 문제가 이상의 시에선 '아이'의 질주로, 김기림의 시에선 무서운 어린애인 장 콕토식의 천진난만한 시 쓰기의 행위로 나타났다.[14] 결국, 1930년대 시인들이 작품 속에 표현한 '아

도심에 거주하는 자는 야만적인 원시 상태, 다시 말해 그들의 고립 상태로 되돌아간다고 말한다. 다른 사람들에게 의존하고 있다는 느낌은, 이전에는 그러고 싶다는 필요성에 의해 지속되어왔지만 이제는 아무런 마찰 없는 사회적 메커니즘 속에서 점차로 둔화되어가고 있다고 그는 말한다. 이러한 메커니즘이 완벽해질수록 특정한 행동 양식과 특정한 감정의 활동은 무력해진다(W. Benjamin, 반성완 역, 『발터 벤야민의 문예 이론』, 민음사, 1983, 142쪽). 결국, 벤야민은 고립화를 탄생시킨 도시의 편안함을 부정적으로 바라보았다. 게다가 하루투니언은 아시아의 근대적인 현상이 특히 일본에 의한 것임을 비판했다. 일본은 '문명화'와 '계몽'의 기치 아래, 아직 잠에서 채 깨지 못한 아시아의 봉건주의를 근대적인 것으로 바꾸었으나 서구의 피상적인 수준의 모방적 수준에 불과하다고 하루투니언은 비판했다. 결국, 피상적으로 서구의 근대성을 모방하여 동화됨은 사람들의 의식의 문제에 소홀하는 길을 초래하게 되었다는 것을 알 수 있다(H. Harootunian, 윤영실 역, 『역사의 요동』, 휴머니스트, 2006, 139~140쪽). 캔 월버는 근대적인 현상에 대해 부정적으로 바라보았다. 그에 의하면 근대성이란 신의 죽음, 여신의 죽음, 삶의 상품화, 질적 구분의 평준화, 자본주의의 잔혹성, 질의 양으로의 대치, 가치와 의미의 상실, 심각하게 만연된 속물적 물질주의 등으로 특징지어진다고 말한다. 즉, 그는 이 세계를 '황홀함이 사라진 세계'라고 말한다(K. Wilber, 조효남 역, 『감각과 영혼의 만남』, 범양사, 2001, 40쪽).

14 무서운 어린애인 장 콕토는 카페의 대리석 테이블에 기대어 정가표 뒷등에 시를 쓴다. "내 귀는 소라껍질. 언제나 바다의 소리를 그리워한다." 김기림은 「기차」라는 시에서 장 콕토처럼 메뉴판 뒤집기를 보여준다. "내가 식당의 '메뉴' 뒤 등에/(나로 하여금 저 바닷가에서 죽음과 납세와 초대장 그 수없는 결혼식 청첩과 부고들을 잊어버리고/저 섬들과 바위의 틈에 섞여서 물결의 사랑을 받게해 주옵소서) 하고 시를 쓰면서 기관차란 놈은 그 둔탁한 검은 갑옷 밑에서 커다란 웃음소리로써 그것을 지워버린다"(신범순, 『이상의 무한정원 삼차각나비』, 112~113쪽). 장 콕토나 김기림이 엉뚱한 곳에 어린아이처럼 시를 쓰는 행위는 도시가 주는 불안에서 벗어나가는 방식이다. 이러한 연장선에서 조영복은 김기림이 발표한 짧은 단형시의 그림과 시가 함께 실린 부분에 대해 장 콕토의 스타일과 유사하다고 말한다. 그는 김기림이 사물을 핵심적인 인상을 간결하게 포착하는 방식에 대해 동시풍의 발상과 유사한 것으로 인식된다고 말한다(조영복, 「1930년대 기계

이'는 미적 인식이 확립되기 시작함과 동시에 도시가 주는 충격에서 빠져나가게 만든 새로운 사유의 방식이다. 당시 시인들에게 주요한 목표가 된 1930년대라는 상황은 좀 더 특유의 분석이 요구되는바, 이를 위해서 '아이'라는 키워드는 당시 시인에게 특수성의 의미를 유발시키는 대상으로 인식되었다.

1930년대 도시의 혼란은 시인들에게 이성의 마비, 가치관의 상실을 만들어내었다. 이 책은 이와 같이 1930년대 시인들에게 그들이 살고 있는 시대가 불안하고 혼란스런 상황임에 주목하여 이에 대해 그들의 인식의 양상을 살피고자 한다. 결국, 시인들은 불안한 상황에서 극복하는 것을 만들어내었는데 그것이 바로 '아이'라는 키워드이다.

1910년대 이후부터 잡지와 신문에 많은 아이들이 등장한다. 이러한 '아이'는 학교, 병원, 백화점과 같은 근대적인 사회제도 속에 주인공으로 등장하는 신체적인 '아이'로 표현되기도 하지만 당대 지식인들은 새로운 제도, 시·공간의 출현 속에서 오히려 '아이'가 지닌 본질을 찾고자 노력하였다. 즉, 1930년대 들어 시인들은 새로운 제도와 공간에서 새롭게 길들여지며 이에 따라 전에 없이 '아이'에 대한 인식이 바뀌게 된다. 결국, 그들에게 '아이'라는 것은 단순히 신체적인 '아이'의 의미를 넘어, 동심의 세계 그 자체뿐만 아니라 '아이'의 본성인 순수성을 바탕으로 창조된 새로운 정신세계를 의미하며 더 나아가 이런 순수성은 원시적인 집단 공동체인 샤머니즘 세계까지 확장되어 나타날 수 있다.

필자는 1930년대 시에 나타난 '아이'의 의미를 밝히기 위하여 정지용, 이상, 백석 등 세 명의 작가를 선정하고 유형화하는 형식을 취하려

주의적 세계관과 신문 문예 시학—김기림을 중심으로」, 『한국시학연구』, 2007, 416쪽).

한다. 정지용, 이상, 백석의 문학이 서로 다른 특성을 지니고 있는 것처럼 보이지만, 그 이면에서 그들의 문학에는 서로 공통된 부분이 있다. 즉, 그들의 문학의 공통된 부분은 바로 '아이'를 소재로 다양한 의미를 보여주고 있다는 점이다. 특히, 한 시인이 의미하는 '아이'의 특수성보다 세 명의 시인을 같이 정리하면서 나타나는 '아이'의 특수성이 당대 시대적 상황과 관련을 맺으며 보다 의미하는 바가 클 것이라 생각한다. 그러므로 세 명의 시인이 모두 '아이'라는 범주에 속할 수 있는 작품을 창작하는 시인들이고 그 시대를 대표하는 시인이기에 그들의 '아이'를 연구하는 것은 1930년대 시에 나타난 '아이'에 관한 계보를 만드는 것이기도 하다.

2. 연구의 시각

일반적으로 아동문학과 문화에서 '아이'란 신체적 관점에서 아동기에서부터 후기 청소년까지를 포함하는 광범위한 의미이며, 넓은 의미에서 아동기란 출생에서 청년기에 이르기 직전까지를 말한다.[15]

"조선 시대의 아동에 대한 인식은 성인과 달리 신체적, 정신적인 면에서 미성숙하다고 할 수 있는데, 사소절에서 아동을 지칭하는 글자를 통해 알 수 있는데 아동을 지칭하는 문자는 蒙, 兒, 小兒, 幼子, 乳孩, 童孺, 小子, 稚字, 童子, 卑幼 등이 있고 이중에서 稚는 다 자라지 않은 벼의 싹을 의미하는 것으로 연약함, 미성숙함을 의미한다. 따라서 아동은 정신적으

---

15 김화선, 「한국 근대 아동문학의 형성과정 연구」, 충남대학교 박사학위 논문, 2002, 20쪽.

로 어리석음을, 신체적으로는 연약함을 의미했다."[16] 이렇듯 조선 시대의 아동은 미성숙하고 미숙한 존재이다. 하지만 개화기 초기의 '아이'는 전근대적인 '아이'의 의미를 넘어 근대적 지식과 문화를 습득하도록 견인된 새로운 문화 주체로 변화된다. 이러한 과정은 1908년에 창간된 『소년』지와 1910년대의 『붉은 저고리』 『아이들보이』 『청춘』 등 종합지의 발행과 유포를 통해 새로운 소년 문화를 창조하는 문화적 단초로 작용한다.[17] 특히, 『소년』 창간호에서 '우리 大韓으로 하야금 소년의 나라로 하라'고 표현하는 것처럼 소년과 국가의 형성을 하나의 관계로 본다.

이때 소년은 국권의 위기 속에서 국가의 정체성을 지킬 수 있는 희망이자 국가라는 집단의 정체성과 분리되지 않는 주체로 고안되며, 소년은 국권 피탈의 위협이 가시화된 속에서 국가의 정체성을 보증하기 위해 표상된 주체의 형식이고 그런 측면에서 소년은 환상적이자 이상적인 주체인 것이다.[18] 다시 말하면, '소년'이라는 단어는 최남선이 당시 시대의 요구에 따라 만들었던 새로운 주체를 의미하고 이는 봉건적인 아동관과 다른 근대적인 의미이다.

또한, 1920~30년대에는 잡지와 신문에서 근대적인 성격의 '아이'에 대해 많은 담론들을 생산해내고 있었다. 예를 들어, 잡지 『동명』에서 '아이'와 어른을 동등한 입장에서 보고자 노력하는 시도로, '아이'의 자율성

---

16 백혜리, 「조선시대 성리학, 실학, 동학의 아동관 연구」, 이화여자대학교 박사학위 논문, 1996, 60쪽.

17 최기숙, 「'신대한소년'과 '아이들보이'의 문화 생태학」, 『상허학보』, 2006, 216쪽.

18 박숙자, 「근대 문학에 나타난 개인의 형성 과정 연구」, 서강대학교 박사학위 논문, 2005, 37~38쪽.

을 존중하며 '아이'를 하나의 인격체로 인정하는 태도가 나타난다.[19] 우리의 전통적인 삶에서 아이들은 수직관계 속의 가장 하찮은 존재이지만, 개화기 아이들은 가족관계보다 더 넓은 사회적 관계 속의 한 존재로 인정받으며 어른들과 똑같은 문화를 향유할 수 있는 존재가 되었음을 보여주는 것이라 할 수 있다.[20] 또한 『동아일보』는 1920년대 초반부터 '어린이날'이나 소년회에 관한 기사는 물론이고 입학, 아동 건강, 동요 등에 관한 기사에서 아이를 자주 부각시키고 있었다.[21] 특히, 『동아일보』는 육아 담론을 중요시하고 아동의 건강 문제를 화제로 다루며, 어떻게 하면 아이를 건강하게 기를 수 있는지, 지금까지 잘못 기른 점은 어떻게 개선할 것인가에 대한 관심을 중심으로 위생과 질병, 영양 등에 대한 구체적인 정보가 급증하는 경향이 나타난다.[22] 게다가 1920년대 중반부터 발견되기 시작하는 『동아일보』 일간지상의 육아 관련 기사는 주로 영양, 수유, 위생, 질병에 대한 것들로서 젊은 주부들에게 자녀의 육체적 건강에 대한 새로운 지식의 필요성을 계몽하고 있었다.[23] 이렇듯, 『동아일보』는 1920년대 초반부터 아동의 건강 등에 관한 기사에서 '아이'를 언급하고 있다. 이때의 '아이'는 근대적인 의미이고, 육체적인 의미가 강한 '아이'

---

19 김현숙, 「근대 매체를 통해본 '가정'과 '아동' 인식의 변화와 내면 형성」, 『상허학보』, 2006, 81쪽

20 위의 논문, 83쪽.

21 이기훈, 「1920년대 '어린이'의 형성과 동화」, 『역사문제연구』, 2002, 20쪽.

22 김혜경, 『식민지하 근대가족의 형성과 젠더』, 창비, 2006, 132쪽.

23 위의 책, 133쪽. 1930년대 『동아일보』에는 1.눈의 중요성을 어린아이를 기르는 부모에게 강조하면서 주의를 당부하는 글과(1926. 1. 28~1. 30) 2.미학령 아이들은 전염병에 걸릴 위험이 있으니 조심하라는 내용과(1925. 5. 2) 3.여름철에 아이들은 소화기병이 많으니 조심하라는 내용(1927. 7. 20~7. 21)들이 많다(위의 책, 133~134쪽).

의 의미이다. 하지만 '아이'를 근대적이고 신체적인 관점에서 이해하는 것과 달리, 내면적인 관점에서 살펴보면 그 의미가 다르다. 고진에 의하면 아동이라는 것은 하나의 '풍경'이라고 한다.[24] 다시 말하면 그는 아동의 발견은 '풍경'이나 내면의 '발견'에서 생겨난 것[25]이라고 언급하며 아동을 정신의 문제와 연관시켰다. 즉, 아동을 하나의 내면적인 세계로 바라보려는 고진의 시각은 근대적이고 육체적인 '아이'의 의미를 넘어 '아이'의 본질적인 성격을 찾고자 하는 논의이다.

서양에서도 처음에 '아이'는 작은 어른으로 인식되었고, 지금처럼 보호의 대상, 순수함의 대상으로 보기 시작하는 것은 17세기 말부터였다. 이를 필립 아리에스는 가족 초상화를 통해 분석했는데, 16세기 말까지 장례 초상화 외에 부모와 떨어져 있는 아이들의 초상화는 드문 편이나, 17세기 초에 이르면 아이만 있는 초상화의 수가 많아지고, 그것은 죽은 아이의 덧없는 모습을 보존하려는 태도로 볼 수 있다.[26] 결국 작은 어른에서 순수하고 천진난만한 존재로 '아이'에 대한 인식에 변화가 생기기 시작한 것이 17세기 말이다.

아리에스에 의하면 '순진무구한 아이'라는 인식은 17세기 말부터 일어났지만, 아이에 대한 인식의 변화는 서로 다른 두 가지의 접근 방식을 가

---

24 가라타니 고진, 『일본 근대 문학의 기원』, 민음사, 1997, 154쪽.

25 위의 책, 156쪽.

26 필립 아리에스, 문지영 역, 『아동의 탄생』, 새물결, 2003, 102~108쪽. 아리에스는 가족 초상화, 그림, 일기, 편지, 목사의 교구기록 등과 같은 개인기록 등의 질적 자료를 활용, 거기에 반영된 어린이와 가족에 대한 태도를 읽어내는 방식을 이용한 바 있다. 그리하여 기존의 가족사 연구에서 별로 다루어지지 않았던 측면들, 예컨대 어린이의 생활, 삶과 죽음에 대한 태도, 학교제도, 낭만적 사랑의 관념 및 성관계, 부부관계의 정서적 측면 등 심성의 역사를 통해 근대 가족의 탄생을 설명하기도 했다(김혜경, 앞의 책, 34~35쪽).

져왔고, 하나는 순진한 아이를 어른들로부터 격리하는 것으로서 이러한 격리는 학교, 즉 콜레주를 통해 일어났다.[27] 아이의 순수성을 지키기 위한 성인 보호와 감독으로 이어지기도 한다고 말한다.[28] 다른 하나는 이전과 달리 가정이라는 공간은 부모와 자식 사이에 필수적인 애정의 공간이 되었고, 가정이라는 애정의 공간에서 부모들은 아이들에게 관심을 갖고 항상 정성을 다해 주의를 기울이게 된 것으로서 이런 현상은 전에는 볼 수 없었다.[29] 정리하자면 17세기 이후 사람들은 그 이전과 달리 '아이'에게 천사, 순수하고 천진난만한 존재, 사랑스러운 존재라는 이미지를 부여하기 시작한다.[30] 이런 점은 아이에 대한 다양한 사고를 하게 만든다.

---

27 필립 아리에스, 앞의 책, 36쪽.

28 소래섭, 「『소년』지에 나타난 '소년'의 의미와 '아동'의 발견」, 『한국학보』, 2002. 106쪽.

29 필립 아리에스, 앞의 책, 36~37쪽.

30 소래섭, 앞의 논문, 105~106쪽. 소래섭은 아동에 대한 관념의 변화가 17세기 말에 시작되었다고 하며 이때부터 18세기에 루소에 의해서 묘사된 것처럼 아동이 순진무구한 존재, 깨끗하고 존재라는 인식이 확산되었다고 말한다. 이런 점은 아이에 대한 인식이 경제적 가치에서 사랑스러운 대상인 정서적 가치로 변화되었음을 의미한다고 그는 말한다. 그는 이런 아이에 대한 인식의 변화를 바탕으로 지금의 아동문학 또한 탄생될 수 있다고 말한다(소래서, 앞의 논문, 106쪽). 이 책에서는 소래섭이 주장하는 아이의 인식 변화를 바탕으로 아이에 대한 의미를 확장해서 살펴보았다. 즉, 이 책이 의미하는 아이란 통합적 감각을 통해서 역동적 상상력을 내포하고, 아이의 정신세계 또한 원시주의적 사고와 연결되며, 게다가 아이가 사물에 대해 가지는 인식은 샤머니즘 세계로까지 확장해서 나타날 수 있다. 결국, 사람들은 17세기 이후부터 아이에 대해 천사적이고 사랑스러운 존재로 인식하게 되었다. 아이에 대한 인식의 변화는 아이에 대해 무한한 상상력을 가지게 만든다. 이런 점은 아리에스의 초상화 푸토에서 자세히 나타난다. 아리에스는 중세에는 없던 벌거숭이 초상화 푸토의 그림을 예로 들면서 천사적인 아이의 의미를 부여했다. 예전에는 아이의 나체는 아기 예수에서 주로 나타났는데 17세기 이후에는 다른 유아들에게로 확대되어갔다. 천사는 더 이상 잘생긴 소년으로 묘사되지 않았고, 일반적인 아이에게서 점차적으로 천사적인 의미를 더욱 부여했다(필립 아리에스, 앞의 책, 104~105쪽).

근대 이후 '아이'에 대한 관념은 계몽주의와 낭만주의의 사고 아래서 전개되었는데 이런 점은 김정수의 논문에서 근대적인 사고를 비판하기 위해 사용되었다.[31] 우선 계몽주의에서 바라본 아이란 타인의 지도와 도움 없이 자신의 지성을 사용하지 못하는 무능력의 상태이나, 반면에 어른이란 독자적이고 올바른 지성의 사용 능력에 도달한 인간이다.[32] 그러나 낭만주의에서 '아이'는 계몽주의 입장에서 아이와 다르게 부활하는데, 특히 낭만주의자들은 동화를 이야기하면서 동화는 진리의 세계, 역사에 전적으로 대립하는 세계, 초시간적인 세계 그 자체라고 말한다.[33] 동화를 낭만주의 문학의 전범으로 승격시키고 있는 점에서 '아이'를 시인의 정신이 도달해야 할 목적으로 보고 동심의 세계는 어른의 세계인 역사적 세계보다 먼저 존재해야 한다고 그들은 생각했고, 낭만주의자들에게서 세계를 초월하는 것, 그것은 아이가 되는 것, 동심으로 돌아가는 것이다.[34] 즉, 낭만주의의 '아이'는 계몽주의의 '아이'의 의미에서 벗어나 순수함과 순진함으로 초현실적인 세계를 추구하는 존재로 인식된다.

1920~30년대 식민지 시대 잡지 중에 근대적인 성격의 '아이'의 의미보다 '아이'의 본질인 순수성을 찾고자 하는 아이 담론이 등장한다. 아

---

31 김정수는 그의 논문에서 아이에 대한 기존의 논의가 계몽주의와 낭만주의의 도식 속에서 논의되어왔다며 이런 도식을 근대적인 도식에 안에 갇혀 있는 경우라며 비판한다. 그는 이런 개념적 한계를 비판하고 근대 초극의 범위 안에서 모든 것을 통합하며 각 개체의 다양성을 보존하는 무한한 개념인 아이의 의미를 살펴보았다(김정수, 앞의 논문. 15~17쪽). 이 책은 그의 관점에서 더 나아가 낭만주의의 시각에서 초월적 세계를 지닌 아이의 의미를 바탕으로 근대적인 관점과 근대 초극의 관점, 또한 자아와 세계의 이분법적인 관점을 넘어서고자 했다.

32 김상환, 『예술가를 위한 형이상학』, 민음사, 1999, 103쪽.

33 위의 책, 113쪽.

34 위의 책, 114쪽.

이 담론 중심에 『개벽』지가 존재하며 72권 간행된 『개벽』지는 1920년대 대표적인 언론 종합지로서 37번에 걸쳐 소년의 내용을 비중 있게 다루고 있었다.[35] 『개벽』지는 처음에 인격이 무시되었던 전통 시대 소년의 모습을 살피고 소년 문제를 제기하였다.[36] 『개벽』지에서 소년의 문제와 함께 '아이'의 인격 해방을 본격적으로 나타낸 것은 김기전과 방정환을 비롯하여 동학의 후신인 천도교에 몸담고 있던 사람들이었다.[37] 1920년대에 와서야 본격적으로 어린이를 어른의 부속물이 아닌 하나의 독립된 인격체로 인정하고 어른과 아이를 뚜렷하게 구별하였다.[38] 그러나 더 나아가 1920년대 '아이'는 1910년대의 '아이'의 인식과는 다른 관점을 보이고 있다. 뚜렷하게 '아이'에 대한 인식의 변화를 일으킨 것은 김기전과 방정환의 글에서 나타난다. 이런 점을 지적한 바는 소래섭[39]과 김정수[40]의 논문에서 잘 나타나 있고, 소래섭은 김기전과 방정환의 글에서 아이를 천사의 의미, 순수한 존재로 평가했고, 김정수는 그들의 글에서 아이를 우주적인 의미로까지 확장시켜 평가했다. 이런 점들은 이 책에 일정 부분 시사하는 바가 있다. 우선 김기전의 아동관은 「長幼有序의 末廢」(『개벽』, 1920. 7.)와 「開闢運動과 合致되는 朝鮮의 少年運動」(『개벽』, 1923. 5.)에 아동의 해방을 주장하면서 아이에 대한 인식의 변화를 촉구했다. 우선 김기전은 「長幼有序의 末廢」에서 "朝鮮幾千年間의 우리 長者들은 幾千年間

---

35 김정의, 「『개벽』지상의 소년운동론 논의」, 『실학사상연구』, 2006, 170쪽.

36 위의 글, 같은 쪽.

37 심명숙, 「한국근대아동문학론연구」, 인하대학교 석사학위 논문, 2002, 8쪽.

38 위의 논문, 8쪽.

39 소래섭, 앞의 논문, 120~121쪽.

40 김정수, 앞의 논문, 33~39쪽.

우리 유년의 인격을 말살하며 자유를 박탈한 역사적 큰 죄인이엇스며 악행자이엇도다.” 라며 아이를 무시하고 어른만 위하는 그런 과거의 봉건제도를 부정했다. 그리고 그는 「長幼有序의 末廢」에서 “제일 幼年에게 대한 語態를 고칠 것이외다. 실업슨 말이라도 그 ‘이놈 저놈’ 혹 이자식 저자식’ 하는 말을 절대로 쓰지 못할 것이외다”라며 어른들은 아이에게 말을 함부로 하지 말 것을 강조하며 아이의 인격을 존중할 것을 강하게 내세운다. 여기서 더 나아가 김기전은 「開闢運動과 合致되는 朝鮮의 少年運動」에서 아이에 대한 새로운 인식을 펼치게 된다. 물론 그의 담론 기저에는 동학사상이 존재한다.[41] 김기전은 그의 글에서 “우리 어린이덜이 이 大宇宙의 日日의 成長을 表現하”[42]고 있다며 아이를 대우주와 관련시킨다. 이런 점은 자연스럽게 아이를 하느님과 연관시켜 생각할 수 있는 계기가 된다. 이처럼 그의 아이에 대한 인식의 전환은 동학의 영향을 많이 받았기 때문이다. 특히, 김기전의 아동론은 동학의 2대 교주 최제우가 1886년에 동학을 믿는 부인들을 위해 지은 『내수도문』에서 “어린이를 때리지 말라. 이것은 하느님을 때리는 것이다.”라고 했던 동학의 어린이 존중 사상

---

41 김기전은 아이의 인격 해방을 펼치면서 다른 한편으로는 천도교 소년회를 조직하여 3·1운동 이후 전국에 퍼지기 시작한 소년운동의 선봉에 선다. 천도교 소년회는 1921년 5월에 창립한 것으로 전국 소년회의 중심 역할을 하면서 1923년에는 소년운동협회를 조직하여 실질적인 전국조직의 핵심이 된다. 이때만 해도 방정환은 한국에 자주 오기는 했지만 일본에 유학 중이었으므로 천도교 소년회의 초기 활동에는 김기전의 활약이 컸다고 할 수 있다. 김기전, 방정환을 비롯한 초기 소년운동가들은 소년운동협회를 결성하고 처음으로 한 사업이 1923년 5월 1일에 실시한 어린이날 행사였다. 이날 어린이날 행사를 하면서 ‘소년운동의 기초 조항’을 발표했다. 그 내용은 어린이를 어른의 축소판으로 생각하면서 함부로 욕하고 일 시키고 괴롭히던 이전의 행동을 비난하는 것이었다. 김기전은 누구보다도 앞선 의식으로 어린이들의 인권을 선언하면서 소년운동을 이끌어간 이론가였다(심명숙, 앞의 논문, 12~13쪽).

42 김기전, 「開闢運動과 合致되는 朝鮮의 少年運動」, 『개벽』, 1923. 5.

을 크게 발전시켰다는 점에서 그 의의가 있다.[43] 정리하자면, 아이를 하느님과 같이 높여서 섬겨야 한다는 인식은 동학의 인간 존중 사상을 적용한 것이고, 이런 점은 아이의 순수한 마음과 아이의 무한한 정신세계를 되찾기를 바라는 마음과 관련 있다.[44] 또한 김기전의 아동에 대한 관념 변화는 좀 더 확장돼 하느님에서 초월적인 사고로까지 변화되며, 그 기저에는 물론 동학사상이 많이 적용된다. 수운은 '아이'에 대해 신비스럽고 초월적인 존재로 평가한다.[45] 다시 말하면 '아이'를 영적 존재로까지 확대시켜 볼 수 있는 것은 인간과 자연의 모든 경계를 초월하고 싶은 욕망이 담겨 있다는 의미이다.[46] 이런 점은 초월적인 속성으로까지 '아이'의 의미를 확장시켜 이해할 수도 있다.[47] 이런 관점에서 김기전은 동학사상의 영향을

---

43 심명숙, 앞의 논문, 13쪽.

44 물론 김기전은 『개벽』지뿐만 아니라 다른 잡지에서도 아이를 하느님과 같은 존재로 인식하기도 한다. 그 예로 "兒童을 한울로 待接할 것이니 全知全能의 한울이 먼 예적에 생기어 우리의 일상을 攝理한다 믿으며 또는 社會의 最大發展이 먼 옛적에 있었다 하야 옛사람뿐을 宗拜하며 따라 한울에 關한 傳說과 信念이 比較的 强하며 또는 옛사람과 그 中年代가 가까운 어른뿐을 인격자로 알고 위하는 儀範으로 인정하던 전일에 있어서는 아동이란 것은 一個 作亂軍이라…"로 되어 있다(김기전, 「人乃天宗指의 實際化를 主張함」, 『천도교회월보』 제132호, 1921).

45 송준석, 『동학의 교육사상』, 학지사, 2001, 96~97쪽.

46 동학은 인간과 사물의 총체적 이해를 제시하는 것이고 정신과 물질, 보이는 것과 보이지 않는 것을 하나로 한다. 수운은 인간이 한울님을 모셨다는 것은 안으로 한울의 신령함이 있고 밖으로는 무의이화의 氣化를 이루는 존재라는 것이라고 말한다. 따라서 수운이 멀리 구하지 말고 나를 닦으라 한 것도 내가 한울이기 때문이요. 내 몸이 化해서 난 것을 헤아리라 한 것도 내가 한울이기 때문이다. 또한 내 마음의 밝고 밝음을 돌아보라 한 것은 내가 한울이기 때문이다. 인간과 한울님은 모두가 한 기운, 한 몸, 한 마음이다. 인간은 한울님의 무궁한 본질을 가지는데 이 궁극적 본질의 전개가 곧 우주이다(정혜정, 「동학·천도교의 교육사상과 實踐의 역사적 의의」, 동국대학교 박사학위 논문, 2000, 166~169쪽).

47 인내천의 天은 일제하 공간에서 한울님으로 불려지게 되는데 원래 동학의 ᄒᆞᄂᆞᆯ님은 하

받아, 아이를 초월적으로 확장시켜 설명한다. 예를 들어, 그의 글에서 "져 새싹이 새순이 그 中에도 우리 어린이덜이 이 大宇宙의 日日의 成長을 表現하고 謳歌하고 잇슴을 알며 그들을 떠나서는 다시 우리에게 아모러한 希望도 光明도 업는 것을 깨닷쟈"[48]란 표현을 보면, 아이를 새순에 비유하며 더 나아가 아이를 초월적으로 확장해서 의미를 부여한다. 결국 이런 점은 아이의 본질적인 특성과 아이의 무한한 상상력의 가치를 되찾기를 바라는 마음과 연관된다.

다음은 『개벽』지의 중심 인물은 아니지만, 천도교 소년 운동[49]의 중심 인물이었던 방정환도 어린이관이 김기전의 논리와 유사했다. 예를 들어, 방정환은 그의 글에서 "편안히 잘 자는 얼굴을 들여다보아라! 우리가 종

늘님에서 유래한 것으로 한늘(天)을 뜻하는 '한'이라는 말에서 온 것인데 이는 크다, 밝다 라는 의미를 지니고 있다. 그리고 이는 고대로부터 내려오는 천신 신앙에 바탕한 것이기도 하다. 동학의 흐놀님이 천도교에 와서 한울님으로 바뀌는데 이에 대한 의미적 차이를 규명하는 것이 필요하다. 한울님은 동학사상을 계승하여 보다 더 체계화된 개념이다. 한울은 한울타리로서 우주 전체를 포괄하는 의미인 동시에 하나를 뜻하는 개념이기도 하다. 우주를 한 몸으로 하는 한울님 신앙에서 자신을 비우고 한울님과 하나 되는 것이다. 인간 내면의 초월적인 절대자로서만 아니라 범신론적 초월신이 자신 안에 있어 이를 신앙하는 것이다(위의 논문, 229~230쪽).

48 김기전, 「開闢運動과 合致되는 朝鮮의 少年運動」, 『개벽』, 1923. 5.

49 '천도교 소년회'는 소파가 중심이 되어 설립 1주년인 다음해 5월 1일을 우리나라 최초의 '어린이날'로 정하는 등 어린이의 정서 함양과 윤리적 대우와 사회적 지위를 향상시키기 위한 구체적 운동을 벌이다가 1923년 급기야 『어린이』를 창간하게 된 것이다. 물론 『어린이』를 모두 소파와 천도교의 '것'으로 환원시켜버릴 수는 없다. 소파가 중심이 되었다 하더라도 소춘 김기전의 도움도 컸다. 게다가 천도교 소년회가 내세웠던 강령은 첫째, 소년 대중의 사회적 인격의 향상을 기함, 둘째, 소년 대중의 수운주의적 교양과 사회생활의 훈련을 기함, 셋째, 소년대중의 공고한 단결로써 전적 운동을 기함 등이다. 즉, 이런 표어는 어린이에 대한 인식의 변화에 도움을 주었다(안경식, 『소파 방정환의 아동교육운동과 사상』, 학지사, 1999, 30쪽, 86쪽).

래에 생각해오던 하느님의 얼굴을 여기서 발견하게 된다."[50]고 말한다. 이것은 그가 '아이'를 하느님과 연결지으며 아이에 대해 순수하고 무한한 가치로 평가하는 것을 의미한다. 이런 점은 김기전의 논리와 유사하다. 정리하자면, 김기전과 방정환의 글에서 아이에 대한 본질적인 인식을 지적하였고, 이런 점은 1930년대 시인들에게 아이에 대해 다양한 사고를 하게 만들었다고 볼 수 있다.

> **우리는 누구나 가지고 있는 영원한 아동성을 이 아동의 세계에서 保持해 가지 않으면 안 될 것이요.** 또 나아가 세련해 가지 아니하면 아니 된다. 우리는 자주 그 깨끗하고 그 곱고 맑은 고향―아동의 마음에 돌아가기에 힘쓰지 아니하면 아니된다. 아동의 마음! 참으로 우리가 사는 세상에서 아동의 시대의 마음처럼 자유로운 날개를 펴는 것도 없고, 또 순결한 것도 없다.[51]

그리고 방정환의「새로 開拓되는 童話에 關하여」에서 "우리는 누구나 가지고 있는 '영원한 아동성'을 이 아동의 세계에서 保持해 가지 않으면 안 될 것"이라는 표현에 대해 소래섭은 사람들 누구나 '영원한 아동성'을 지녔고, 순수하고 평화로운 마음을 지닌 '아이'의 세계를 지향한다고 말했다.[52] 게다가 방정환의 '영원한 아동성'이란 아이를 하나의 주체이자 순수한 존재, 무한한 상상력의 가치를 인정하자는 의미이기도 하다. 이러한 논의 속에서 형성된 '아이'의 의미를 정지용, 백석, 이상이 작품을 통해서

---

50 방정환,「어린이의 찬미」,『소파 방정환 문집(상)』, 하한출판사, 2000, 446쪽.

51 방정환,「새로 開拓되는 童話에 關하여」, 위의 책, 272쪽.

52 소래섭,「『소년』지에 나타난 '소년'의 의미와 '아동'의 발견」, 123쪽.

발표하게 되었다. 그들에게 아이란 자아와 세계의 이분법적인 경계를 허물며, 근대적인 관점과 근대 초극의 관점을 넘어서는 것이다.

특히, 낭만주의자에게 가장 본래적인 인간이 예술가였고, 이 예술가는 동심에 찬 어린이였다면 마찬가지로 니체에게도 이 어린이는 인간정신의 마지막 도달점이다.[53] 니체에 따르면 정신은 낙타, 사자, 아이에 비유되며 낙타의 정신은 복종의 정신이고 그다음 사자의 정신은 부정의 정신, 더 나아가 '아이'의 정신은 창조적 정신으로, 마지막 단계에 해당하는 아이의 정신은 근본적으로 새로운 시작과 새로운 정신을 탄생시킬 수 있다.[54] 즉, '아이'란 본질적으로 순진무구하고 천진난만하여 창조적인 능력을 지닐 수밖에 없고, 이런 점에서 정신을 새롭게 탄생시킬 수 있다.

니체는 '아이'의 정신을 『차라투스트라는 이렇게 말했다』의 「세 가지 변화에 대하여」에서 "어린아이는 순진무구요, 망각이며 새로운 시작, 놀이 스스로의 힘에 의해 돌아가는 바퀴이며 최초의 운동이자 거룩한 긍정이다."[55]라고 말했다. 니체가 말한 '아이'의 덕목 중에서 가장 중요한 것은

---

53 김상환, 앞의 책, 117쪽. 낭만주의자들은 예술과 종교가 철학의 한 부분으로 통합되어야 한다기보다는 철학과 종교가 예술 안으로 통합되어야 한다고 생각했다. 그것은 과학과 철학이 반영하는 합리적 질서의 세계가 파생적이고 부분적인 텍스트인 반면, 그 배후의 원초적 텍스트는 오로지 예술적 영감과 직관을 통해서 읽을 수 있다는 신념에 기초한다. 이 신념에 따르면 예술은 자연에 대한 인식 능력에서 과학을 능가한다. 시인은 과학자보다 자연을 더 잘 알고 형이상학자보다 존재자의 시원에 더 가까이 있다. 이 초과학적이자 초형이상학적 세계로서의 예술적 세계는 과학과 철학보다 더 많은 진리를 전하고 있다. 그것은 예술이 도달한 이 가상의 세계야말로 자연 자체의 순수함이 드러나기 때문이다(김상환, 앞의 책, 116쪽).

54 정낙림, 「차라투스트라의 '세 가지 변화'에 대한 몇 가지 해석—진화론적, 역사철학적, 변증법적 해석의 문제점」, 『철학연구』, 2008, 240쪽.

55 F. W. Nietzsche, 정동호 역, 『차라투스트라는 이렇게 말했다』, 책세상, 2000, 40쪽.

바로 "순진무구"이다.[56] 이런 순진무구의 정신은 과거로부터 자유롭고, 선과 악의 이분법의 지배를 받지 않고, 순진 무구한 정신으로 보면 이 지상의 어떠한 삶도 하찮은 것이 아니며 의미 없는 것도 아니고, 아이의 순진무구로 경계를 넘어 그들은 놀이한다.[57] 니체는 '아이'의 덕목 중에서 두 번째로 '아이'의 정신을 "새로운 시작과 놀이"에 비유한다.[58] 니체는 '아이'의 특징 중에 순진무구하고 망각하는 정신이 있으며 순진무구와 망각은 놀이를 위한 전제 조건이라고 말하는데, 특히, 망각은 과거가 현재를 지배하는 것을 저지하는 것이며 동시에 새로운 것의 창조를 가능하게 하는 것이고, 아이는 놀이를 할 수 있다.[59] 즉, '아이'는 놀이를 하며 세계에 대해 새롭고 창조적인 사유를 할 수 있게 되는데, 니체는 마지막으로 '아이'의 덕목 중에서 '아이'의 정신이 "스스로의 힘에 의해 돌아가는 바퀴"[60]를 추구한다고 했다.[61] 이런 점은 영원회귀를 의미한다고 한다. 그리고 영원회귀는 이미 한 번 일어났던 바의 모든 것이, 지금 그리고 여기에서 동일한 방식으로 일어나고 미래에도 똑같이 일어날 것을 말하며,

---

56 정낙림, 「놀이하는 아이와 비극적-디오니소스적 인간」, 『철학연구』, 2009, 297쪽.

57 정낙림, 「차라투스트라의 '세 가지 변화'에 대한 몇가지 해석—진화론적, 역사철학적, 변증법적 해석의 문제점」, 240~245쪽 참조.

58 정낙림, 「놀이하는 아이와 비극적-디오니소스적 인간」, 298쪽.

59 정낙림, 「놀이, 정치, 그리고 해석: 놀이에 대한 철학적 연구—니체의 놀이 개념을 중심으로」, 『니체연구』, 2008, 180~181쪽.

60 너희 안에는 **둥근 고리**에 대한 갈증이 있다. 다시 한번 자기 자신에 이르기 위해 저마다의 둥근 고리는 실랑이를 하며 돌고 있는 것이다. "저마다의 둥근 고리"란 영원회귀를 가리키는 것이다. 또한 어린아이들은 바닷가에서 놀고 있었다. 그때 파도가 밀려와 저들의 놀잇감을 바다 속 깊은 곳으로 쓸어 넣었다고 표현한 부분도 **영원회귀**이다(F. W. Nietzsche, 『차라투스트라는 이렇게 말했다.』, 156쪽, 159쪽).

61 정낙림, 「놀이하는 아이와 비극적-디오니소스적 인간」, 301쪽.

이것은 마치 '아이'의 놀이, 스스로 구르는 바퀴와 같은 원리이다.[62] 놀이하는 '아이'는 어떠한 상황 속에서 웃고 즐거워하는데, 이런 점은 디오니소스적인 것과 상통한다. 또한 니체는 어린아이 같은 창조 정신을 '위버멘쉬' 즉, 초인이라 부르며, 위버멘쉬는 어떤 특정한 인간을 가리키는 것이 아니라 우리 모두가 이 땅에서, 그것도 자력으로 달성해야 할 개인적 이상이자 목표이며, 이는 니체가 주장하는 새로운 인간형이다.[63] 결국, 니체가 추구하는 '아이'의 정신은 선과 악을 초월한 존재이고 이런 점은 정신적으로 자유로운 영혼을 지녔음을 의미하며 초인적인 성질을 지니고 있음을 의미한다.[64] 정리하자면, '아이'는 선과 악의 차이를 모르는 순수함의 상징이며 이런 '아이'의 순수성에는 총체화된 감각, 원초적인 원시성, 샤머니즘 세계에 대한 열망이 담겨 있다.

아이를 소재로 다룬 작품, 유년 시절을 회상하는 작품은 동심적 상상력을 지니고 있다. 동심이라는 것은 무엇인가? 동심이란 진실한 마음, 거짓을 끊어버린 순진함으로 사람이 태어나서 가장 처음 갖게 되는 본심을 말한다.[65] 결국, 이지가 설명하는 동심이란 인간의 근본적인 마음 상태를 찾으려는 것이다. 노자는 『도덕경』에서 復歸於撲란 표현을 통해 자연성을 지닌 통나무로 되돌아가는 것을 강조하는데, 이때 통나무는 아직 어떠한 가치 체계나 이데올로기 없는 상태 동심 같은 마음의 상태라고 말하며

---

62 정낙림, 「놀이, 정치, 그리고 해석: 놀이에 대한 철학적 연구—니체의 놀이 개념을 중심으로」, 182쪽.

63 F. W. Nietzsche, 『차라투스트라는 이렇게 말했다』, 16~17쪽.

64 이지태, 「오닐 극에 나타난 가치 창조의 양상: 니체의 『차라투스트라는 이렇게 말했다』를 중심으로」, 명지대학교 박사학위 논문, 2009. 16쪽.

65 이지, 김혜경 역, 『분서』 1, 한길사, 2004, 348쪽.

노자는 일정한 한계가 없는 無極의 상태를 동심으로 본다.[66] 동심이란 성인의 시선 속에서 아이의 심리 과정으로 세계를 이해하는 것을 의미한다. 문학에서 동심의 눈이란 시인이 세상을 동심적인 사고방식으로 바라보는 것을 말한다.

동심의 눈을 바슐라르의 유년 시절의 몽상과 연결시켜 볼 때, 그는 "시적 존재의 순간에만 현실적이 되는 유년기. 고독 속에서 꿈을 꿀 때, 어린애는 한없는 존재를 알았던 것이다. 그의 몽상은 단순한 도피의 몽상이 아니었다. 그것은 비상의 몽상이었다. 불꽃처럼 터지면서 솟아나는 몽상들이 있다."[67]고 말한다. 이 내용을 정리하자면 바슐라르는 특히, 유년 시절의 몽상을 통해서 역동적인 의식 상태를 만들어낼 수 있다고 의미한 것이다. 이렇게 볼 때 바슐라르의 몽상 개념은 동심의 눈의 원리로 이해할 수 있다. 또한 바슐라르에 의하면 유년 시절에는 원시성이라는 기호가 존재하며, 그것은 우리 속에 유년 시절의 원형을 일깨운다고 한다.[68] 이때 유년 시절의 몽상 속에는 자아와 세계가 초월되는 원초적인 세계가 존재하며 이것은 인간의 마음속에 누구나 아이와 같은 순수함과 천진함이 존재하기에 가능한 것이다. 결국, 아이의 순수함과 천진함을 의미하는 원초적인 세계는 동심적 세계 안에서 이루어질 수 있다고 볼 수 있다.

이런 관점에서 볼 때 원초적인 세계를 추구하는 동심 안에 원시주의적 감성이 존재한다고 볼 수 있다. 예를 들어, 마이클 벨의 원시주의를 이와 관련해서 생각해보면, 그는 원시주의적 감성을 관념이나 정신적 대

---

66 최진석, 『노자의 목소리로 듣는 도덕경』, 소나무, 2001, 243쪽.

67 G. Bachelard, 김현 역, 『몽상의 시학』, 기린원, 1989, 113~114쪽.

68 위의 책, 144쪽.

상이 아니라, 느낌이나 생각의 한 방식이라고, 더 나아가 느낌의 내면 세계와 존재의 외부 질서 사이에 확고하게 합리적인 구분이 부재한다고 말하며, 이것은 객관적 인식(물질)과 주관적 느낌(정신)의 분리가 없는 총체성을 의미한다.[69] 어린아이는 완전성이라는 감각을 가지고 있으나 자아의식이 출현하면 이 완전성이라는 감각은 어린아이를 떠난다.[70] 즉, 성인이 되어서는 완전성이라는 감각을 찾을 수 없다는 의미이다. 다시 설명하자면, 어린아이에게는 자아와 세계의 현실을 전혀 구별하지 못하는 감각이 존재한다.[71] 이런 점을 통합적 감각이라 부를 수 있고, '아이'가 느끼는 감각은 바슐라르의 역동적 상상력과 연결되며 열린 정신을 추구하게 된다.

1920~30년대 문단에서 감각에 대한 논의는 중요하게 인식되었다. 특히 1920년대의 감각의 담론은 몸에 대한 관심과 함께 시작되었고, 몸에 대한 발견은 곧 욕망에 대한 발견으로 이어졌고, 1920년대 사상적 과제 중의 하나는 근대적 자아의 확립이었으며, 감각은 자아를 만들어가는 개성의 원천이 된다는 점에서 추구해야 할 대상이었다.[72] 하지만 1930년대 들어 시인들은 감각을 통해서 근대적 자아나 욕망의 발견을 뛰어넘어 좀 더 새로운 사유로 접근하고자 했다.

---

69 M. Bell, 김성곤 역, 『원시주의』, 서울대학교 출판부, 1985, 9~12쪽.

70 C. G. Jung, 이윤기 역, 『인간과 상징』, 열린책들, 2001, 149쪽.

71 김정수는 그의 논문에서 아이란 프로이트가 의미하는 원초적 자아 감각, 즉 아이들이 주체와 객체의 구분이 미묘한 감각을 가지고 있다고 평가한다. 이런 점은 우주적인 면과 조응한다고 평가한다(김정수, 앞의 논문, 19~20쪽). 이 책은 여기서 더 나아가 아이들의 느끼는 감각을 통합적 감각으로 보고 이런 점은 바슐라르의 역동적 상상력과 연결되며, 결국 열린 정신을 추구하게 되어 이원화된 세계를 넘어선다.

72 소래섭, 「백석 시에 나타난 음식의 의미 연구」, 91쪽.

1. 시는 어떠한 시대에도 자라간다. 그것은 사람과 함께 사는 까닭이다. 시는 한 개의 '엑스타시'의 發電體와 같은 것이다. 한 개의 '이미지'가 성립한다. 회화의 온갖 수사학은 '이미지'의 '엑스타시'로 향하여 유기적으로 戰慄한다. 그래서 시는 꿈의 표현이라는 말이 거짓말이 아니 된다. 왜. 꿈은 불가능의 가능이다. 이 이상의 '엑스타시'가 어디 있을까.

4. 감성에는 두 가지 딴 '카데고리'가 있다. '다다' 이후의 초조한 말초신경과 퇴폐적인 감성과 다른 하나는 아주 '프리미티브'한 직관적인 감성이 그것이다. 새로운 시 속에서 후자의 감성을 거부한다는 것은 무슨 고루한 생각일까.

8. 지난날의 시는 '나'의 정신세계의 일부분이었다. 새로운 시는 '나'를 여과하여 구성된 세계의 일부분이다. 그것은 새로운 세계다. 낡은 '눈'은 현실의 어떤 일점에만 직선적으로 단선적으로 집중한다. 새로운 '눈'은 작은 주관을 중축으로 하고 세계 · 역사 · 우주 전체로 향하여 복사적으로 부단히 이동 확대할 것이다

「시의 '모더니티'」[73]

1930년대 문단에서 감각에 대해 뛰어난 연구자였던 김기림은 「시의 '모더니티'」에서 "시는 한 개의 '엑스타시'의 發電體와 같은 것"이라고 표현하며 시라는 것이 황홀한 경지와 같은 것이라고 평가한다. 이런 황홀한 경지를 지닐 수밖에 없는 이유는 시라는 것이 "아주 '프리미티브'한 직관적인 감성"을 지녔기 때문이다. 원초적 감각이라는 것은 김기림이 생각하기에는 "건강하고 명징한 명랑성"[74]과 같은 것으로 퇴폐적인 감각이 아닌 사물에 대해 순수하게 다 받아들이는 순수한 '아이'와 같은 감각을

---

73 김기림, 「시의 모더니티」, 『김기림 전집』 2, 심설당, 1988, 80~83쪽.

74 김기림, 「감상에의 반역」, 위의 책, 111쪽.

의미한다. 즉, 김기림은 1930년대 시인들에게 새로운 시를 위해선 퇴폐한 감각이 아닌 원초적인 감각, 아이와 같은 감각이 필요하다고 설명한다. 이런 점은 새로운 시인들에게 원초적 감각만이 새로운 사유의 원천으로 작용할 수 있다고 그는 생각했기 때문이다. 그리고 그는 「시의 '모더니티'」의 마지막 부분에서 "새로운 눈은 작은 주관을 중축으로 하고 세계·역사·우주 전체"라며 '새로운 눈'에 대해 강조한다. 이때 '새로운 눈'은 모든 경계를 초월한다. 이런 점은 원초적 감각을 내면화한 새로운 사고 작용을 의미하며 이것은 동심의 눈과 연결시켜 생각할 수 있다.[75] 동심의 눈은 기존의 질서에 얽매이지 않고 순수하게 사물을 받아들이기 때문에 자아와 세계, 시·공간, 역사, 우주 등의 경계를 초월하게 된다. 정리하자면, 김기림이 말한 '새로운 눈'은 동심의 눈을 의미하며, 그는 1930년대 시인들이 동심의 눈으로 조급한 욕망과 공리적 요구에 사로잡히지 않고 사물의 풍부함을 있는 그대로 느끼길 바랐다.

아이들의 통합적 감각은 사물에 대한 열림의 바탕 위에서 일어나고, 이런 점은 삶 전체와 연결시킬 수 있다. 1930년대 시인들이 어떤 사물에 주의하는 것은 대상에 대해 관심이 있기 때문이고, 이때 관심은 사물의 지각을 가능하게 하는 어떤 관점을 제공하는데, 이런 관점은 어떠한 전체성과 관련되며, 여기서 '어떠한 전체성'이란 삶 전체이고, 이 삶은 세계를 향해 열려 있고, 감각적 디테일의 확인은 이 열림의 바탕 위에서 일어

---

75 소래섭은 그의 논문에서 백석의 음식에 나타난 감각을 분석하면서 김기림이 언급한 '새로운 눈'에 대해서 인용하였다. 이때 그는 '새로운 눈'이란 '지성의 눈'이라고 평가하며 감각의 새로운 지평을 김기림의 원초적인 감각에서 찾으려 했다(소래섭, 앞의 논문, 93쪽). 이런 점에서 더 나아가 이 책은 '새로운 눈'을 아이들의 느끼는 감각과 연결시키며, 무한한 사유와 연결시키고자 했다.

난다.[76] 다시 말하면, 어린아이의 통합적 감각은 자아와 세계의 관계 속에 무한한 감각을 인식하는 것을 의미하며 이런 관점에서 자아와 세계는 서로 하나가 된다. 그리고 이런 세계를 추구하고 지킬 수 있는 것은 동심의 눈 안에서만 가능하다. 동심 세계에서 몽상은 웅대한 관조이며, 웅대한 관조는 너무나 특수한 태도를, 너무나 특별한 영혼의 상태를 결정해주므로, 그 몽상은 몽상가를 가까이 있는 세계 밖으로 들어내어, 무한의 표징을 지니고 있는 세계를 대면케 한다.[77] 그러므로 동심적 상상력 안에 나타나는 통합적 감각은 자아와 세계의 무한을 이끌고, 이런 점은 바슐라르의 역동적 상상력과 연결시킬 수 있다.[78] 바슐라르의 상상력은 질료와 연결시켜 생각할 수 있고 이 질료는 역동적 상상력을 일으키는 기초가 된다. 특히, 역동적 상상력을 일으키는 물질 중에서 '공기'는 벡터적인 본질을 가지고 있다. 물, 불, 공기, 대지 중에서 공기는 본질적으로 어떤 미래를 가지고 있으며, 그것은 비상의 벡터를 갖는다.[79] 중요한 점은 공기란 자유로이 움직이는 성질이 있고 이런 점은 무한한 공간으로 자유로이 확산된

---

76 김우창, 『김우창 전집』 4, 민음사, 2006, 132쪽.

77 G. Bachelard, 곽광수 역, 『공간의 시학』, 민음사, 1997, 341쪽.

78 바슐라르에 의하면 어린이나 어린 시절 테마는 특히 시에서 자주 나타난다고 했다. 그에 의하면 어린이는 인습과 이해관계에서 가장 먼 존재인 만큼 그의 상상은 상상력의 자유로움에 따라서 그것의 지향에 가장 충실한 법이라고 말했다. 어린이에게 감동이, 아름다움이 가장 빈번하고 강렬하게 느껴지는 것은 이 때문일 것이다. 이것은 달리 말해, 어린이의 삶이 상상력 이상 즉 원형적 상태에 가장 가까이 있는 것이라고도 하겠다. 그런데 또 어린 시절의 추억이 추억들 가운데 가장 아름답게 느껴지는 것은, 그 추억 자체가 빈번하고 강렬히 느꼈던 어린 시절의 감동을 포함하고 있기 때문이다. 어린 시절의 추억 자체의 아름다움과 거기에 포함되어 있는, 그 자체가 인간의 상상력이 지향하는 원형이 된다고도 할 수 있을 것이다(G. Bachelard, 『공간의 시학』, 117쪽).

79 G. Bachelard, 정영란 역, 『공기와 꿈』, 민음사, 1993, 52쪽.

다는 것이다. 결국, 열린 상상력을 지닌 공기는 넓이와 깊이를 짐작할 수 없는 우주의 무한으로 나타나기도 한다. 공기의 무한한 상상력은 동심의 눈으로 현실을 뛰어넘는 상상과 신비의 세계를 펼쳐놓는 것과 맥을 같이 한다. 또한 공기적 요소인 '바람'과 '새'에 나타난 여러 가지 심리적인 현상과 순수한 이미지는 '아이'의 본성과 상통하며 '바람'과 '새'에 나타난 무한한 상상력은 자아와 세계를 초월하게 만든다.

프로이트에 따르면 어른의 꿈, 노이로제 속에서 아이를 만나게 되고, 게다가 이런 어린아이에게서는 원시적인 모습도 드러난다고 말했다.[80] 원시라는 단어는 15, 6세기의 영어 형태로, '초기, 최초, 독창적인, 기본적인'을 뜻하는 근대 영어와 불어의 형태를 취한다.[81] 하지만 원시주의는 마이클 벨이 주장하는 것처럼 황금시대의 고대신화 같은 것들과는 현저하게 다르고, 예술과 자연 또는 도시와 시골에 대한 전통적인 이분법과 다른 것이다.[82] 또한 루소는 원시를 말하고 '고결한 야만인'에 관심[83]을 보이며, 그는 원시를 인류가 추구해야 될 인식으로 보았다.

이런 점은 원시 사회와 '자연 상태'에 사는 원시인이 지닌 고결한 본능으로 타자에 대한 존중과 자아 향상을 위한 욕구와 관련 맺지만, 루소는 근대사회는 이것을 완전히 왜곡했다고 말하며, 게다가 동시대 유럽인들 재산, 불평등, 노예제도를 보존하려는 유일한 목적에서 법과 정부조직을 구축해왔다고 결론짓는다.[84] 그러나 루소가 말한 자연 상태로의 복귀는

80 S. Freud, 김명희 역, 『늑대인간』, 열린책들, 1996, 369쪽.

81 S. F. Eisenman, 정연심 역, 『고갱의 스커트』, 시공사, 2004, 94쪽.

82 M. Bell, 앞의 책, 5~6쪽.

83 위의 책, 6쪽.

84 S. F. Eisenman, 앞의 책, 94~95쪽.

수사학적이며 비유적이며, 이런 점은 아이가 지닌 원시적인 세계와 유사하다. 루소는 자연 상태의 인간이란 깊이 생각하지 않는 존재이기 때문에 선악 개념에서 벗어나 있는 존재이고[85] 선악 개념이 없기에 무사태평하고 평화로우며 건강하고 튼튼하다고 말한다.[86] 또한 20세기에 와서 형성된 원시주의는 반이성주의와 연관시켜 생각할 수 있다.[87] 반이성주의적인 면이란, 개성의 비이성적, 직관적, 본능적인 면을 동정적으로 강조하는 낭만주의 운동의 문학과 이론에서 특히 잘 나타나 있고, 더 나아가, 낭만주의에서도 외부 '자연(nature)'에 대한 어떤 시점과 거기에 부응하여, 도덕적 감정적 가치의 구심점으로서의 인간 내부의 '자연적인(natural)' 것에 대한 시점을 받아들이는 면이 있기에 원시주의와 낭만주의와 연관시켜 생각할 수 있다.[88] 예전의 원시주의에 대한 언급은 인간의 본성이 사회적 또는 자연적 환경에 따라 타락하거나 고상해질 수 있는 다소간 수동적인 실재라는 가정 위에서 이루어졌던 데 반해 낭만주의자의 원시주의적 경향은 내면 혹은 심리적 문제가 되었다는 것으로 자연 세계와의 이 새로운 관계는 본질적인 문제였다.[89] 정리하자면, 원시주의는 내면 세계를 의미하고, 이런 세계는 인간이 자연에 잘 적응하며, 건강하고 튼튼하게 살았

---

85 J. J. Rousseau, 주경복 · 고봉만 역, 『인간불평등 기원론』, 책세상, 2003, 151쪽.

86 위의 책, 150쪽.

87 조규갑, 「이상 문학의 원시주의 연구」, 서울대학교 석사학위 논문, 2008, 10쪽. 조규갑은 그의 논문에서 이상 문학에 나타난 원시성을 살펴보며 낭만성을 언급했다. 이상 문학에 나타난 원시성과 낭만성을 현실 극복의 지향점으로 보았다. 하지만 이 책이 언급하는 원시성과 낭만성은 아이에게서 나타나는 원초적인 정신세계를 의미하는 것으로 이런 원초성은 코라의 정신세계와 유사한 과정을 지닌다.

88 M. Bell, 앞의 책, 73~75쪽.

89 위의 책, 75쪽.

고, 일도 힘들게 많지 않았고, 다른 사람과 말을 많이 할 필요가 없어서, 말다툼을 할 필요도 없었으며, 굳이 서로 만나서 부딪치며 갈등을 하지도 않았던 상태로, 이런 원시주의적 상태는 '늘 어린아이처럼 천진난만하게 사는 삶'과 같다.[90] 즉, 루소의 이 말은 원시적 자연 상태의 아이의 모습을 보여주며, 아이의 순수성의 특징을 잘 보여준다.

게다가 아이의 원시주의적 모습은 코라의 정신분석적인 경우를 통해 설명할 수 있다. 코라는 무엇인가? 나르시시즘의 결정체인 코라는 크리스테바가 플라톤의 『티마이오스』[91]에서 그 개념을 빌려온 것이며, 코라는 움직임과 그 순간적 정지로 이루어진 것으로, 코라 그 자체는 단절, 분절 —리듬—로서 분명한 것, 사실임직한 것, 공간성 그리고 시간성에 앞선다.[92] 게다가 코라는 의미도 아니고 개념도 아니고 플라톤의 말처럼 코라는 빈공간이며, 그 안에서 좋다, 나쁘다의 어떤 대립도 거기에서 무효화되는 코라는 파르마콘의 양가성을 포괄하고 있지만, 그 양가성을 초탈하고 있다.[93] 코라는 주체와 객체가 공존하는 애매한 공간으로 서로 분리할

---

90 J. J. Rousseau, 앞의 책, 7쪽.

91 플라톤은 그의 대화편 『티마이오스』에서 숫자의 모든 비례에 의한 놀이가 신의 계산으로서 목소리 없이도 가능한 로고스라는 생각에 이르게 되었다고 한다. 즉, 숫자의 합리적 놀이는 소리의 현존이 불필요한 수의 침묵에서 가능하며 세계의 기원을 설명하는 논리로서, 같은 것과 다른 것과의 혼합이나 상반되는 두 가지 양극에 환원될 수 없는 '제3의 장르'로서의 공간의 개념이 필요함을 생각하게 되었다고 한다. 그리하여 세계의 기원은 '그릇'이나 '자궁'과 같은 공간 속에 구도나 형태를 기록하는 것에 비유된다고 플라톤은 생각했다(김형효, 『데리다와 해체 철학』, 민음사, 1993, 114쪽). 크리스테바는 플라톤의 빈 공간의 개념을 '코라'라고 하였고, 이 코라 안에서는 어떤 대립도 존재하지 않는다고 한다. 이런 점은 아이적인 사고와 상통한다.

92 J. Kristeva, 김인환 역, 『시적 언어의 혁명』, 동문선, 2000, 26쪽.

93 김형효, 앞의 책 115~116쪽.

수도 없는 경계를 가지고 있다. 즉, 어린아이의 순수함과 천진난만함에서 오는 공백과 같은 사고는 미정형 상태인 코라의 속성과 상통한다. 여기서 더 나아가 라캉식으로 말하자면, 원시주의적 사고는 상상계적 단계와도 상통한다. 상상계는 거울 이미지, 동일시, 상호작용의 계이고, 이 계에서는 개인이 타자를 기쁘게 만들려고 할 뿐만 아니라 자신의 타자성을 용해시켜 (동일시의) 상대가 되며, 상상계 속에서는 자아를 탄생시켰던 원래의 동일시적 과정이, 사람과 사물이라는 외부 세계와 그 개인의 관계를 통해 반복된다.[94] 즉, 상상계 안에서 '아이'는 거울을 보면서 동일시를 반복하며 자신의 몸을 통합된 총체성으로 바라본다. 이렇듯 크리스테바의 코라나 라캉의 상상계는 '아이'의 원시주의 사고와 연관되어 설명될 수 있다.[95] 결국, 코라 · 상상계에 나타난 '아이'의 원시주의와 이 책에서 정의하고자 하는 원시주의로서 '아이'의 관념과 일치된다.[96]

---

[94] 맬컴 보위, 이종인 역, 『라캉』, 시공사, 1999, 140쪽. 어린아이는 거울에 비친 자기 이미지를 보거나 어른 혹은 다른 아이의 모방적 동작에서 자신과 유사한 동작을 볼 때 하나의 특징적 반응을 보인다. 어린아이는 이처럼 바라보는 순간은 극적인 발견을 하게 되는 순간이고 막연하게나마 '나는 저거(거울에 비친 이미지)야.' 혹은 '저게(다른 아이의 동작) 나야.'라는 명제를 구성하게 된다. 라캉은 기뻐하는 모습과 그 이미지에 매혹되는 태도 그리고 그러한 반응의 장난스러움을 주목한다(위의 책, 42쪽). 즉, 라캉이 이렇게 생각하는 어린아이의 인식은 이 책이 주장하는 순수하고 천진난만한 어린이의 원시성과 일치한다고 본다.

[95] 원시주의적 사고는 장자의 혼돈이라는 개념과 연관시켜 생각해볼 수 있다. 서양에서 혼돈은 보통 부정적으로 바라보나 이에 반해 동양에서 혼돈은 모든 것의 근원, 모든 가능성의 총체로서 긍정적인 것이 된다(오강남 풀이, 『장자』, 현암사, 1999, 348쪽). 이러한 혼돈 속에서 본래의 순일성을 회복하는 것이고 근원으로 돌아가는 것이 된다(위의 책, 349쪽).

[96] 아이에 나타난 원시성을 코라와 상상계 단계에서 확장시켜 생각해보면 들뢰즈의 아이 – 되기를 떠올릴 수 있다. 들뢰즈의 아이-되기(생성)는 결코 상호간의 대응이 아니다. 유사성도 모방도 동일화도 아니다. 생성한다는 것은 계열에 따라 진보하는 것도 아니고 퇴행하는 것도 아니다. 그리고 특히 되기는 상상 속에서 일어나는 것도 아니다. 되기는 실

더 나아가 '아이'의 순수성은 샤먼의 접신을 통해 인간계와 동물계가 분리되지 않았던 원시 신화시대를 꿈꾸던 샤머니즘 세계와도 연결지어 생각해볼 수 있다. "암마살리크 에스키모의 경우 샤먼 후보자가 되기 위해서는 늙은 샤먼 자신이 아주 나이 어린 아이들 중에서 후보자를 선택한다. 다음 세대를 위해서 현존하는 최고의 권능을 보존하는데 아이를 골라 입문 의례를 베푼다."[97] '아이'라는 것은 몽상적이고 자유로운 사고와 타고난 순수성과 원초성이 있기 때문에 환상을 자주 대하라고 샤먼의 후보자로 선택되곤 한다. 즉, '아이'의 타고난 본질은 영적인 세계를 추구하는

재적이다. 결국 되기는 항상 계통과는 다른 질서에 속해 있다. 되기는 결연과 관계된다. 결연, 이것은 다른 것과 결합되기에서 핵심이 된다. 또한 되기는 역행적이다. 이 역행은 창조적(생성)이다. 역행한다는 것은 자신의 고유선을 따라 주어진 항들 "사이에서" 할당 가능한 관계를 맺으면서 전개되는 하나의 블록을 형성하는 일을 가리킨다. 되기는 리좀이지, 결코 계통수가 아니다. 아이들은 스피노자주의자이다. 꼬마 한스가 "고추"에 대해 말할 때 그것은 하나의 기관 또는 기관의 기능이 아니라 일차적으로 하나의 재료, 즉 연결 접속들, 운동과 정지의 관계들, 재료가 이루는 개체화된 잡다한 배치물들에 따라 변화하는 요소들의 집합을 가리킨다. 계집애에게도 고추가 있다. 계집애들도 쉬하기 때문이다. 즉, 기관적 기능보다 기계적 작동 형태를 주목하면 단순한 것인데, 같은 재료라도 연결 접속들이나 운동과 정지의 관계들이 동일하지 않으며 사내아이와 계집애에게도 동일한 배치물을 이루지도 않는다. 기관차도 고추가 있다. 전혀 다른 기계적 배치물 속에, 아이들에게 하나의 기관차의 "천 가지 변전"을 겪으며, "위치를 정하기도 어렵고, 식별하기도 어려우며, 때에 따라 뼈, 엔진, 배설물, 애기 손, 아빠의 심장 등"이 된다는 점을 지적할 수 있다. 그러나 이는 기관이 부분 대상으로 체험되기 때문이 결코 아니라, 기관이란 운동과 정지의 관계(존재론적 사유)에 따라 또 이 관계가 이웃 요소들의 관계와 합성되거나 분해되는 방식에 따라 기관의 요소들이 만들어 내는 바로 그것이기 때문이다. 모든 생성은 분자적이다. 생성은 누군가가 가진 형식들, 누군가가 속해 있는 주체, 누군가가 소유하고 있는 기관들, 또 누군가가 수행하고 있는 기능들에서 시작해서 입자들을 추출하는 일이다. 그리고 우리는 입자들 사이에 운동과 정지, 빠름과 느림의 관계들을, 누군가가 지금 되려고 하는 것에 가장 가까우며 그것들을 통해 누군가가 생성하는 그런 관계들을 새로이 만들어낸다. 바로 이런 의미에서 생성은 욕망의 과정이다(G. Deleuze · F. Guattari, 김재인 역, 『천의 고원』, 새물결, 2002, 452~495쪽).

97　M. Eliade, 이윤기 역, 『샤머니즘』, 까치, 1992, 73쪽.

샤머니즘 세계에 무한한 가능성의 의미를 지속시켜준다.

샤머니즘 세계는 인간과 영적인 세계를 매개하는 샤먼을 통해 삼라만상에 깃들어 있는 초자연적 존재들과 교통을 이루고 있는 인간이 거주하는 지상을 포함한 우주의 '원형'[98] 질서를 회복·유지하는 것이다.[99] 이런 샤머니즘적 세계는 모든 것을 초월하는 세계이다.[100] 또한, 샤머니즘의 물활론적 세계관은 동물, 식물, 바위, 바람과 비 등 모든 것에 정령이 깃든 것으로 보며, 이런 영들의 의식은 인간의 의식과 융합할 수 있으며 살아 있는 사람의 영혼은 대개 죽어서 혼령이 된다고 믿고, 죽은 사람은 조상의 혼령이나 더 큰 자연의 정령 중 일부이며, 동시에 영혼은 몸의 한 이미

---

[98] 융은 개성화 과정에 대해서 말하는데, 이 개성화 과정을 꿈과 관련시키며 원형의 의미까지 생산해내었다. 특히, 그 꿈속에 어떤 신화적인 의미가 내포되어 있다. 예를 들어, 어머니는 하나의 원형이다. 그것은 원천, 자연, 수동적인 생산자를 암시하며, 그러므로 물질적 자연 자궁 그리고 식물성 기능이고 게다가 무의식, 자연스러움, 충동성 등을 의미한다. 어머니는 빈 그릇이기도 하다. 품에 안고 양분을 주는 것, 그래서 또한 의식의 토대를 표현하는 것이다. 즉, 융은 모성의 개념에 신화적, 언어사적 변화의 상당부분을 재현하고 있다. 그는 이것을 꿈의 문장에 적용하면 좀 더 집단적일 수 있다고 한다. 이런 점은 샤머니즘 세계와 자연스럽게 연결시켜 생각해 볼 수 있다(C. G. Jung, 융 저작위원회 역, 『정신요법의 기본문제』, 솔, 2003, 146~147쪽).

[99] 양민종, 『샤먼이야기』, 정신세계사, 2003, 43쪽.

[100] 아득한 옛날부터 인간은 모든 동물을, 죽은 사람의 영혼을 저승으로 데려가는 영혼의 안내자로 믿어왔고 동물의 모습은 죽은 사람이 환생하면서 새로 얻은 모습이라고 생각했다. 어찌하든 인간과 동물 사이의 이 신비스러운 연대 관계가 중요하며 인간과 동물의 연대관계는 고대 수렵민들 종교의 중요한 특징을 이룬다. 바로 이런 인연이 있기 때문에 인간은 동물로 변신할 수 있고 동물의 언어를 해독할 수 있다. 그러니까 샤먼은 언제 어디서나 동물의 존재 양식에 동참하고 어떤 의미에서는 인간계와 동물계가 분화되지 않았던 저 아득한 옛날 신화시대에 존재했을 상황을 재현하고 있는 것이다(M. Eliade, 앞의 책, 104쪽). 즉, 이 책이 제시한 아이라는 의미도 샤먼의 존재처럼 질서가 잡히지 않는 세계관 속에서 그들의 놀라운 상상력 속에서 자연과 인간의 하나인 것을 말한다.

지일 수도 있다.[101] '아이'의 세계도 물활론적인 특성을 지닌다. 모든 사물을 생명을 가진 것으로 생각하거나 사물에 인격을 부여하는 태도가 그런 것이다. 결국 샤머니즘 세계는 자연과 교감하며 자연과 하나가 되는 무한한 공간을 지닌다. 어린아이의 세계도 무한한 가능성의 세계이고 자유롭고 새로운 공간을 지닌다. 무한한 공간을 지닌 '아이'는 사물들에 영혼을 부여하며 사물과 하나가 되고, 이런 관점에서 어린아이의 세계는 샤머니즘 세계와 상통한다.

또한 샤먼의 접신 상태가 되면 자아와 세계의 모든 것을 뛰어넘으려는 의지, 초월적인 욕망이 나타난다. 예를 들어, 샤먼은 접신일 때 물고기나 새, 순록이나 고래가 될 수 있고, 이런 점은 샤먼 자신이 몸 안에 영을 체득하고 있기 때문이고, 그러므로 인간이자 신으로서 이중의 성격을 지닌 샤먼은 결국 신들린 사람처럼 영이 될 수 있는 것이다.[102] 다시 말하면, 샤먼은 접신을 통해 동물을 흉내 내거나 사물과 하나가 된다. 아이도 질서 잡히지 않는 가치관과 천진난만함으로 자연스럽게 사물과 하나가 되어 대화를 나누거나 그들과 즐거운 놀이를 한다. '아이'의 이런 과정은 샤먼의 접신 과정과 동일하다. 정리하자면, 샤먼이 접신 상태가 되면 인간과 인간을 둘러싼 삼라만상인 우주의 만신들과 하나가 되어 모든 경계를 초월한다.[103] '아이'의 순수성은 자연과 하나가 될 수 있고 이런 점은 시공간의 경계를 초월하는 것을 의미하며 자아와 세계의 이원적인 세계관을 극복한다. 결국, 인간과 신, 자연과 인간의 경계를 허물어버리는 샤머니즘

101 P. Viebsky, 김성례 역, 『샤먼』, 창해, 2005, 12~13쪽.

102 위의 책, 91쪽.

103 양민종, 앞의 책, 249쪽.

은 총체성을 지니며 서로 다른 개체를 하나로 연결시킨다.[104]

여기서 말하는 '아이'는 '아이'가 지닌 순수성과 원초성으로 '아이'라는 이미지, 혹은 '아이'라는 상징을 통해 드러나는 미의식에 의해 자아와 세계의 구별을 무화시키는 것이다. '아이'란 육체적으로 성숙하지 못하고 정신적으로도 미흡하며, 이런 미흡한 면에 대한 부모의 세심한 배려로 인하여, '아이'는 우주가 자신의 관심에 순응하고 자신의 모든 생각과 욕구에 반응한다는 믿음을 갖게 되며, 결국 비위를 맞추어주는 이러한 환경 때문에 '아이'는 안과 밖 사이의 근원적인 불가분리성이 강한 속성을 지닐 수밖에 없다.[105] 다시 말하면, 자아의 의미를 설명하기 위한 1930년대 담론들은 대개 안과 밖, 표면/깊이, 개인/사회와 같은 이항 대립에 기초하고 있다.[106] 하지만 모든 경계를 초월하는 아이는 이러한 이원적인 세계의 경계를 허물어뜨린다. 즉, 1930년대 시인들은 '아이'를 매개로 자아와 세계의 경계를 넘나들면서 미의식을 만들어간다.

---

104 플라톤이 나눔이라는 그의 방법을 정교화시켰을 때, 그 역시 하나의 복합물을 두 개의 절반으로 또는 몇몇의 계열들을 따라 나누고자 작정했다. 그러나 모든 문제는 어떻게 좋은 절반을 선택하는지를 아는가였다. : 우리가 찾고 있는 것은 왜 다른 쪽보다는 이쪽에 있었는가? 나눔은 그러므로 그것이 '중간항'을 결여하고 있으며, 여전히 영감에 의존하고 있다는 이유로 진정한 방법이 아니라고 비난받을 수 있었다. 베르그송주의에 있어서 그 난점은 사라진 것처럼 보인다. 왜냐하면 하나의 복합물을 두 개의 경향―그중 한 경향만이 하나의 사물이 시간 속에서 질적으로 변하는 그 방식을 나타내는데― 에 따라 나눔으로써 베르그송은 각각의 경우에 있어서 "좋은 쪽", 즉 본질의 쪽을 선택하는 수단을 효과적으로 가지고 있기 때문이다. 즉, 직관은 방법이 되었다. 또는 오히려 방법은 직접성과 화해되었다(G. Deleuze, 김재인 역, 『베르그송주의』, 문학과지성사, 1996, 39~40쪽). 즉, 베르그송은 직관을 통해서 플라톤의 나눔을 초월하듯 이 책이 주장하는 아이도 현실의 이원적 세계관을 초월하면서 분리된 자아와 세계를 일치시킨다.

105 J. Campbell, 이진구 역, 『원시신화』, 까치, 2004, 101쪽.

106 소래섭, 「백석 시에 나타난 음식의 의미 연구」, 23쪽.

제2장

동심에 나타난 통합적 감각과
시 · 공간의 총체성

1. 동심에 나타난 통합적 감각

정지용의 초기시 중에 동시를 비롯한 동시 계열 시들은 중요하게 연구되지 못했다. 정지용의 동시 및 동시 계열의 시들이 제대로 연구되지 못한 이유는 이 시들의 문학성이 없거나 그의 시 세계에서 차지하는 비중이 낮아서가 아니라 그의 초기 시가 지배하는 이미지즘 계열과 연관이 없었기 때문이다.[1] 그러나 동시 및 동시 계열의 시들은 이미지즘 계열의 시들과 구분되는 나름대로의 중요한 특징을 지니고 있다.[2]

그동안 정지용의 동시류는 권정우, 진순애, 김성용 등에 의해서 연구되었다. 권정우는 정지용의 동시류가 제대로 평가받지 못하는 원인을 연구자들이 그의 모든 시 세계를 이미지즘으로 설명하는 데 두었다. 그는 초기 시에 나타난 동시가 이미지즘 계열의 시들과 깊은 연관성이 없기 때

---

1   권정우, 「정지용 동시 연구」, 『정지용의 문학 세계 연구』, 깊은샘, 2001, 130쪽.

2   위의 책, 131쪽.

문에 동시에 대한 평가를 제대로 내리지 못하는 것이라고 보았다. 그러나 그는 정지용 동시를 분석하면서 작품 전반에 걸친 연구를 하기보다는 단지 '시 「향수」가 동시다'라는 분석에 집중하여 살펴보았을 뿐이다.[3] 진순애는 정지용의 동시를 연구하면서 그의 동시가 단순한 동심을 벗어나서 민족의 전통적 이데올로기를 포함하고 있다고 보았다. 즉, 그는 정지용 시의 동시를 단순히 개인적인 원형으로 볼 수 있는 의미에서 더 나아가 민족의 원형과 연결시켰다.[4] 그러나 그는 정지용의 동시를 민족의 원형으로 설명하려는 부분에서 다양한 작품을 분석하기보다는 주관적인 해석에 그쳤다. 김성용은 그의 논문에서 정지용이 느끼는 불안 의식의 원인이 작가의 유년기에 있다고 지적하며, 정지용의 동시에서 그 불안의 해소를 찾아보고자 했다.[5] 그러나 그의 연구 또한 정지용 문학에 나타난 불안의 원인을 모성의 부재에서 찾는 데에 집중한 나머지 정지용의 동시를 다채롭게 해석하지 못했다.

정지용은 『學潮』에 동시 「서쪽 한울」 「띄」 「감나무」 「한울 혼자보고」 「딸레와 아주머니」를 발표했고, 그다음 어린이 잡지인 『新少年』에 「할아버지」 「산 넘어 저쪽」 「해바라기 씨」를, 『어린이』에 「산에서 온 새」 등을 발표했다. 그가 어린이 잡지인 『어린이』 『신소년』에 작품을 발표했다는 점은 주목할 필요가 있다. 즉, 정지용이 동시로 보이는 작품을 통해서 시 창작을 시작했고, 이후에도 어린이 잡지에 자신의 시 작품을 발표하고 있었다는 점은 그의 정신세계에 동심적인 상상력이 중요시되었을 것이라 이해

---

3 권정우, 앞의 책.

4 진순애, 「정지용 시의 내적 동인으로서의 동시」, 『한국시학연구』, 2002.

5 김성용, 「정지용 동시 연구」, 부산대학교 석사학위 논문, 2003.

될 수 있다. 정리하자면 정지용이 시인으로서 본격적으로 시 창작을 하기 앞서 동시로 시 짓기를 시작했다는 점과 그의 140여 편의 시들 중에서 동시가 20여 편에 해당된다는 점에서 그의 동시에 대한 연구는 중요하다고 볼 수 있다.

동시는 어린이가 서정적 자아로 설정되어 어린이들이 이해할 수 있는 쉬운 표현이나 단순한 구성으로 동심의 세계를 표현한다.[6] 그리고 동시는 아이의 관점에서 씌어지고 아이를 독자로 하기 때문에 구성이 단순할 뿐만 아니라 아이의 심리를 그대로 반영하기도 하는데 예를 들어, 동시는 구성 면에서 봤을 때 대립적 구성이나 병렬적 구성이 많다.[7] 즉, 대립적 구성이나 병렬적 구성은 시의 리듬의 효과를 나타내고 이런 점은 아이들의 순수하고 천진난만한 세계를 표현하기에 주요한 역할을 한다. 즉, 단순하고 반복적인 구조를 지닌 동시로 시 창작을 먼저 시작한 정지용은 시 창작하는 과정 속에서 시인의 독특한 감각을 탄생시킬 수 있었다. 동시의 시적 화자는 성인의 논리적이고 세속적인 모습과는 달리, 순수하고 순진한 모습을 담고 있다. 특히 정지용이 시론에서 "어린아이의 말은 즐겁고 참신하다. 으레 쓰는 말일지라도 그것이 시에 오르면 번번히 새로 탄생한 혈색에 붉고 따뜻한 체중을 얻는다."[8]고 표현한 것으로 보아 그는 시라는 것에 아이의 모습 같은 천진난만하고 순수함이 묻어나야 한다는 의미를 제시한다. 이런 관점에서 그의 동시는 아이적인 심리 상태가 그대로 표현된 작품이라 할 수 있다.

---

6   권정우, 앞의 책, 131쪽.

7   위의 책, 132쪽.

8   정지용, 『정지용 전집』 2, 민음사, 1998, 318쪽.

특히, 정지용 동시에 대한 연구 중에 정종진 논의는 동심이 정지용 시 정신의 근본이라고 지적하고 있고, 정지용의 동심이 결국은 물아일체의 경지까지 도달하게 하는 원리라고 보았다. 즉, 그에 의하면 천진난만하고 순진무구한 심성을 지닌 동심이야말로 우주의 본질에 대해 관통할 수 있는 사유이다.[9] 결국, 정종진의 동심에 대한 논의는 기존의 연구와는 다른 '동심'을 밝혀내고 있다. 이런 점은 이 책에 일정 부분 시사한다.

이 책은 2장에서 정지용의 동시가 가지는 다양한 의미를 살펴보고자 한다. 특히, 그의 동시 속에 나타난 동화적 상상력이 어떤 새로운 사유를 보여주는가에 주목하고자 한다. 즉, 정지용 시 세계의 출발이었던 동시를 연구하는 것은 정지용의 시 세계를 좀 더 다양하고 풍부하게 이해할 수 있는 계기가 될 것이다. 우선, 정지용의 불안에 관한 기존의 연구를 보면 초기 시 「카페 프란스」에서 보여주는 피식민 주체 유학생의 불안정한 결핍감이 후기 산문시편인 「호랑나비」 「삽사리」 「禮狀」 「나비」 등에서도 나타난다고 강조했다.[10] 하지만 이런 불안감과 긴장감은 후기 시편뿐만 아니라 그의 동시로 표현된 시들에도 상당수 포함되어 있다. 이런 점은 그의 동시들이 일반적인 시 형식 못지않다는 점을 증명해주는 것이기도 하다.

기존 연구를 보면 정지용 시에 나타난 불안감이란 다양하고 복잡하고 모순적인 근대의 생활양식과 연관되었다고 한다.[11] 그의 불안감은 근대적 삶과 연관되면서 더욱 정지용만의 어떤 새로운 사유를 만들어낸다. 그

---

9   정종진, 「정지용의 시에 표현된 동심과 경(敬)사상에 대한 연구」, 『새국어교육』, 2009.

10 김용희, 「정지용 시에 나타난 신경쇠약증과 언어적 심미성에 관한 고찰」, 『한국문학논총』, 2007, 230쪽.

11 위의 책, 29쪽.

어떤 새로운 사유란, 동심의 눈과 관련된 것이고 동심의 눈 안에서 불안은 일상적인 삶을 뛰어넘어 심미적인 차원으로 이끄는 원동력으로 작용한다. 특히, 그는 어린 시절의 경험이나 이미지를 바탕으로 동시를 만들어낸다. 즉, 정지용은 일상적인 삶 속에서 본질적인 사유를 찾고자 그의 시에 동심을 내세웠고, 그의 시론에서는 시어를 아이적인 말로 설명하려 했다.

시어는 그 의미가 암시적이고 함축적이며, 정서적이고 상상적이고 그 의미는 다양하게 해석될 수 있다는 점에서 복합적이다.[12] 즉, 다양하게 해석이 가능한 시라는 것은 가장 감각적인 영역이라고 볼 수 있다. 또한 정지용은 가장 감각적이고 풍부한 정서적인 면을 지닌 시는 어린아이의 말처럼 되어야 한다고 강조한다.[13]

> 문장과 언어에 **혈육적 愛**를 느끼지 않고서 시를 사랑할 수 없다. 사랑은 커니와 시를 읽어서 문맥에도 통하지 못하나니 시의 문맥은 그들의 너무도 記事的인 보통 상식에 연결되기는 부적한 까닭이다. 상식에서 정연한 설화, 그것은 산문에서 찾으라. **예지에서 참신한 嬰孩의 謳魚, 그것이 차라리 시에 가깝다.** 어린아이는 새 말 바께 배우지 않는다. **어린아이의 말은 즐겁고 참신하다.** 으레 쓰는 말일지라도 그것이 시에

---

12 오세영, 『문학과 그 이해』, 국학자료원, 2003, 457쪽.

13 권창규는 그의 논문에서 정지용 시에 나타난 미적인 특수성을 설명하기 위해 정지용 시론의 '아이적인 말'과 연결시켜 설명하곤 했다. 그리고 그의 논문에서 정지용은 가장 이성적인 언어와 가장 감성적인 상상력의 시어에 대해 어린아이 말처럼 새로워야 한다고 하며, 이런 점이야 말로 시창작의 기본이라고 언급한다(권창규, 「정지용 시의 새로움: 미의 개념을 중심으로」, 연세대학교 석사학위 논문, 2003, 6~8쪽). 이런 관점은 이 책의 강조점과 다르다. 이 책은 어린아이의 말에 나타난 감성적인 부분에서 더 나아가 지성, 의력 등 여러 요소가 같이 어우러져 하나가 되어야 진정한 시가 될 수 있음을 강조했다.

오르면 번번히 새로 탄생한 혈색에 붉고 따뜻한 체중을 얻는다. 시인은 구극에서 언어문자가 그다지 대수롭지 않다. 시는 언어의 구성이기보다 더 정신적인 것의 열렬한 정황 혹은 旺溢한 상태 혹은 황홀한 사기임으로 시인은 항상 정신적인 것에서 정신적인 것을 조준한다.[14]

위의 글은 「詩의 옹호」에 실려 있는 부분으로 정지용은 시라는 것은 "혈육적 愛"를 느껴야 한다며 시의 감각적인 영역을 강조한다. 특히, 그는 시어를 이야기할 때, "예지에서 참신한 嬰孩의 訥魚, 그것은 차라리 시에 가깝다."라고 말한다. 즉, "참신한 嬰孩의 訥魚"는 어린아이들이 하는 말을 의미한다. 그리고 "어린 아이의 말은 즐겁고 참신하다."며 그는 시라는 것이 아이의 말처럼 새로워야 한다고 강조한다. 이런 점에서 그는 "으레 쓰는 말"에 대해 부정적인 시각을 보여준다. "으레 쓰는 말"은 평상시의 언어를 의미하는 것으로 "으레 쓰이는 말일 지라도 그것이 시에 오르면" 새롭게 탄생을 해야 한다. 다시 말하면, 으레 쓰는 말일지라도 그 언어가 "시에 오르면 번번히 새로 탄생한 혈색에 붉고 따뜻한 체중을 얻는다."란 표현을 통해 일상 언어일지라도 시 작품에 의해 쓰여질 때, 어린아이의 말처럼 새롭고 참신하게 변해야 한다고 한다. 즉, 이런 점은 시의 감각적인 영역을 강조하는 부분이다.

그다음 그는 「詩와 言語」에서 시어와 시인의 관계에 대해 설명하면서 시의 감각적인 영역을 더욱 강조한다.

시인이란 언어를 어원학자처럼 많이 취급하는 사람이라든지 달변가처럼 잘하는 사람이 아니라 **언어 개개의 세포적 기능을 추구하는 자는**

---

14 정지용, 「詩의 옹호」, 『정지용 전집』 2, 민음사, 1988, 318쪽.

다시 언어미술의 구성조직에 생리적 lift-giver가 될지언정 언어 死體의 해부집도자인 문법가로 그치는 것도 아닌 것이다. 그러므로 **언어는 시인을 만나서 비로소 血行과 호흡과 체온을 얻어서 생활한다.** 시의 신비는 언어의 신비. 시는 언어와 Incarnation적 일치다. 그러므로 시의 정신적 심도는 필연으로 언어의 정령을 잡지 않고서는 표현 제작에 오를 수 없다. 다만 시의 심도가 자연 인간생활 사상에 뿌리를 깊이 서림을 따라서 다시 **시에 긴밀히 혈육화되지 않은 언어는 결국 시를 사산시킨다.**[15]

결국, 시인이란 언어학자는 아니지만 "언어 개개의 세포적 기능을 추구하는 자"이다. 즉, 시인은 언어가 생명력이 있는 것으로 생각하고 창조하는 기능을 담당하는 자이다. 니체에 의하면 시인들이 인간의 삶을 가볍게 하려고 애쓰는 한, 그들은 비참한 현재로부터 시선을 돌리게 하거나, 과거에서 비쳐오는 빛에 의해서 현재가 새로운 색깔을 띠도록 돕는다고 한다.[16] 마치 생명력이 없는 언어가 시인을 만나 다시 탄생하듯이 "언어는 시인을 만나서 비로소 血行과 호흡과 체온을 얻어서 생활"하는 것이다. 그러므로 "시에 긴밀히 혈육화되지 않은 언어는 결국 시를 사산"한다며 그는 시에 감각적인 면을 강조한다. 게다가 그는 시에 감각적인 면과 아울러 좀 더 다양한 사유가 공존하기를 바란다.

무성한 감람 한포기를 들어 비유에 올리자. 감람 한포기의 공로를 누구한테 돌릴 것이냐. 태양, 공기, 토양, 雨露, 농부, 그들에게 깡그리 균

---

15 「詩와 言語」, 위의 책, 332쪽.
16 F. W. Nietzsche, 김미기 역, 『인간적인 너무나 인간적인』 1, 책세상, 2001, 169쪽.

동심에 나타난 통합적 감각과 시·공간의 총체성 | 55

등하게 論功行賞하라. 그러나 그들 감람을 배양하기에 협동한 유기적 통일의 원리를 더욱 상찬하라.

감성으로 지성으로 意力으로 체질로 교양으로 지식으로 나중에는 그러한 것들 중의 어느 한 가지에도 기울이지 않는 통히 하나로 시에 대진하는 시인은 우수하다. 조화는 부분의 비협동적 단위행위를 징계한다. 부분의 것을 주체하지 못하여 미봉한 자취를 감추지 못하는 시는 남루하다.[17]

또한 그는 시란 "감상으로 지성으로 意力으로 체질로 교양으로 지식으로 나중에는 그러한 것들 중의 어느 한 가지에도 기울지 않는 통히 하나"로 이루어진다고 말한다. 즉, 정지용이 창조하고자 하는 시는 감상적인 면과 지성적인 면, 의지적인 면 등이 모두 하나로 되어 있어야 한다. 정리하자면, 정지용은 어린아이의 말과 같은 참신한 언어로 감성, 지성, 意力 등을 모두 통합한 시가 진정한 시라고 생각한다. 이런 점을 바탕으로 그는 동시에서 시 창작을 출발했고, 그의 동시는 감성, 지성, 의력 등 여러 요소가 모두 하나가 된 경우이고, 이런 점이야말로 시 창작의 진정한 자세가 담겨 있음을 의미한다.

> 말아, **다락 같은 말아.**
> 너는 즘잔도 하다 마는
> **너는 웨그리 슬퍼 뵈니?**
> 말아, 사람편인 말아.
> 검정 콩 푸렁 콩을 주마

---

17 정지용, 「詩의 옹호」, 앞의 책, 320쪽.

이 말은 **누가 난줄도 모르고**
밤이면 먼데 달을 보며 잔다.

—「말 1」[18]

그의 새로운 말은 "다락 같은 말"을 통해서 발전하게 된다. 「말 1」은
표면적으로 말(馬)에 대한 이야기로 볼 수 있지만 시의 내용을 자세히
살펴보면 말은 곧 어린 화자와 동일시되어 있다는 것을 알 수 있다.[19] "다
락 같은 말"이 왜 어린 화자와 연결되는지 살펴보려면, 우선 다락의 의
미에 대해 생각해보아야 한다. '다락'은 여러 가지 의미를 나타내는데,
일반적으로 다락은 물품보관소 기능을 하는 장소를 의미하기도 하고,
혹은 다락은 공간의 의미를 초월해서 정신적인 영역으로 보기도 한다.[20]
이런 여러 가지 의미를 형성하는 다락을 바슐라르는 유년 시절의 체험
과 관련시켜 심오하게 해석한다. 바슐라르는 다락을 생명력의 상징으로
이해했고, 다락방이 없는 집은 승화하기 어려운 집이라고 말했다.[21] 그에
의하면, 다락방에서는 긴 고독의 시간들, 토라짐에서 명상에 이르기까지
아주 다양한 시간들이 체험된다고 말하는데, 절대적인 토라짐, 증인 없
는 토라짐이 이루어진 곳이 바로 다락방인 것이다.[22] 또한 어린아이에게
다락방은 고독의 장소이고, 그에게 틀어박힐 구석을 허락한다면 그것은

---

18 정지용, 『정지용 전집』 1, 민음사, 1988, 71쪽.

19 김미란은 그의 논문에서 '다락'과 '아이'를 동일한 것으로 바라보며, 아이의 내면 세계와
    다락을 연결시켜 논의를 전개하였다(김미란, 「정지용 동시론」, 『청람어문교육』, 2004,
    320쪽). 이런 점은 이 책의 시각과 일치한다.

20 신범순, 『이상의 무한정원 삼차각나비』, 117쪽.

21 G. Bachelard, 정영란 역, 『대지 그리고 휴식의 몽상』, 문학동네, 2002, 123쪽.

22 위의 책, 127쪽.

심오한 삶을 부여하는 것이 된다.[23] 결국, 사람의 발길이 뜸하며, 잘 쓰이지 않는 물건들이 처박혀 있는 공간 같은 다락에서 "누가 난 줄도 모르는" 아이는 존재의 뿌리를 생각하며 상실감에 빠져 있다. 유년 시절의 몽상은 원초의 순간부터 온전히 이루어져 있는 상태이고, 그것은 삶이 억제하고 조심성이 멈추게 하나 고독 가운데서는 다시 계속되는 일종의 존재의 성찰에 결부되어 있다.[24] 결국, 다락에서 "누가 난 줄도 모르는" 어린 화자는 존재 성찰을 하게 되고, 그의 세계는 "너는 웨그리 슬퍼보이니?"라는 표현을 볼 때 외롭고 불안하고 슬퍼 보인다. 결국, 「말 1」에 나타난 "다락 같은 말"은 어둠 같은 다락에 있는 곧 자신의 무의식 세계를 의미한다. 하지만 마지막 행인 "밤이면 먼데 달을 보며 잔다."라는 표현을 보면 외로움과 불안은 새롭게 창조된다. "밤이면"은 밤마다의 의미로 시간의 반복을 나타낸다. 이런 시간의 반복은 결국 영원회귀와 밀접하다. 영원회귀란 늘 생성의 무구함을 의미하며,[25] 아이들은 영원회귀를 잘 이해하며, 놀이하는 아이는 디오니스적이다.[26] 정지용 시에서 "밤이

---

23 G. Bachelard, 앞의 책, 129~130쪽. 바슐라르는 온갖 낡은 것으로 가득 찬 다락방을 몽상하기에 좋은 박물관으로 여긴다. 거기 온갖 낡은 것들에는 어린아이의 영혼이 깃들어 있다고 그는 주장한다(위의 책, 127쪽).

24 위의 책, 343쪽.

25 진은영, 『니체, 영원회귀와 차이의 철학』, 그린비, 2007, 70쪽.

26 디오니소스적인 것의 본질은 도취이다. 예를 들어 모든 원시인이나 원시 민족이 자신들의 찬가에서 말하는 마취성 음료의 작용을 통해서 혹은 자연 전체를 환희로 채우면서 스며드는 강력한 봄기운을 통해서 디오니소스적인 흥분을 일깨운다. 이 흥분이 고조되면서 주체적인 것은 완전한 자기 망각 속으로 사라져버린다. 결국 사람들은 디오니소스적인 것에서 이웃과 하나가 되거나 세계의 조화를 꿈꾼다(F. W. Nietzsche, 박찬국 역, 『비극의 탄생』, 아카넷, 2007, 58쪽). 아이들의 세계는 디오니소스적인 특성을 지니고 있고 이런 점은 자아와 세계의 모든 경계를 해체시킨다.

면"이라는 표현은 영원회귀를 나타내며 결국 놀이하는 아이와 연관해서 이해할 수 있다. 놀이하는 아이들은 어떠한 환경 속에서도 반복적으로 삶을 살아가면서 지낸다. 결국, 다락이 주는 이미지는 어둡고 불안하지만, 또한 다락은 어린아이와 같은 반복적인 세계관을 만나서 존재의 무한한 운동성과 변이를 만들어 사물을 자세히 관찰하도록 하는 힘을 길러주는 장소가 된다. 다락 속에서 어린 화자의 몽상은 비상의 몽상이 되고, 자기의 행복한 고독 속에서 꿈꾸는 어린애는 우주적 몽상을 통해 자아와 세계를 결합시킨다.[27] 정리하자면 "다락 같은 말"에 나타난 외롭고 불안함은 부정적인 것이 아니다. 그것은 더욱더 깊은 감각성을 확보하게 함으로써 사물에 대한 통찰력을 키워준다. 그리고 자기가 느끼는 감각을 절대적으로 생각하는 동심에서는 더욱더 사물에 대한 사고가 순수해진다.

정지용의 동시에서 나타난 솔직하고 순수한 동심 세계는 부재, 혹은 상실한 것에 대한 불안감이 많다.

> 우리 옵바 가신 곳은
> 해님 지는 西海 건너
> 멀리 멀리 가섰다네.
> 웬일인가 저 하늘이
> 피ㅅ빛 보담 무섭구나!
> 날리 났나. 불이 났나.
>
> ─「지는 해」[28]

---

27 G. Bachelard, 『몽상의 시학』, 122~123쪽.

28 『정지용 전집』1, 21쪽.

옵바가 가시고 난 방안에
숫불이 박꽃처럼 새워간다.

산모루 돌아가는 차, 목이 쉬여
이 밤사 말고 비가 오시랴나?

망토자락을 녀미며 녀미며
검은 유리만 내여다 보시겠지!

옵바가 가시고 나신 방안에
時計 소리 서마서마 무서워

—「무서운 시계」[29]

　먼저 「지는 해」를 살펴보자. 「지는 해」에서는 오빠의 부재에 대한 화자
의 불안감이 짧지만 강하게 나타났다. "우리 옵바 가신 곳은 해님 지는 西
海 건너 멀리 멀리 가셨다네."라는 표현을 보면, 화자의 오빠가 서해 건너
멀리 떠났다고 한다. 즉, 오빠는 화자의 옆에 없다. 오빠의 부재에 대해
화자는 하늘이 "피ㅅ빛보담 무섭구나!"란 표현을 통해 하늘의 색깔이 붉
은색으로 보이는 예민한 감각을 보여준다. 이런 예민한 감각은 "날리 났
나. 불이 났나."란 표현에서 불안과 공포의 감각으로 전이된다. 「지는 해」
에서 보여주는 어린아이의 불안과 공포감은 「무서운 시계」에서 강조된
다.[30] "옵바가 가시고 난 방안에 숫불이 박꽃처럼 새워간다."란 표현을 보

29　『정지용 전집』 1, 98쪽.

30　김용희는 「지는 해」와 「무서운 시계」에서 불안과 공포 감각에 대해서 언급했다. 이런 감
　　각은 정지용 시에 나타난 신경증과 연결시켜 당대 신경증의 의학적 증후를 시적 전략으

면 오빠가 떠나간 뒤 혼자 남아 있는 방 안에서 숯불이 점점 박꽃처럼 변해가는 과정을 보여준다. 즉, 화자가 홀로 남아 있는 방 안에 숯불이 번지는 모습을 표현한 것은 불안감의 정도가 절정에 다다른 것을 알 수 있다. 게다가 홀로 남겨진 '아이'의 공포감은 자그마한 시계 소리에도 놀라고 불안해하는 모습을 보여준다. 즉, "옵바가 가시고 나신 방안에 시계 소리 서마서마 무서워."란 표현에서 혼자 남겨진 화자를 상상하면 어린 화자는 방 안의 구석에서 웅크리고 앉아서 불안감을 느끼고 있을 것이다. 바슐라르에 의하면 방 안의 구석은 어떤 것이나, 우리들이 스스로를 응집시켜 웅크리고 들어앉고 싶은 공간이고, 이런 공간은 어떤 것이나 우리들의 상상력에 대해서는 하나의 고독, 즉 하나의 방의 배아, 하나의 집의 배아가 되며, 이때 구석은 세계의 부정을 상기시키며, 구석에 있었던 시간들은 침묵의 시간으로 기억될 것이다.[31] 침묵에 둘러싸인 방 안에 혼자 남겨진 아이는 자그마한 "시계소리"에도 "서마서마 무서워"하며 극도의 불안감을 보여주며 예민한 감각의 절정에 다다른다. 정리하자면, 오빠가 부재한 방 안은 화자에게 불안감을 조성하고 이런 상태에 있는 화자는 자그마한 시계 초침 소리마저도 예민한 반응을 보여준다.[32]

그렇다면 그의 시에 나타난 '아이'의 불안과 공포의 원인은 무엇인가? 그것은 혼란스런 도시의 현실을 직면함으로 인한 것이다. 시인은 도시의

로 밝히고 있다(김용희, 앞의 논문, 238~239쪽).

31 G. Bachelard, 『공간의 시학』, 282쪽.

32 김용희는 「무서운 시계」에서 시계 소리가 자의식의 극단적 가열을 환유한다고 한다. 특히 "서마서마"라는 부사어는 자의식적 공포를 물질화 감각화한다고 하며, 이런 점은 오히려 근대의 불협화 과정 속에서 균형을 찾아가려는 자의식의 윤리라 한다(김용희, 앞의 논문, 240~241쪽).

조그마한 변화에도 예민한 감각을 보인다.[33] 즉, 도시에 의해 나타난 혼란스러움과 불안은 시인으로 하여금 동심을 추구하게 만들며 동심 속에서 그는 자아와 세계의 분리 이전의 상황을 동경하게 된다.

다시 「무서운 시계」의 시편으로 돌아가서 "옵바가 가시고 난 방 안에 숫불이 박꽃처럼"이라는 표현을 좀 더 생각해보면, 오빠가 없는 방 안에 있는 화로의 숯불이 타는 모습은 화자가 열이 몹시 난 상황으로도 이해할 수 있다. 이때의 열은 화자가 오빠의 부재로 방 안에서 아무것도 할 수 없는 답답함의 표현이다. 게다가 열이 나는 화자는 불안한 자아의 모습이기도 하지만 민감한 감각으로써 사물의 섬세함을 포착하게 도와준다. 특히, 열은 물질을 '빛을 향하여', 즉 태양으로 돌아가게 하는 성질이 있고, 또한 열은 물질의 경계를 허물고 고립과 단절을 극복하는 속성을 지니며 더 나아가서 여러 가지 물질들을 혼합시켜 새로운 결합으로 이끄는 힘을 가진다.[34] 즉, 정지용은 열이 나는 화자를 통해 열린 감각을 지닌 상태를 만들며, 이런 상태는 더없이 순수한 상태고 천진난만한 상태이다. 동시에서 표현되는 정지용의 감각은 기존의 질서에 얽매이지 않고 사물을 순수하고 다양하게 받아들이는 아이와 같은 감각이다. 결국, 정지용은 현실의 불안함으로 인한 고립과 혼란으로 나타난 자아와 세계의 분리를 그의 동시에 나타난 열린 감각과 동심의 눈을 통해 드러나는 미의식으로 극복하고자 하는 것이다.

---

33 신범순은 정지용 시에 나타난 주체를 분석하면서 이런 점은 헤맴의 주체라고 언급한다. 그것은 거리의 일상적 단편들이 아니라 그러한 것들이 솟아나고 사라지는 전체 세계의 의미 지평선을 문제 삼는다고 한다(신범순, 『한국 현대시의 퇴폐와 작은 주체』, 신구문화사, 1998, 72쪽). 그는 정지용 시들에서 '헤맴'을 찾아냈고, 이것은 훼손된 가치의 세계를 회복하고자 하는 시선으로, 자아와 세계의 균열, 즉 잃어버린 총체성을 찾고자 내세운 것이다. 이런 부분은 이 책의 논의에 큰 시사점을 준다.

34 알베르트 수스만, 서영숙 역, 『영혼을 깨우는 12감각』, 섬돌, 2007, 181쪽.

또한 정지용의 동시는 불안감을 나타내는 것에서 넘어 좀 더 미적인 차원과 관련되며 확장된다. 즉, 그의 동시에는 지금까지 그 누구도 생각하지 못한 사물의 섬세한 측면들을 포착하게 된다. 특히, 동심의 눈으로 사물에 나타난 색채를 바라보면 일반적인 색채의 의미를 뛰어넘는 신비로운 세계의 의미를 나타낼 수 있다.

부형이 울든 밤
누나의 이야기—

파란병을 깨치면
금시 파랑 바다

빨간병을 깨치면
금시 빨강 바다

뻐꾸기 울든 날
누나 시집 갔네—

파란병을 깨트려
하늘 혼자 보고.

빨간 병을 깨트려
하늘 혼자 보고.

—「병」[35]

---

35 『정지용 전집』1, 24쪽.

「병」은 전편·후편으로 나누어지는데 1절과 2절로 나누어지는 노래처럼 비슷하면서도 다르게 되풀이되는데, 이런 점은 한 마디 안에 한 음절 내지 두 음절이 생략된 형태를 보여주며, 게다가 규칙의 탈피에서 오는 이런 점은 발랄함과 자유로운 율동감을 조성하며 시의 단조로움에서 벗어나게 된다.[36] 「병」의 구성 면의 자유로움과 발랄함은 내용 면에도 탄력적으로 적용된다. 다음으로 「병」의 내용을 살펴보면, 위의 시의 전반부는 "부엉이가 울든 밤"으로 시작되며, 이런 점은 신비로운 세계가 열릴 것을 암시한다. 그러므로 "누나의 이야기"는 마법과 같은 신비스러운 이야기임을 짐작할 수 있다. 동화적의 상상력은 언제나 전설적이고, 자신의 우화 속에서 그 상상력은 삶을 영위한다.[37] 누나는 요술쟁이가 되어 "파란병을 깨치면 금시 파랑 바다"를 만들고 "빨간병을 깨치면 금시 빨강 바다"를 만든다. 바슐라르는 요술쟁이와 몽상가를 같은 의미로 보며, 예를 들어 작은 모자에서 커다란 토끼를 나오게 하는 요술쟁이가 가진 이상의 경지가 문학적 유희들로 가득한 몽상 체험가에게도 이런 점이 나타난다고 하며, 그는 내밀성의 한 세계가 우리에게 전개될 것이라고 말한다.[38] 그러므로 '부헝이가 울든 밤의 누나 이야기'에서 누나는 요술쟁이자 몽상가

---

36 김신정, 『정지용 문학의 현대성』, 소명출판, 2000, 34쪽.

37 G. Bachelard, 『몽상의 시학』, 134~135쪽.

38 G. Bachelard, 『대지 그리고 휴식의 몽상』, 28~30쪽. 정리하자면, 작은 모자에서 토끼가 나오게 하는 요술쟁이처럼 문학적 유희들로 매스 상자에서 재봉틀이 나오는 경지를 만들 수 있다. 즉, 몽상 체험으로서의 성실함을 가지고 그것들에 열중하면, 더 많은 가치를 갖게 되는 법이라고 바슐라르는 말한다. 몽상 체험으로 작은 완두콩만 한 크기의 사륜마차를 타고 가는 빵 부스러기 요정을 옛스런 격식들을 온전히 존중하며 뒤따라갈 수도 있을 것이고, 혹은 별다른 격식 없이, 단 한 줄의 환영사와 함께 사과 속으로 들어갈 수 있다. 그럴 때 바슐라르는 내밀성의 한 세계가 우리의 의식을 지배할 것이라고 말한다(G. Bachelard, 『대지 그리고 휴식의 몽상』, 26~27쪽).

가 되어 주변세계를 "역사에서 떼어 내 시간 밖에 위치시켜 시간의 이방
인"[39]으로 만들어버린다. 결국, 그녀는 주술을 통해 '파란병을 깨치면 파
랑 바다가 되고 빨간병을 깨치면 빨강 바다가 되는' 황홀한 세계를 만들
며, "병"이라는 작은 사물들에서 "바다"라는 내면적 광대함을 보게 만든
다. 하지만 시 「병」의 후반부로 가면 전반부의 내용처럼 신비롭고 황홀한
세계는 없다. 이유는 '누나'의 부재로 인해 요술적인 행위가 더 이상 없기
때문이다. 그러므로 위의 시 후반부의 정서는 외롭고 쓸쓸한 세계만 남
게 된다. 즉, 누나가 있을 때 파란 병과 빨간 병은 바다라는 황홀한 세계
와 연결되지만 누나가 시집을 갔을 때 파란 병과 빨간 병은 어린 화자에
게 그냥 깨져버리는, 아무 의미 없는 쓸쓸함만 조성한다.

특히, 병에 나타난 색깔을 좀 더 확장해서 생각해보면, 붉은색과 파란
색은 화자에게 무의지적 기억을 촉발시키는 대상이다. 무의지적 기억은
기억의 여러 계기들, 마치 그물의 무게를 보고 고기가 얼마나 잡혔는가를
아는 어부처럼, 무정형적이고 이미지가 없는 상태로 또 확실히 알지 못하
면서도 무게의 어림짐작으로 떠오르는 전체적인 이미지로서 부각된다.[40]
즉, 화자는 특히 색깔로 인해 과거의 일들을 생생히 떠올리게 되고 그 기
억들로 현재를 더욱 생기 있게 만든다. 다시 말하면, 정지용의 붉은색과
파란색은 누나의 기억을 환기시키는 매개의 구실을 하면서 유년기의 기
억을 풍요롭게 만든다. 하지만 "파란병을 깨트려 하늘 혼자 보고, 빨간 병
을 깨트려 하늘 혼자 보고"란 표현을 보면 병이 깨질 때의 화자의 슬픔은
특히 색채 감각을 통해서 더욱 절실하다. 색채 감각이 빚어내는 세계는

39 G. Bachelard, 『몽상의 시학』, 152쪽.

40 W. Benjamin, 「프루스트의 이미지」, 앞의 책, 117쪽.

다음의 시에도 드러난다.

> 나 – ㄹ 눈 감기고 숨으십쇼.
> 잣나무 알암나무 안고 돌으시면
> 나는 샅샅이 찾어 보지요
>
> 숨스기 내기 해종일 하며는
> 나는 슬어워 진답니다.
>
> **슬어워 지기 전에**
> **파랑새 산양을 가지요**
>
> 떠나온지 오랜 시골 다시 찾어
> 파랑새 산양을 가지요.
>
> ―「숨스기 내기」[41]

「숨스기 내기」는 화자가 숨기내기를 하며 벌어지는 상황을 표현한 시이다. 그러나 "숨스기 내기 해종일 하며는 나는 슬어워 진답니다."라는 표현을 보면 숨기내기는 더 이상 화자를 즐겁고 행복하게 해주는 놀이가 아니라는 것을 알 수 있다. 오히려 숨기내기는 화자에게 슬픈 정조를 불러일으키는 놀이로 전락한다. 하지만 "슬어워 지기 전에 파랑새 산양을 가지요."란 표현에서 화자는 숨기내기를 통해 힘들어진 마음을 파랑새를 통해서 극복하고자 한다. 동심의 눈은 신비스럽다. 상상적인 시각으로 동심의 눈에서 사물을 바라보게 되면 파랑새를 단순한 새의 의미를 넘어

---

41 『정지용 전집』1, 45쪽.

서 경이로운 존재로 이해할 수 있다. 결국, 하늘의 순수함, 빛, 찬연함이 있는 곳에서 날개 달린 파랑새의 존재는 순수함 그 자체인 것이다.[42] 즉, 「숨기기 내기」에서 나온 순수함의 상징인 파랑새는 화자에게 슬픔의 정서에서 희망적인 정서로 전이시켜주는 매개체가 된다.

어적게도 홍시 하나.
오늘에도 홍시 하나.

까마귀야. 까마귀야.
우리 남게 웨 앉었나.

우리 옵바 오시걸랑
맛뵐라구 남겨 뒀다.

후락 딱 딱
훠이 훠이!

「홍시」[43]

「홍시」에 나타난 "홍시"의 붉은색은 혈연을 상징하며, 오빠의 사랑을 담은 시이다. 「홍시」의 내용 중에 가장 큰 사건은 "홍시"가 하나밖에 없는 상황이다. 하나뿐인 "홍시"는 "우리 옵바가 오"면 줄 음식으로 오빠의 사랑이 담겨 있다. 하지만 하나뿐인 "홍시"는 까마귀가 탐내고 있다. 화자는 "후락 딱딱 훠이 훠이!" 하고 까마귀를 내쫓으며 오빠에 대한 사랑을

---

42 G. Bachelard, 『공기와 꿈』, 155쪽.
43 『정지용 전집』 1, 23쪽.

다시 보여준다. 결국, "홍시"를 통해서 가족을 사랑하고 즐거워하는 것은 유년 시절의 꿈과 연결시켜 생각할 수 있다. 바슐라르에 의하면 유년 시절을 향한 우리의 꿈속에는 행복의 세계가 있고, 특히 시 속에서 유년 시절은 심층 심리학의 스타일의 그것으로, 진짜 '원형', 단순한 행복의 원형으로 나타나며, 그것은 확실히 우리 속에 있는 하나의 이미지, 행복한 이미지를 이끌어들이고 불행의 경험을 거부하는 이미지의 중심이다.[44] 즉, 화자는 "홍시"라는 음식을 통해 오빠에 대한 사랑을 보여준다. 또한 "홍시"는 화자에게 오빠와 행복했던 추억을 환기시키는 매개체이기도 하다. 동심적 상상력 안에서는 자신을 떠받쳐주는 어떤 색채의 빛 속에 있는 듯한 인상을 가지며, 어두움과 밝음의 종합을 실현한다.[45] 총체적 빛은 대상을 차츰차츰 감싸들면서 대상들 사이의 경계를 용해시키며 빛이라는 이 단어는 상상력의 열정적 지지를 받는 가운데 구체적이면서도 내밀한 의미를 지니게 된다.[46] 결론적으로 동시 「숨스기 내기」 「홍시」 등에 나타난 붉은색, 파란색이라는 색깔은 단순한 색채의 의미를 넘어선 순수한 정서, 가족이라는 다양한 인식을 만들며 내밀한 의미를 내포시킨다. 이런 점은 동심에 기반한 상상력으로 세계를 순수하게 바라보려는 천진난만한 세계관이 바탕이 되기 때문에 가능하다.

> 새삼나무 싹이 튼 담우에
> 산에서 온 새가 울음 운다

---

44 G. Bachelard, 『몽상의 시학』, 141쪽.

45 G. Bachelard, 『공기와 꿈』, 238쪽.

46 위의 책, 241쪽.

산엣 새는 파랑치마 입고
산엣 새는 빨강모자 쓰고

눈에 아름 아름 보고 지고
발 벗고 간 누의 보고 지고

따순 봄날 이른 아침부터
산에서 온 새가 울음 운다.

—「산에서 온 새」[47]

    또한 「산에서 온 새」에는 동화적 상상력을 바탕으로 "아이의 몽상 속에서 인간을 세계와 묶고 인간과 세계의 시적 일치를 가능케 하는 원형"[48]이 존재한다. 「산에서 온 새」는 "산에서 온 새"를 통해서 누이의 대한 그리움을 표현한 시이다. 특히 산에서 있는 새가 "파랑치마 입고", "빨강모자 쓰고" 있다는 표현은 동화적 상상력 안에서 천진난만한 표현이다. 새가 파란 치마를 입고 빨간 모자를 썼다는 것은 행복하고 즐거운 상상력이 될 수 있다. 그러나 화자는 산에서 온 새를 통해서 "발벗고 간 누의 보고" 싶다고 한다. 결국 화자에게 즐겁고 신비로운 상상은 누이에 대한 그리움으로 귀결된다. 게다가 "따순 봄날 이른 아침부터 산에서 온 새가 울음 운다."란 표현에서 새는 객관적 상관물로서 새가 우는 것이 아니라 누이가 그리워서 화자가 울고 있는 것을 의미한다. 그러므로 붉은색과 파란색은 화자에게 슬픔의 정조를 불러일으키고, 화자와 누이가 행복하게 지냈던

---

47 『정지용 전집』 1, 61쪽.
48 G. Bachelard, 『몽상의 시학』, 142쪽.

추억을 회상시키는 매개체가 된다.

들뢰즈는 "감각은 여러 영역 속에서 서로 다른 범주들의 여러 층에 위치한다. 따라서 감각은 여러 다른 범주의 여러 다른 감각들이 있는 것이 아니라 하나의 유일하고 동일한 감각의 여러 다른 범주들이 있다. 감각은 구성적 측면 층리의 차이와 여러 다양한 구성적 영역들을 포괄한다. 전체 감각과 전체 형상은 석회암적인 형상에서처럼 이미 '축적되고', '응결된' 감각이고, 감각이라는 것은 종합적인 성격을 지닌다."[49]고 말한다. 즉, 들뢰즈가 말한 총체적 감각은 '아이'의 통합적 감각과 맥을 같이한다. '아이'가 느끼는 감각이란 한 감각에서 출발하여 여러 감각을 통합한다. 이런 점은 분리된 자아와 세계를 연결짓는 역할을 한다. 결국, 「산에서 온 새」에 나타난 푸른색과 붉은색은 슬픔과 그리움의 정서를 주지만 현재 부재한 누이를 떠올리는 매개체로 전이된다. 그러므로 파란색과 붉은색은 단순한 색채의 의미를 넘어서 슬픔의 정조로, 그다음 누나와의 추억을 회상하게 하는 인식의 확장을 만드는 역할을 한다.

중, 중, 때때 중,
우리 애기 까까 머리.

삼월 삼질 날,

---

49 G. Deleuze, 하태완 역, 『감각의 논리』, 민음사, 1995, 65~66쪽. 또한 들뢰즈에 의하면 감각 속에서 되고 동시에 무엇인가가 감각 속에서 일어난다고 한다. 하나가 다른 것에 의하여 하나가 다른 것 속에서 일어난다. 결국은 동일한 신체가 감각을 주고 다시 그 감각을 받는다. 이 신체는 동시에 대상이고 주체이다(위의 책, 63쪽). 즉, 들뢰즈의 감각의 의미는 아이들이 느끼는 감각, 하나의 감각에서 시작되어 다른 감각들을 모두 통합하게 되는 감각과 유사한 과정이다.

질나라비, 훨, 훨,

제비 새끼, 훨, 훨,

쑥 뜯어다가

개피 떡 만들어

호, 호, 잠들여 놓고

냥 냥, 잘도 먹었다.

중, 중, 때때 중,

우리 애기 상제로 사갑소.

—「三月삼질날」⁵⁰

「三月삼질날」은 삼월 삼짇날에 아이들의 머리를 자르는 것과 아이에 대한 사랑을 담은 내용이다. 위의 시에서 "우리 애기"라는 반복적인 단어 사용과 "호 호", "냥 냥" 등의 의성어 사용은 시에 리듬감을 주면서 아이에 대한 사랑을 생동감 있게 전달하게 한다. 특히, "쑥 뜯어다가 개피떡 만들어" 먹는 내용은 위의 시를 단순히 아이에 대한 사랑의 차원을 뛰어넘어 다양하게 해석할 수 있다. 즉, '쑥으로 만든 개피떡'의 내용은 '초록색'의 이미지가 주는 따뜻함과 더불어 그 개피떡을 사람들과 나눠 먹는다고 했을 때 마을의 평화로움을 느낄 수 있다. 어느 경우에나 색채는 양감(量感)으로 느껴지고, 색채로 인해 행복감이 존재 전체에 깊숙이 스며들며, 물질적 상상력과 역동적 상상력에 전적으로 의존하고 있는 모든 감각적인 인상들은 색채의 상상력에 결합시킬 때에만 이러한 행복에 도달할

---

50 『정지용 전집』 1, 26쪽.

수 있다.[51] 결국, 초록색이 나타나는 색깔의 행복감과 떡을 만들어 나눠 먹는 마을의 정은 시의 전체적인 분위기를 풍요롭게 만든다. 사랑하는 아이와 마을 사람들과 함께 먹는 초록색 떡은 마을의 결속력을 다질 수 있고, 마을 사람들과 하나가 될 수 있어서 현실의 분리된 세계를 무화시킨다. 정리하자면, 「三月삼질날」에서 아이의 머리를 자르는 풍속과 '초록색 떡을 먹는다'는 것은 아이에 대한 사랑과 마을의 행복감을 보여주며, 특히 초록색이 주는 색깔의 행복감은 모든 경계를 초월하게 만든다. 정지용의 동시에는 동화적 상상력이 나타난다. 이런 점은 자유로움, 무법칙성, 신비한 동화의 세계의 모습을 보여주는 것으로, 동화의 세계에는 진리의 세계, 즉 역사에 전적으로 대립하는 세계가 초시간적으로 그려지며, 이성과 감성의 고차적인 종합을 이룬다.[52] 특히, 정지용 동시에 나타난 감각은 '아이'가 순수하게 사물을 온몸으로 느끼는 감각이다. 이런 감각은 논리적인 사유를 뛰어넘는 것으로 동화적 상상력 속에선 경계는 의미가 없고 모든 대상과 열린 상태를 유지한다.

> 오리 모가지는
> 湖水를 감는다.
>
> 오리 모가지는
> 자꼬 간지러워
>
> —「湖水 2」[53]

---

51 G. Bachelard, 『공기와 꿈』, 239쪽.

52 김상환, 앞의 책, 113~114쪽.

53 『정지용 전집』 1, 88쪽.

「湖水 2」는 짧은 2연의 시로 오리의 긴 목에 대한 내용을 담았다. "오리의 모가지가 湖水를 감는다."고 했을 때 오리의 긴 목의 정도를 상상하기 힘든 호수의 넓이와 비교하는 것은 동심의 사유에서만 가능하다. 이런 동화적 상상력 안에서는 기존의 고정된 관념에서 해방되어 사물을 열린 시각에서 보려는 시도가 있다. 또한 마지막 연에서 "오리 모가지는 자꼬 간지러워"란 표현에서 오리목이 느껴지는 감각에 대해 의미하는 것이다.[54] 이때 오리 목의 간지러움은 동화적 상상력 안에서 시인이 느끼는 감각이기도 하다. 그러므로 오리 목이 느끼는 하나의 감각은 시인이 느끼는 감각인 주변의 감각으로 전이되면서 서로 일체감을 이룬다. 이런 점은 아이적인 감각과 유사하다.

> 그것은 또 모지고 날카롭고 성급하고 안타까운 한 **개성을 가진 촉수**다. 그것을 대상을 휘어잡거나 어루만지거나 하는 촉수가 아니요, 언제든지 대상과 맞죄고 부대끼고야 마는 촉수다. 그리고 맞죄고 부대끼는 것도 예각과 예각과의 날카로운 충돌을 보람있고 반가운 파악이라고 생각하는 촉수요. 또 모든 것을 일격에 붙잡지 못하면 만족하지 아니하는 촉수다. 여기 이 촉수가 다다르는 곳에 불꽃이 일어나고 이어 충격이 생긴다. 따라 시인은 이러한 때 다만 말초의 感官뿐 아니라 깊이 **전신 전령이 휘둘리고** 보는 독자는 이 치열하고 아슬아슬한 광경에 거의 眩暈을 느낀다.[55]

이양하는 정지용 작품을 분석하면서 정지용의 감각은 "개성을 가진 촉

---

54 권창규, 앞의 논문, 157쪽.

55 이양하, 『李敭河 미수록 수필선』, 중앙일보, 1978, 109쪽.

수"라고 언급하며 그리고 그의 감각은 "전신 전령이 휘둘리고" 있는 것으로 평가했다. 즉, 정지용의 감각은 어떤 기관에 한정되는 것이 아니라 삶 전체와 관계가 된다는 것을 의미한다. 그러므로 "개성을 가진 촉수"란 동화적 상상력에 나타난 통합적 감각처럼 시인은 자신의 주변 세계의 모든 다양성을 자신 속에 끌어들인다는 의미이다.[56]

정지용 동시에 나타난 동심의 세계의 추구는, 도시의 혼란으로 이성의 마비, 가치관을 상실해버린 당대의 불안하고 혼란한 현실과 비교해보았을 때, 그 의미는 더욱 중요한 것이고, 이런 '동심'이라는 것을 통해 자아와 세계의 경계를 넘어설 수 있었다. 결국, 동시에 나타난 동심은 '아이'의 통합된 감각을 보여주며 이런 통합된 감각은 기존의 질서에 얽매이지 않고 순수하고 다양하게 받아들일 줄 아는 감각으로 자아와 세계의 모든 경계를 허물어버린다.

2. 동심─역동적 상상력에 의한 경계의 연속성

정지용의 동시에 나타나는 동화적 상상력은 '주위 세계를 친밀하게 연결시키며 거기에 몰두하는 특성'[57]을 지니게 만든다. 결국, 동심의 세계에

---

56 권창규는 정지용의 「호수 2」에 대해서 사물의 특성 잘 파악하는 능력이 있음을 강조하며 이런 점에서 시인의 오리 되기가 가능했다고 언급한다. 그리고 이양하가 언급한 '너그러운 촉수'에 대해 말하면서 이때 너그러운 촉수란 아이의 열린 감관(感官)이기도 하다고 언급한다. 결국, 이런 점은 정지용 시에 나타난 미적 이미지를 잘 보여주는 방식이라고 말한다(권창규, 앞의 논문, 19~20쪽). 이 책은 여기서 더 나아가 「호수 2」에서 아이의 통합적 감각에서 나온 열린 사유가 자아와 사물, 자연, 세계 등 모든 영역을 초월하면서 경계를 허물어버리는 역할을 한다는 점을 강조하고자 했다.

57 G. Gilloch, 노명우 역, 『발터 벤야민과 메트로폴리스』, 효형출판, 2005, 167쪽.

선 그 세계를 구성하는 사물에 대해 통합적으로 느끼고, 이런 점은 자신의 다양성 속에 세계를 끌어들이는 경우와 같다. 게다가 '아이'의 통합적 감각으로 인한 자아와 세계의 무한은 바슐라르의 역동적 상상력과 연결시킬 수 있다. 특히, 바슐라르의 상상력은 질료(공기, 물, 흙, 대지)와 연결되며, 이는 역동적 상상력과도 관계된다. 이 중에서 공기는 가장 자유로운 질료로, 바슐라르는 자유롭게 움직이는 공기 속에서 개념이 사라지며 절대적 승화의 인상을 우리들에게 준다고 언급한다.[58] 아주 먼 곳이나 아주 높은 곳으로 갈 때 사람은 자기 자신이 열린 상상력의 상태에 있음을 잘 느끼게 된다.[59] 이런 점은 공기적인 속성을 의미한다. 결국, 열린 상상력을 띤 공기적 정신은 동화적 상상력 안에서 사물에 대해 통합적으로 느끼며 자기 자신을 세계의 모든 다양성 속에 끌어들인 경우와 맥을 같이 한다.

바람은 가장 격렬한 공기로 역동적 이미지의 극한을 보여주며, 창조적 숨결을 지닌다.[60] 바람은 본질적으로 역동적 참여 속에서만 상상력에게 제 모든 권능을 발휘하는 것이어서, 바람에 대한 형상화된 이미지는 오히려 하찮은 모습을 바람에 부여하기도 한다.[61] 또한 바람이 가지는 여러 단계는 각각 고유한 심리학을 갖는다. 바람은 흥분하기도 하고, 소심해지기도 한다. 바람은 울기도 하고 하소연하기도 한다. 바람은 격정에서 낙담으로 옮겨가기도 한다.[62] 결국 바람이 가지는 여러 가지 심리적 요소는

---

58   G. Bachelard, 『공기와 꿈』, 28쪽.

59   위의 책, 21쪽.

60   위의 책, 447쪽.

61   위의 책, 448쪽.

62   위의 책, 457쪽.

'아이'의 천진난만한 심리적 현상과 같다.

　다음으로 공기적 존재 중의 하나인 '새'에 주목할 필요가 있다. 바슐라르는 "공기적 창조적 상상력의 세계 속에서, 새의 몸은 그것을 감싸는 공기에 의해서 만들어지며, 새의 생명은 그것을 싣고 날아가는 운동에 의해 만들어지는 것이다. 즉, 새는 물질주의적인 동시에 역동적인 성질을 지니고 있다. 또한 공기적인 순수함을 날개 달린 운동에 곧바로 연결시켜 생각하면 가장 섬세하고 가장 순수한 원소 속에서 살도록 창조된 새는 지난 창조의 모든 유형들 중에서 당연히 가장 독립적이고 가장 영광스러운 것이다"[63]라고 말한다. 즉, 바슐라르에 의하면 새는 진정한 숭고한 존재라고 말하는 것으로 그것은 대기 중의 가장 순수한 영역(상상세계 속에서 가장 높은 영역과 등가적)을 가벼운 질료에서 나오는 힘으로써 날아오를 수 있기 때문이다.[64] 이런 점은 '아이'가 지닌 순수성과 상통한다.

　정지용의 동시에 나타난 동심의 세계는 "바람"(「바람 2」)을 통해서 좀 더 동화적인 세계로 들어간다. 그의 동심적 세계 안에서는 이성적 사고를 파괴하는 부분이 나타나고 이런 점은 비논리적인 세계를 지향하는 아이가 지닌 속성과 연결된다고 본다. 다시 말하면, 필자가 이 장에서 말하고 싶은 부분은 '아이'가 지닌 통합적 감각처럼 바람에 나타난 총체화된 감각은 이성적 질서를 파괴하는 것으로 '아이'가 지닌 속성과 유사하다는 것이다. 니체는 이런 통합적 감각들은 "정밀한 관찰기구로서 모든 기존의

63　G. Bachelard, 앞의 책, 147쪽.

64　위의 책, 153~154쪽.

형이상학과 논리의 이성적 질서를 파괴하는 것이다."[65]라고 말한다. 다시 말하면, 정지용은 총체화된 감각의 바람을 통해 자아와 세계에 대해 통합적 사고를 하게 된다. 그것은 창조적인 정신과도 같은 동심적 사유이다.

바람
바람

늬는 내 귀가 좋으냐?
늬는 내 코가 좋으냐?
늬는 내 손이 좋으냐?

내사 왼통 빩애 젔네.

내사 아므치도 않다.

호 호 칩어라 구보로!

「바람 2」[66]

「바람 2」는 유동적으로 흐르는 바람의 모습을 나타낸 동시이다. 「바람 2」에 나타난 바람은 화자의 귀, 코, 손으로 이동하며 움직이는 모습이 잘 나타났다. 특히, 2연에 "늬는 내 코가 좋으냐?"란 표현에서 바람과 호흡의 관계가 나타나는데 이런 점을 두고 다양한 사고를 할 수 있다. 예를 들어, 인도에서는 호흡 훈련을 정신적 가치를 가진 것으로 여기는데, 이것은 인

---

65 F. W. Nietzsche, 백승영 역, 『우상의 황혼』, 책세상, 2002, 36~37쪽.
66 『정지용 전집』 1, 129쪽.

간과 우주를 연결하는 진정한 의식을 의미하며 세계에 있어서는 바람이, 인간에게 있어서는 호흡이, 이런 점은 "사물들의 무한한 확대"를 드러낸다.[67] 또한 호흡이 가지는 우주적 특성은 가장 안정감 있는 무의식적 가치 부여들을 허락하는 의당한 기초이다.[68] 결국, 내 코에서 나오는 호흡과 바람은 자그마한 소용돌이를 일으키며 내 코 주변을 움직이다가 무한한 가치를 만들며 자아의 세계에 대한 인식을 매개한다.

또한 얼굴은 미미한 바람결에도 예민하여 첫 느낌만으로도 바람을 느껴 안다. 바슐라르는 바람이 "건강과 개혁, 그리고 싱그러운 용기의 경쾌함을 불어넣어 줄 때" 코는 우뚝 오연해지는 것이라고 말하며 얼굴은 그때 빛의 후광 대신 에너지의 후광을 받게 된다.[69] 결국, 화자는 얼굴에 부딪히는 바람을 통해 어린아이와 같은 에너지를 받게 되어, 바람을 마치 친구처럼 여기며, 융에게 있어 어린아이와 같이 된다는 것은 행복의 내적 조건이고, 리비도의 보배를 소유한다고 볼 수 있다.[70] 이때의 리비도는 프로이트의 리비도와는 다른 개념으로 생명을 추진시키는 힘이다. 즉, 2연에서 "늬는 내 귀가 좋으냐?", "늬는 내 코가 좋으냐?"란 표현은 화자가 바람과 이야기를 나누는 모습을 보여준다. 이런 모습은 천진난만한 '아이'와 같고, 나 밖의 세계에 대한 경계를 허물어뜨리는 모습을 보여주는 것이다. 그리고 세계에 대한 인식의 변화는 3연에 가서 절정에 다다른다. 3연에서 "내사 왼통 뺨애졌네"라는 부분에서 바람을 통해 시·공간의 모

---

67 G. Bachelard, 『공기와 꿈』, 469쪽

68 위의 책, 470쪽.

69 위의 책, 468쪽.

70 제임스 베어드, 박성준 역, 『정신분석과 문학비평』, 고려원, 1992, 42~43쪽.

든 경계를 침범하게 된다. 그 이유는 "내사 왼통 빩애 졌네"란 표현에서 촉각적인 바람은 홍조 현상으로 시각적으로 변화된다. 즉, 촉각적인 바람에 나타난 감각은 일종의 원초적 통일성을 보게 하여주고 복수 감각들은 가진 형상을 시각적으로 나타나게 해준다.[71] 다시 말하면, 촉각적인 바람의 감각은 시각적인 감각의 영역으로 확장하여 모든 감각을 다 포괄하는 위치에 있게 된다. 이런 점은 통합적인 아이의 감각과 상통한다. 다음 행 "내사 아므치도 않다."란 표현은 포용의 의미를 내포하며, 화자는 붉게 만든 바람을 경계해야 할 대상으로서 생각하는 것이 아니라 바람을 자신의 정신세계로 이동시키면서 바람과 하나가 된다. 즉, 동화적 상상력 안에선 세상에 고정되지 않은 시선을 가지며 자유분방하며, 그렇기 때문에 자아와 세계의 영역 사이에 새롭게 관계를 형성할 수 있다. 아이들은 사물을 대할 때 대상으로부터 떨어져 관조하지 않고 대상을 손에 쥔 채 미메시스적으로 대상의 일부가 되며 그런 이후에 '아이'는 사물들과 특별히 친밀한 관계를 맺게 된다.[72] 게다가 사물에 친밀함을 가질 수 있는 것은 '아이'가 지닌 명랑함 때문이기도 하다.[73] 즉, 「바람 2」에서 나타나는 바람은 서로 다른 감각이 격투사처럼 서로 부둥켜안고 하나의 에너지로 변이된다. 이런 점은 순진무구한 어린아이와 같은 사고를 지닌 경우와 동일하다. 니체는 "순진무구란 생식의 의지가 있는 것이며 자기 자신을 뛰어넘어 창조하려는 힘이 있는 것"[74]이라 말한다. 바람에 나타난 여러 감각들은 창조적

---

71 G. Deleuze, 『감각의 논리』, 73쪽.

72 G. Gilloch, 앞의 책, 126쪽.

73 위의 책, 95쪽.

74 F. W. Nietzsche, 『차라투스트라는 이렇게 말했다』, 208쪽.

인 힘을 나타내어 서로 다른 감각들을 결합하면서 모든 사물들의 경계를 무화시킨다. 결국, 정지용 동시에 나타난 바람은 어린아이처럼 모든 사물들의 경계를 허물어뜨린다.

다시 한 번 정리하자면, 「바람 2」에서 바람에 나타나는 총체화된 감각은 어떠한 과거의 정신에도 지배되지 않는, 경계를 초월하는 아이적인 속성을 지닌다. 결국, 정지용은 동화적 상상력 속에서 나타난 창조적인 힘을 통하여 자아와 세계의 이원적 세계관을 넘어서 연속성으로 나아간다.

> **저 어는 새떼가 저렇게 날러오나?**
> 저 어는 새떼가 저렇게 날러오나?
>
> **사월ㅅ달 해ㅅ달이**
> **물 농오리 치덧하네**
>
> **하눌바래기 하눌만 치여다 보다가**
> **하마 자칫 잊을번 했던**
> **사랑, 사랑이**
>
> **비듥이 타고 오네요**
> 비듥이 타고 오네요
>
> 「비듥이」[75]

> 삼동내―얼었다 나온 나를
> 종달새 지리 지리 지리리…

---

75 『정지용 전집』1, 46쪽.

웨저리 놀려 대누.

어머니 없이 자란 나를
종달새 지리 지리 지리리···

웨저리 놀려 대누.

해바른 봄날 한종일 두고
모래톱에서 나홀로 놀자.

「종달새」[76]

「비듦이」는 화자가 "새떼가 저렇게 날러오나?" 하며 "하눌만 치여다보다가" "하마 자칫 잊을번 했던" 소중한 "사랑"을 다시 찾아낸다. 중요한 것은 화자가 소중하게 생각하는 "사랑"이 "비듦이"라는 새와 함께 기억된다는 것이다. 바슐라르는 하늘을 가로지르는 새에게 많은 정신적 특질을 부여하는데, 비약의 이미지인 날개에는 순수한 관능이 있다고 말한다.[77] 새는 햇볕 가득한 공기의 순수함 속에 살기 때문에 진정 숭고한 존재이다. 즉, 위의 시의 비둘기는 가장 숭고한 존재이기에 가장 순수한 것인 사랑을 창조했을 것이다. 게다가 공기에 관한 어떤 상상력에 있어서는 공기의 순수함에 대한 꿈이 너무나 활발한 나머지, 오히려 쉬 믿기지 않는 물질적 이미지 속에 꿈이 깃들어 있는 경우도 없지 않다.[78] 즉, 시인은 새라는 물질적 이미지 속에 사랑이라는 꿈을 깃들게 하여 가장 순수하고 영광

---

76 『정지용 전집』 1, 133쪽.

77 G. Bachelard, 『공기와 꿈』, 146쪽.

78 위의 책, 154쪽.

스러운 의미를 탄생시키려 했다. 「종달새」도 비상하는 새의 이미지를 통해 공기적인 것과 결부시켜 가장 순수한 의미를 만들어낸다. 「종달새」는 표면적으로 새가 지닌 내면적 따스함을 시에서 보여주려고 하지 않았다. 하지만 「종달새」의 내용을 자세히 살펴보면 새가 지닌 따스함을 느낄 수 있다. 예를 들어, "어머니 없이 자란 나를", "종달새 지리 지리 지리리"라는 부분은 어머니가 없는 가정에서 자란 나를 종달새가 놀리는 것으로 오해할 수 있다. 하지만 좀 더 생각해보면 화자의 부족함을 향한 종달새의 지저귐은 동정과도 같은 것이다. 니체에 의하면 동정은 쾌락을 포함하고 우월함을 적게나마 맛보게 하는 감정으로서, 자살의 해독제가 된다고 말하며, 그것은 우리 자신을 잊게 해주고 우리의 마음을 충실하게 해주며 공포와 무감각을 쫓아버리고 말을 하게 하고 탄식하게 하며, 행위를 하도록 자극한다.[79] 또한 바슐라르에 의하면 종달새는 "순수한 이미지", 공기와 상승에 관한 은유 등의 중심으로서 공기적 상상력 속에서만 그 생명을 누리는 정신적 이미지를 띤다고 말한다.[80] 또한 그는 순수시를 운위할 때와 마찬가지의 의미에서 순수한 종달새에 대해 말할 경우가 있다고 하며, 순수한 시적 오브제는 따라서 온 주체와 온 대상(오브제)를 흡수해야 한다고 말하는데, 즉 순수 종달새는 그것의 "육신을 떠난 환희"와 더불어 주체가 느끼는 환희와 세계의 환희를 결집한다는 의미이다.[81] 정리하자면, 종달새는 화자에게 동정을 주는 대상, 순수함에서 오는 환희의 대상으로 다가온다. 그런 화자는 새의 내면의 따스함을 황홀하게 느끼며 '혼

79 F. W. Nietzsche, 박찬국 역, 『아침놀』, 책세상, 2004, 158쪽.

80 G. Bachelard, 『공기와 꿈』, 179쪽.

81 위의 책, 180쪽.

자 노는 행위'를 한다. 마지막 연에서 "모래톱에서 나홀로 놀"자라는 표현은 쓸쓸함을 표현하는 것이 아니라 순수한 승화의 징표이다. 결국 "지리 지리 지리리"라는 종달새의 노래는 동물의 세계와 인간의 세계가 한 덩어리로 섞인 모든 기쁨과 모든 찬탄을 표현한 것이 된다.[82] 다시 말해, 정지용의 순수한 종달새는 화자와 세계를 하나의 존재로 만드는 매개체가 된다.

결국, 「바람 2」「비듥이」「종달새」에 나타난 '바람'과 '새'는 공기적 정신을 나타낸 것으로 열린 상상력을 지향한다. 이런 열린 상상력은 동화적 상상력에서 사물에 대해 통합적으로 느끼며 자기 자신을 세계의 모든 다양성으로 이끄는 경우와 상통한다. 그의 동시는 더욱 열린 상상력인 공기적 정신을 받아 자아와 세계의 경계의 구분을 허물어뜨린다.

한 백년 진흙 속에
숨었다 나온 듯이

게처럼 옆으로
기여가 보노니

머언 푸른 하늘 알로
가이 없는 모래 밭.

「바다 2」[83]

---

82 G. Bachelard, 『공기와 꿈』, 182쪽.
83 『정지용 전집』 1, 37쪽.

「바다 2」는 화자가 푸른 바닷가를 거닐며 느끼는 감정을 담은 시이다. 바다는 사람들의 환상을 불어일으키기에 적당한 장소이다. 넓고 끝없는 바다를 바라보며, 화자는 그 속에서 독특하고 특이한 대상인 "게"를 생각해내곤 한다. 게다가 화자는 이곳에서 저곳으로 계속해서 움직이며 일렁이는 푸른 바다를 보며 "게처럼 옆으로 기어가"본다. 이런 점에서 화자와 "게"가 서로 일체감을 이룬다고 볼 수 있다. "게"라는 것은 살아 있기는 하지만 온전하게 이 세상을 살아가기엔 나약한 아이 같은 존재이다. 또한 "게"를 화자와 동일한 존재로 표현한 것은 천진난만한 아이다운 상상력이다. 화자를 "게"로 표현한 것이나, 게다가 "한 백년 진흙 속에 숨었다 나온듯이"라고 표현한 부분은 아이와 같은 열린 상상력을 보여준다. 다시 말하면, 화자가 "게"를 보면서 "한 백년 진흙 속"을 꿈꾸었다는 것은 세미화(細微畵)의 세계를 열어놓게 된다. 바슐라르에 의하면 세미화란, 작은 것이 큰 것을 함축하고 있는 상상력을 일컫는다. 작은 위험의 부담으로 세계를 새롭게 해준다.[84] 세미화적인 상상력은 예를 들어 제비콩 크기만 한 그 마차 속에 성인이 무거운 제비콩을 메고 들어갈 경우로, 바슐라르에 의하면 이 세미화적인 상상력은 우리들은 그저 어린 시절로 되돌려보낼 뿐, 우리들을 장난감에 참여시킴으로써, 장난감의 현실성을 깨닫게 해준다고 하는데 세미화는 자연스러운 상상력이다.[85] 다시 말하면, 상상력의 세미화는 사물 세계에 대한 어린아이의 특유의 사고 체계이다. 그들은 사물을 특별한 존재로 생각하고 사물들과 독특한 관계 맺기를 원한다. 다시 말하면, 사물들에 대한 어린아이의 특별한 사고는 바다를 통해

---

84 G. Bachelard, 『공간의 시학』, 297~313쪽.

85 위의 책, 298~299쪽.

"게"로, "백년"까지 확장하는 인식을 만들어주며 대상들 간의 경계를 무화시킨다. 특히, 이런 점은 「띠」「해바라기 씨」「향수」에서 잘 보여주며 좀 더 자아와 세계 사이의 경계 초월이 확장된다.

넓은 벌 동쪽 끝으로
옛이야기 지줄대는 실개천이 회돌아 나가고
얼룩백이 황소가
해설피 금빛 게으른 울음이 우는 곳,

– 그 곳이 참하 꿈엔들 잊힐리야.

질화로에 재가 식어지면
뷔인 밭에 밤바람 소리 말을 달리고
엷은 조름에 겨운 늙으신 아버지가
짚벼개를 돋아 고이시는 곳,

– 그 곳이 참하 꿈엔들 잊힐리야.

흙에서 자란 내 마음
파아란 하늘 빛이 그립어
함부로 쏜 화살을 찾으려
풀섶 이슬에 함추름 휘적시든 곳,

– 그 곳이 참하 꿈에들 잊힐리야

傳說바다에 춤추는 밤물결 같은
검은 귀밑머리 날리는 어린 누이와

아무러치도 않고 예쁠것도 없는
사철 발벗은 안해가
따가운 해ㅅ살을 등에지고 이삭 줍던 곳

– 그 곳이 참하 꿈엔들 잊힐리야

하늘에는 석근 별
알수도 없는 모래성으로 발을 옮기고
서리 까마귀 우지짖고 지나가는 초라한 집웅
흐릿한 불빛에 돌아 앉어 도란 도란거리는 곳,

– 그 곳이 참하 꿈엔들 잊힐리야.

「鄕愁」[86]

「향수」는 어린 시절 고향에 대한 그리움을 담은 내용이다. 우선 구성
상의 특징을 보면 매 연에 후렴구가 붙으며, 고향에 대한 단편적 기억의
단순 나열 등 「향수」에서 찾아볼 수 있는 구성상의 특징은 정지용 초기시
가운데 동시의 구성과 유사성이 보인다고 한다.[87] 즉, 단순한 내용의 나
열, 병렬 구성 등은 동시에서 볼 수 있는 방법을 담고 있기에 이 책에서
도 「향수」가 동시적 요소가 있다고 보겠다. 이 작품은 전체 5연에 각 연마
다 후렴구가 첨가된 형태이고, 각각의 연은 고향 마을의 풍경과 고향 집
의 전경, 유년의 기억과 가족들의 모습 등으로 구성되며, 고향의 모습을

---

86 『정지용 전집』 1, 49~50쪽.
87 권정우, 앞의 책, 143쪽.

회귀하는 형식을 취한다.[88] 즉, 고향을 중심으로 펼쳐지는 여러 가지 모습을 보여주는 「향수」는 고향에 대한 평화로운 정서를 나타내려 했다. 하지만 「향수」에 대해 고향에 대한 서정적 회고주의 차원에서 끝내기보다 더 확장해서 생각해보면 화자의 무한한 가치 회복과 관련해서 생각해볼 수 있다. 즉, 1연에서 고향의 평화로움은 "실개천"이 흐르는 모습과 "황소"의 "게으른 울음"으로 표현되었고, 2연에서 고향의 고요한 정취는 고향의 밤바람이 "뷔인 밭에" "말을 달리"는 모습으로 표현되었다면, 3연에서는 일반적인 고향의 정서를 뛰어넘어 시인은 좀 더 무한한 가치를 찾고자 했다. 3연에서 "흙에서 자란 내 마음 파아란 하늘 빛이 그립어 함부로 쏜 화살을 찾으려"라는 표현을 보면, 고향 마을에서 화살을 쏘며 놀던 어린 시절을 묘사하고 있다. 물론, 표면적으로는 단순한 어린 시절의 놀이로 이 부분을 이해할 수 있지만 좀 더 생각해보면, '화살을 찾는다'는 것은 자신의 무한한 가치를 확인하는 것을 의미한다. 즉, '화살'의 이미지는 속력과 직선적 성격을 정확하게 결합한다. 그것은 역동적인 것이다.[89] 이런 역동적인 '화살'의 상승적인 이미지는 자신의 비약뿐만 아니라 자신의 목적을 체험하고, 그것은 자신의 하늘을 체험하는 것을 의미한다. 게다가 상승하는 자신의 힘을 의식함으로써 자신의 존재는 제 운명의 전모를 의식하게 되는데, '화살'은 희망에 넘친 어떤 물질이며, 희망을 품은 하나의 실체이

---

88 류경동, 「1930년대 한국 현대시의 감각 지향성 연구」, 고려대학교 박사학위 논문, 2004, 31쪽.

89 G. Bachelard, 『공기와 꿈』, 126쪽. 바슐라르는 화살의 상상력을 이야기하면서 스키와 스키 타는 사람과 연관시켜 설명한다. 스키 타는 사람은 "화살처럼" 지평선을 지나가고 있고, 이런 점은 생의 약동에 의해 창조되는 것처럼, 상상력의 운동이라고 말한다(위의 책, 127쪽).

다.[90] 즉, 시적 화자는 역동적인 '화살'을 찾으며, 자신의 존재, 희망, 무한한 상상력을 획득하게 된다.

또한 역동적인 '화살'의 이미지는 니체의 열린 정신과 연결시킬 수 있다. 바슐라르는 니체를 가리켜 수직적 시인, 정상의 시인, 상승적 시인의 전형이라며 니체의 상상력을 공기적 특성과 연결시키며 열린 정신을 설명하려 했다.[91] 그리고 니체의 작품에서 공기적 정신에 도취되어 있는 부분은 소나무를 통해서 이해될 수 있다. 예를 들어 그의 작품에서 "나무 한그루가 있으면 땅 전체가 생기가 돈다. 그대처럼 자라고 있는 자를나 소나무에 비교하는 바이다. 장구하고 말없이, 엄하고 외롭게 서 있는, 더없이 유연한 재목인 데다 장엄"[92]하다고 표현한 부분은 소나무를 통해서 공기적 정신, 즉 열린 정신을 표현한 것이다. 그러므로 바슐라르에 의하면 니체적 공기는 그의 물질적 상상력을 위한 진정한 질료라고 한다.[93] 또한 니체에게 있어 공기는 우리 인간 자유의 질료, 초인적 환희의 질료 바로 그 자체이며, 니체적 환희가 초극된 인간의 환희이듯, 공기는 일종의 초극된 질료이다.[94] 공기는 질료, 운동, 가치 부여 작용 등이 동일한 이미지들 속에 서로 연결되어 있으며, 인간 영혼의 통일적인 힘을 만든

---

90   G. Bachelard, 『공기와 꿈』, 129쪽.

91   위의 책, 256쪽.

92   F. W. Nietzsche, 『차라투스트라는 이렇게 말했다』, 460쪽. 나무를 통해 니체는 도취에 빠진다. 그것은 디오니소스적 도취, 아폴로적 도취의 종합이며, 열렬함과 차가움, 강렬함과 투명함, 젊은 것과 숙성한 것, 부유한 것과 공기적인 것의 종합이다(G. Bachelard, 『공기와 꿈』, 292쪽).

93   G. Bachelard, 『공기와 꿈』, 271쪽.

94   위의 책, 272쪽.

다.[95] 결국, 통일적 정신의 힘을 지향하는 니체의 공기적 정신 속에선 자아 세계의 이원론의 틀이 완전히 허물어져버리는지도 모른다. 다시 말해 정지용의 '역동적 화살'은 정신적 힘까지 영향을 주어서 무한한 상상력으로 자아와 세계의 경계의 구분을 허물어뜨린다.

> **해바라기 씨**를 심자.
> 담모룽이 **참새** 눈 숨기고
> 해바라기 씨를 심자.
>
> **누나**가 손으로 다지고 나면
> **바둑이**가 앞발로 다지고
> 괭이가 꼬리로 다진다.
>
> 우리가 눈감고 한밤 자고 나면
> **이실**이 나려와 가치 자고 가고
>
> 우리가 이웃에 간 동안에
> 해ㅅ빛이 입마추고 가고
>
> 해바라기는 첫시약시 인데
> 사흘이 지나도 부끄러워
> 고개를 아니 든다.
>
> 가만히 엿보러 왔다가
> 소리를 깩! 지르고 간놈이—

---

95 G. Bachelard, 앞의 책, 302~303쪽.

오오, 사철나무 잎에 숨은

청개구리 고놈 이다.

「해바라기 씨」[96]

　「해바라기 씨」에서 '누나, 참새, 바둑이, 이슬, 청개구리' 등 모두 모여
"해바라기 씨"를 심는다. 이런 점은 인간과 자연이 하나가 되는 모습으
로 "해바라기 씨"는 자연스럽게 인간과 자연을 하나로 이어주는 매개체
역할은 한다. 특히, 동심의 세계는 자연과 인간이 하나가 되는 조화로운
세계를 지향한다. 이런 점은 해바라기 씨앗이 갖는 원의 이미지에 의해
좀 더 자세히 이해될 수 있다. 씨앗의 가지는 상상력은 생산촉진적인 힘
을 가지고 있고, 이런 힘은 무한한 상상력을 내포하는데, 즉 역동적인 상
상력을 지닌 참된 가치의 씨앗은 내밀의 세계, 무한한 세계를 가지고 있
고, 이런 무한의 세계는 하나의 대상에서 다른 대상으로 무한히 확장시켜
나간다.[97] 결국, 해바라기 씨앗에 나타난 역동적 상상력은 모든 것이 열린
상태를 만들며, 자연스럽게 모든 경계를 허물어뜨린다. 이런 점은 '누나,
바둑이, 괭이, 이슬, 청개구리' 모두가 서로 일체감을 이룰 수 있는 원동
력이 된다.

　　하늘 우에 사는 사람
　　머리에다 띠를 띄고

　　이땅우에 사는 사람

---

96 『정지용 전집』 1, 62쪽.

97 G. Bachelard, 『공간의 시학』, 347~364쪽.

허리에다 띠를 띠고

땅속나라 사는 사람
발목에다 띠를 띠네

「띠」[98]

또한 「띠」에서도 내밀하고 무한한 이미지가 나타난다. 「띠」에서 시적
화자는 '하늘'과 '이 땅'과 '땅속'까지 모두 "띠"를 두르고자 한다. 동화적
상상력 안에선 순진무구하여 주변의 모든 세계와 하나가 될 수 있다. 그
래서 화자는 '하늘'과 '이 땅', '땅속'까지 "띠"를 두르며, 모든 것들과 조
화를 꿈꾸었는지도 모른다. 일반적으로 "띠"는 둥긂의 이미지를 연상시
킬 수 있고, 이런 이미지는 우리들 자신을 응집시키고 우리들 자신에게
최초의 구성을 부여하고 우리들의 존재를 내밀하게, 안을 통해 확립시킨
다.[99] 왜냐하면 존재는 안으로부터, 외부적인 것이 없는 것으로 살아질 때
둥글 수밖에 없을 것이기 때문이다.[100] 결국, "띠"라는 둥긂의 이미지에 나
타난 내밀함의 의미는 하늘과 이 땅, 땅속의 모든 경계를 초월하게 한다.

정리하자면, 「향수」에서 "화살"이 가지는 무한, 「해바라기 씨」에서
"씨"가 가지는 무한, 「띠」에서 "띠"가 가지는 무한은 모든 경계를 무너뜨
린다. 동시에 나타난 동화적 상상력은 사물을 순수하게 다 받아들이는 감
각의 모습을 보여주면서 열린 정신을 만든다. 이런 열린 정신은 역동적
상상력과 맥을 같이하며 자아와 세계의 모든 경계를 허물어버린다.

---

98 『정지용 전집』 1, 22쪽.

99 G. Bachelard, 『공간의 시학』, 404쪽.

100 위의 책, 같은 쪽.

제3장

원시성의 '아이'와
이원적 세계관의 무화

1. 백지—원시주의적 '아이'

이상 문학은 1930년대 최재서[1]에 의하여 이상이 '새로운 경향의 작가'라고 평가된 이후 오늘날까지 활발한 연구가 이루어져오고 있다. 그의 문학 세계에 대해서는 전기적, 심리적, 형식적, 미학적, 철학적 접근 등 다양한 해석이 이루어지고 있다.[2] 우선 이상 문학이 지닌 여러 가지 특징

---

1 최재서, 「리얼리즘의 확대와 심화」, 『조선일보』, 1936. 11.

2 김유중, 「1930년대 후반기 모더니즘 문학의 세계관 연구—김기림과 이상을 중심으로」, 서울대학교 박사학위 논문, 1995; 박현수, 「이상 시의 수사학적 연구」, 서울대학교 박사학위 논문, 2002; 권영민, 『이상 텍스트 연구』, 뿔, 2009; 최미숙, 「한국 모더니즘 시의 글쓰기 방식에 관한 연구—이상과 김수영을 중심으로」, 서울대학교 박사학위 논문, 1997; 김주현, 「이상 소설의 글쓰기 양상 연구」, 서울대학교 박사학위 논문, 1998; 조영복, 「1930년대 문학에 나타난 근대성 담론 연구—김기림, 이상을 중심으로」, 서울대학교 박사학위 논문, 1996; 오세영, 「한국 현대시의 두 세계—이상과 김소월의 이미지 비교」, 『한국언어문학』 13, 1975. 11; 김윤식, 「이상 문학의 세 가지 글쓰기 층위」, 『한국학보』 90, 1998; 최학출, 「1930년대 한국 모더니즘시의 근대성과 주체의 욕망체계 연구—김기림, 이상, 백석 시를 중심으로」, 서강대학교 박사학위 논문, 1995; 박기태, 「이상 시 연구—그 미적 상징을 중심으로」, 『한국어문학연구』 9, 1998. 12.

중, 아이들의 의미에 주목한다면, 특히 이상의 경우 그의 대표작인 「詩第
一號」에 '13인의 아해'가 언급되어 있는 것을 비롯하여 그의 여러 시와 소
설 속에서도 이 '아이'는 계속 나타나고 있다. 이런 이유로 이상 문학에
나타나는 '아이'들을 고찰하는 것은 이상 문학을 이해하는 핵심이 된다고
볼 수 있다.[3]

오세영은 「詩第一號」를 분석하면서 13인의 아해들이 어떤 '아이'도 고
유명사의 이름을 지니지 않는 것이 그들이 개성이 없고 자아가 해체된 존
재임을 암시해주는 것이라고 하며, 그는 아이를 현대 자본주의 사회가
양산한 물화된 소비 대중, 보이지 않는 자본의 거대한 손에 의해 길러지
는 익명의 소시민이라고 정의한다.[4] 그다음 이정호는 「詩第一號」를 분석
하면서 '아이'의 의미를 좀 더 세분화한다. 그는 '13인의 아해'를 무서워
하는 '아이'와 무서운 '아이'로 나누고 이런 이분법을 로고스 중심적 사고
체계를 지탱하는 서사구조라고 평가한다.[5] 고원은 소설 「동해」를 분석하
면서 '동해(童骸)'를 어린 시절의 잔해(殘骸)라고 언급하며, 그는 '잔해'를
이상 소설 첫 소제목인 '촉각'과 연결시키며, '아이'와 관련된 여러 표현
이 '여성성'과 연관된다고 말한다.[6]

이상의 「詩第一號」에는 13인의 아이가 등장한다. 「詩第一號」에 대한
기존 연구는 '아해'의 의미에 중점을 두기보다 '13'이라는 숫자에 초점이
맞추어졌다. 그러다 보니 '아해'의 해석은 기호나 놀이의 정도에서 더 나

---

3 이 책의 3장은 필자가 『관악어문연구』(2007)에 발표한 「이상 문학에 나타난 '13인의 아해'
   의미 연구」를 수정, 보완했다.

4 오세영, 『한국 현대시 분석적 읽기』, 고려대학교 출판부, 1998, 183~184쪽.

5 이정호, 「『오감도』에 나타난 기호의 이상한 질주」, 『문학사상』, 1997, 10월호, 177쪽.

6 고원, 「『날개』 삼부작의 상징체계」, 위의 책.

아가지 못했다. 특히, 그의 「詩第一號」에 나타난 아이는 불안과 공포에
사로잡혀 있다는 점에서 주목을 요한다.

　　十三人인의兒孩가道路로疾走하오.
　　(길은막달은골목이適當하오)

　　第一의兒孩가무섭다고그리오.
　　第二의兒孩가무섭다고그리오.
　　第三의兒孩가무섭다고그리오.

　　…(중략)…

　　第十三의兒孩도무섭다고그리오.
　　十三人의兒孩는무서운兒孩와무서워하는兒孩와그러케뿐이뿐이모혓소.
　　(다른事情은업는것이차라리나앗소.)

　　그中에一人의兒孩가무서운兒孩라도좃소
　　그中에二人의兒孩가무서운兒孩라도좃소.
　　그中에二人의兒孩가무서워하는兒孩라도좃소.
　　그中에一人의兒孩가무서워하는兒孩라도좃소.

　　(길은뚤닌골목이라도適當하오.)
　　十三人의兒孩가道路로疾走하지아니하야도좃소.

　　　　　　　　　　　　　　　　　　「詩第一號」[7] 부분

7　김주현 주해, 『이상 문학전집』 1, 소명출판, 2005, 82~83쪽.

13인의 아이가 도로를 질주하는 내용을 그린 시이다. 하지만 아이들이
왜 도로를 질주하는지에 대한 구체적인 설명은 없다. 단지 아이들은 무섭
다고 말하며 공포에 떨면서 무작정 질주하는 것이다. 또 왜 무섭다고 그
러는지도 알 길이 없다. 단지 '길이 막다른 골목'이라서 그들이 공포에 떠
는지도 모른다. 하지만 다음의 진술인 '길은 뚫린 골목이라도 적당하오'
라는 말에 아이들이 공포에 떠는 이유는 길 때문만이 아니라는 것을 알
수 있다. 결국 아이들이 공포에 떠는 이유는 뚜렷하지 않다. 게다가 아이
들은 '무서운 아이'와 '무서워하는 아이'로 나뉜다. 하지만 누가 '무서운
아이'이고 '무서워하는 아이'인지에 대한 구체적인 설명조차 없다. "十三
人의兒孩는무서운兒孩와무서워하는兒孩와그러케뿐이모혓소."라는 표현
에서 아이들이 '무서운 아이'이자 '무서워하는 아이'인 이중성을 지녔다
는 것만 알 수 있다. 이런 관점에서 아이들이 느끼는 공포 또한 공포를 느
끼는 동시에 스스로 공포를 조성하는 그러한 이중성을 지녔다는 것으로
이해될 수 있다. 이런 점은 「LE URINE」에서 불안과 관련해서 좀 더 확장
적으로 이해할 수 있다. 「LE URINE」의 "불길과같은바람이불었건만불었
건만얼음과같은水晶體는있다"[8]란 표현은 현실의 불안과 혼란 상황을 의
미하는 것이다. 특히, "얼음과 같은 水晶體"는 냉정한 이 세계를 의미한
다. 아이들에게 이 세계는 항상 차갑고 혼란스럽고 불안하다. 게다가 "水
晶體"라는 의미 속에는 단단하고 틀에 짜여진 구조가 내포되어 있어 자유
롭고 창조적인 아이들은 이 수정체에 대해 더욱 혼란을 느낀다. 이런 혼
란과 불안 속에 있는 아이들은 미숙해서 아무도 이 아이들을 어떤 정해진
규격 속에 둘 수 없다. 또한 미숙한 아이들의 무한한 질주 끝에 무엇이 존

8　『이상 문학전집』 1, 45쪽.

재할지는 누구도 알 수 없다.

> **나는 어데까지든지 내방이 −집이아니다. 집은없다. − 마음에 들었다.** 방안의기온은 내체온을위하야 쾌적하였고 방안의침침한정도가 또한 내안력을위하야 쾌적하였다. 나는 내방이상의 서늘한방도 또 따뜻한방도 히망하지는않었다. 이이상으로 밝거나 이이상으로 안윽한방을 원하지않었다. 내방은 나하나를위하야 요만한정도를 꾸준히직히는것같아 늘내방이감사하였고 나는또이런방을위하야 이세상에 태어난것만같아서 즐거웠다. 그러나 이것은 행복이라든가 불행이라든다 하는것을 게산하는 것은 아니었다. 말하자면 나는 **내가행복되다고도 생각할필요가없었고 그렇다고 불행하다고도 생각할필요가없었다.** 그냥그날그날을 그저 까닭없이 펀둥펀둥 게을느고만있으면 만사는 그만이었든 것이다.
>
> 「날개」[9]

> 안해가 외출만하면 나는 얼는 아래ㅅ방으로와서 그동쪽으로난들창을 열어놓고 열어놓면 드려비치는볓살이안해의 화장대들비처 가지각색 병들이 아롱이지면서 찬란하게 빛나고 이렇게 빛나는것을 보는것은 다시없는 내오락이다. 나는 조꼬만 「돋뵈기」를끄내갖이고 안해만이 사용하는 지리가미를 끄실너 가면서 불작난을하고논다.
>
> 「날개」[10]

　「날개」는 세계 속에서 어린아이 같은 의식을 그린 소설이다. 예를 들어, 주인공 "나는 쪼고만 「돋뵈기」를끄내갖이고 안해만이 사용하는지리

9　『이상 문학전집』 2, 255~256쪽.

10　위의 책, 256쪽.

가미를 끄실너 가면서 불작난을하고논다". 즉, 그는 아내의 방으로 건너와서 여러 가지 유희로 어떤 쾌감을 경험한다. 먼저 이런 유희를 행하기 전에 주인공 '나'는 "나는 어데까지든지 내방이—집이 아니다. 집은 없다. —마음에 들었다."며 집과 방에 대한 인식의 상실, 즉, 세계를 인식하는 기능을 상실한 모습을 보여주었다. 주인공 '나'는 "행복이라든가 불행이라든가 하는것을 게산"하지 못하기 때문에, '행복되다고도 생각할 필요도 불행하다고 생각할 필요도 없는' 백지 같은 심연의 아이 의식의 인물로 그려진다. 왜 '나'는 어린아이의 의식으로밖에 나타날 수 없을까. 이런 점은 이상 텍스트에 나온 골목과 연결시켜 생각해보면 쉽게 이해할 수 있다. 우선 「詩第一號」에 '뚫린 골목과 막다른 골목'이 나온다. 기존의 연구는 구불거리는 좁은 골목을 전근대적인 것으로 해석한다.[11] 여기서 더 나아가 생각해보면 「最低樂園」에서 "막다른 下水溝를 뚫는데 기실 뚫렷고 기실 막다른 어룬의 골목이로소이다"[12]라고 표현하듯이 '골목'은 복잡한 경성의 뒷골목을 나타낸 것으로 '선술집'과 연결되어 있다. 「날개」에도 선술집이 나온다. 「날개」의 선술집은 주인공 '나'가 살아가면서 그곳에서 사유하고 아내에 의해 괴롭힘을 당하며 결국엔 그녀에 의해 배신당한 곳이기도 하다. 18가구가 있는 이 선술집은 방들로 이루어진 미로적인 공간을 지니고 있으며 이런 선술집에서 사는 주인공 자신도 의식이 점차 미로적으로 바뀌어가고 있다. 정리하자면, 미로적인 공간에 주인공 '나'는 살고 있기 때문에 주인공은 마치 아이처럼 어른들의 세계를 이해하지 못하게 된다. 이런 점은 의식의 미로를 보여주며 주인공 '나'의 의식을 점차

11 박현수, 『모더니즘과 포스트모더니즘의 수사학』, 소명출판, 2003, 109쪽.
12 『이상 문학전집』 1, 133쪽.

백지로 몰아간다.

그다음으로 「날개」에 나타난 매춘하는 아내를 주목하면, "나는또 女人과生活을 設計하오." "이런 女人의 半─그것은 온갖것의半이오"[13]라는 표현에서 '여인의 반'이라는 것은 나만을 위한 아내가 아니라는 것을 의미한다. 이런 점 때문에 주인공 '나'의 의식은 점점 더 백지 같은 아이의 세계 속으로 빠져들고 세상에 대해 불안해한다.

> 안해는 아츰이면 外出한다. 그날에 該當한 한男子를 소기려가는것이다
> 順序야 밧귀어도 하로에한男子以上은 待遇하지안는다고 안해는말한다
> 오늘이야말로 정말도라오지안으려나보다하고 내가 完全히 絶望하고나
> 면 化粧은잇고 人相은없는얼골로 안해는 形容처럼 簡單히돌아온다 나
> 는 물어보면 안해는 모도率直히 이야기한다. 나는 안해의日記에 萬一
> 안해가나를 소기려들었을 때 함즉한速記를 男便된資格밖에서 敏捷하
> 게代書한다.
>
> 「紙碑 1」[14]

> 이 房에는 門牌가업다 개는이번에는 저쪽을 向하야짓는다 嘲笑와같이
> 안해의버서노은 버선이 나같은空腹을表情하면서 곧걸어갈것갓다 나는
> 이房을 첩첩이다치고 出他한다 그제야 개는 이쪽을向하여 마지막으로
> 슬프게 짓는다.
>
> 「紙碑 3」[15]

> 내키는커서다리는길고왼다리압흐고안해키는적어서다리는짧고바른다

---

13 『이상 문학전집』 2, 252쪽.

14 『이상 문학전집』 1, 100쪽.

15 위의 책, 100쪽.

리가압흐니내바른다리와안해왼다리와성한다리끼리한사람처럼걸어가
면아이아이夫婦는부축할수업는절름바리가되어버린다無事한世上이病院
이고꼭治療를기다리는無病이꼿꼿내잇다.

「紙碑」[16]

「紙碑 1」에서는 아내의 매춘 내용을 담고 있다. 아내는 아침이면 화장
을 진하게 하고 외출하며 매춘을 통해서 돈을 벌어온다. 하지만 화자인
'나'는 그 어떤 돈에 대한 관념이 없고 무기력하게 집에서 외출한 아내만
돌아오기를 바라는 아이적인 모습을 지니고 있다. 즉, 「紙碑 1」에서는 매
춘을 통해서 돈을 벌어오는 아내와 그냥 아내의 집에 얹혀사는 아이 같은
남편의 이야기가 주를 이룬다. 결국, 화자인 '나'는 '남편 된 자격밖에' 없
는 존재이고, 이런 관점에서 아내와 '나'의 관계는 온전한 부부가 아니라
는 사실을 이해할 수 있다. 정리하자면, 아내의 매춘 행위와 비정상적인
부부의 삶은 주인공 '나'를 점차 의식의 백지로 몰아가게 만든다. 「紙碑 3」
의 내용도 '이 방에는 문패가 없다'라고 시작하며 온전한 가정이 아님을
강조하고 있다. 특히, 「紙碑 3」에는 아내의 매춘에 대한 화자인 '나'의 부
정적인 의식이 나타난다. 예를 들어, '개는 이번에는 저쪽을 향하여 짖는
다. 조소와 같이 아내의 벗어놓은 버선'이란 표현에서 아내의 매춘에 대
한 불쾌한 시각을 '개'에 빗대어 표현한다. 또한 "이方을첩첩이다치고出
他한다"란 표현에서 화자인 '나'는 아내와의 타락한 삶으로부터 도망치기
원하며 외출한다.[17] 그러나 도망치듯 집을 나와 할 수 있는 것이라곤, "개

---

16 『이상 문학전집』1, 99쪽.

17 김혜경, 「이상 시에 나타난 아이러니와 부정적 아니마 양상」, 『한남어문학』, 2006, 190쪽.

는 이쪽을向하여 마지막으로 슬프게 짓는다"며 아내의 매춘에 대해 어쩔 수 없는, 자신의 한탄뿐임을 강조한다. 「紙碑」도 "내키는커서다리는길고 왼다리압흐"다며 아내의 매춘에 대해 자신의 고통을 나타내었다. '다리 가 아프다는 것'은 절름발이를 의미하며, 이런 점은 절름발이란 조화롭 지 못한 부부 관계로 인한 일체감의 결여로 아내와의 관계에서 오는 비정 상적인 관계를 의미한다.[18] 또한 아내의 매춘에 대한 화자의 부정 의식은 "내頭痛우에新婦의장갑"[19](「生涯」)이란 표현에선 더욱 절정에 다다른다. '내두통'은 마음의 고통과 불안을 의미하고, 그 고통의 원인이 '신부의 장 갑' 즉 아내의 매춘이라는 것을 추측할 수 있다. 그러므로 나는 "더욱貞淑 한處女"[20](「수염」)인 매춘하지 않는 처녀와의 만남을 바라며, 온전한 부부 의 삶을 동경한다. 정리하자면, 선술집의 미로적인 공간과 아내의 매춘에 서 오는 불안감은 「날개」의 주인공을 점차 백지의 의식 상태로 만들어버 린다. 「날개」의 주인공인 "나는 거기 아모데나 주저앉아서 내 잘아온 스 물여섯해를 회고하야보았"[21]으나, "몽롱한기억속에서는 이렇다는아모 제 목도 불그러저나오지안았다"[22]며 모든 의식이 정지해버린 모습을 보이며, 의식의 백지 상태를 보여준다. 즉, 「날개」의 주인공은 마치 어린아이 같 은 의식으로 묘사되곤 하는데 그것은 어른 속에 마련된 의식의 백지 심연 과 관련된 원시성을 보여주는 것이기도 하다.

18 김혜경, 앞의 논문, 191쪽.

19 『이상 문학전집』1, 114쪽.

20 위의 책, 38쪽.

21 『이상 문학전집』2, 277쪽.

22 위의 책, 277쪽.

宇宙는冪에依하는冪에依한다. 사람은數字를버리라 고요하게나를電子
의陽子로하라 스펙톨 軸X軸Y軸Z

…(중략)…

그것을幾十倍機百倍機千倍機萬倍機億倍機兆倍하면사람은數十年數百
年數千年數萬年數億年數兆年의**太古의事實**이보여질것이아닌가, 그것
을또끊임없이崩壞하는것이라하는가, 原子는原子이고原子이고原子이
다, 生理作用은變移하는것인가, 原子는原子가아니고原子가아니고원자
가아니다, 放射는崩壞인가, 사람은永劫인永劫을살수있는것은生命은生
도아니고命도아니고光線인것이라는것이다.

「線에關한覺書 1」[23] 부분

사람은光線보다도빠르게달아나면사람은光線을보는가, 사람은光線을
본다,

…(중략)…

사람은두번分娩되기前에XX되기前에**祖上의祖上의祖上의星雲의星雲의
星雲의太初를未來에있어서보는두려움으로하여사람은빠르게달아나는것
을留保한다.** 사람은달아난다, **빠르게달아나서永遠에살고過去를愛撫하
고過去로부터다시그過去에산다**, 童心이여, 童心이여, **充足될수야없는
永遠의童心이여.**

「線에關한覺書 5」[24] 부분

---

23 『이상 문학전집』 1, 55~56쪽.

24 위의 책, 60~61쪽.

「線에關한覺書 1」에서 '태고의 사실'로 표현하거나 「線에關한覺書 5」에서 '조상의조상의성운의성운의태초'를 표현하며 이상은 '태초'를 강조하고 있다. 특히, 「線에關한覺書 5」에서 이상은 '성운의 태초를 미래에 있어서 보는 두려움' 때문에 사람들은 빠르게 달아나는 것을 유보한다며 태초를 부정하는 것처럼 보이지만 그는 사람들에게 "빠르게 달아나서 永遠"과 "過去를 愛撫"할 것을 원한다. 이상에게 과거란 현재를 중심으로 미래까지 모두 수용되어 하나가 된 상태를 의미하며, '과거를 애무'한다는 것은 결국 영원한 세계에 대한 동경의 의미를 나타낸다. 이런 관점에서 마지막에 '충족될 수 없는 永遠의 童心'을 살펴보면 충족될 수 없다는 것은 반어적 표현이고 시공간을 초월하는 과거인 동심을 동경하고 있다는 것으로 이해될 수 있다. 결국, 이상은 태초, 과거, 동심, 즉 원시주의를 열망하고 있다. 이런 원시주의의 열망은 「첫번째 放浪」에서 더욱 강조되어 있다. 「첫번째 放浪」에서 "나는 아름다운—꺽으면 피가 묻는 古代스러운 꽃을 피울 것이다."[25] 라는 표현을 보면 '고대'를 꽃에 비유하면서 과거를 환상적이고 원초적인 생명력과 결부시킨다. 결국 이상에게 과거는 원초적이며 순수한 것으로, 루소가 말한 정신적인 상태인 원시주의와 동일한 과정이다. 루소의 원시주의는 황금시대의 고대 신화 같은 것과 다른 것으로 고결한 야만인과 연결되며,[26] 원시인의 감성과 정신세계를 동경하는 것이다. 결국, 이상 시에서 태초, 고대라는 시어는 정신세계를 지향하는 것이며, 이런 점은 이상이 원시주의를 긍정적으로 바라고 있는 것으로 이해할

---

25 『이상 문학전집』 3, 187쪽.

26 M. Bell, 앞의 책, 5~6쪽.

수 있다.[27]

정리하자면, 소설 「날개」에서 가장 중요한 부분은 어린아이의 의식에 침체된 주인공 '나'가 아내의 매춘 행위에 대해서도 무기력하고, 결국 아내에게 버림받게 되며, 죽음으로 몰리게 되는 것이다. 여기서 중요한 것은 자신을 '백지와도 같은 순진한 아이'의 상태의 모습. 즉 '원시주의적인 의식 상태'를 보여주는 것이다. 또한 「날개」의 '나'에게 아내는 '여인의 반'인 온전하지 못한 존재이다. 이런 상태에서 그는 "그런生活속에 한발만 드려놓고 恰似두개의 太陽처럼 마조처다보면서 낄낄거리는 것이오."[28] 라며 자기 자신에게 냉소적인 모습을 보여준다. 그리고 주인공 '나'는 점차 백지 같은 어린아이의 의식으로 전락해나간다. 주인공의 백지 같은 의식은 마치 거울 이전 단계처럼 공백과 같은 상태로 개별성도 주체성도 없는 것으로, 그것은 크리스테바의 코라의 상태와 같고, 이 코라 상태는 무정형이고 아직 분열되지 않는 상태이며, 단절과 분절, 공간성과 시간성의 분화 이전이다.[29] 무정형 상태인 코라는 모든 것을 새롭게 받아들이는 어린아이의 의식과 연결시켜 생각해볼 수 있다. 그램 질로크에 의하

---

27 원시주의 동경은 1930년대 이상과 같이 살았던 김기림의 경우에도 나타난다. 김기림은 그의 글인 「현대시의 표정」(김기림, 『김기림 전집』 2, 86쪽)에서 "지극히 건강하고 야만하고 조야하던 원시형태에서 예술이 오늘의 경지에 이르기까지에는 그것은 사람의 많은 노력과 고난을 필요로 하였다. 시인이 목표로 하는 가치의 실현이 그대로 그가 속한 집단의 생활을 지도할 때까지는 그 시는 아직 건강상태에 있는 것이다."라고 말하며 건강하고 야만적인 원시형태의 예술이 오늘의 경지에 이르게 된 것은 많은 사람들의 노력과 고난의 결과라며 원시주의를 긍정적으로 바라보고 있다. 이런 영향을 받은 이상은 원시주의적 사고를 새로운 시대의 사고이자 새로운 표현양식으로 받아들이며 그의 문학에 원시주의를 긍정적으로 적용하게 된다.

28 『이상 문학전집』 2, 252쪽.

29 J. Kristeva, 김인환 역, 『시적 언어의 혁명』, 동문선, 2000, 26쪽.

면 어린아이가 사물을 지각하는 방식은 새로운 이해를 불러일으키는데, 게다가 그는 성인이란 세계를 보는 방식이 우월한 지위를 추구하지만, 어린아이의 세계란 보는 방식이 특별하다고 하며, 이런 점은 어린아이가 현실에서 맞추어진 공간, 사물들과 특별하고 독특한 관계를 가질 수 있는 것이라고 언급한다.[30] 아이는 이 세상의 모든 것을 의아한 시선으로 바라본다. 그 이유는 아이의 의식이 백지와 같은 상태이기 때문이다. 의식의 백지는 존재하는 모든 것들에 놀이를 하게 만든다. 즉, 「날개」의 아이 같은 주인공은 "이국적인 쎈슈알 향기가 폐로숨여들면 나는 저절로 스르르 감기는 내눈을느낀다."[31] 그리고 향기 속에서 "확실히 아내의체臭의 파편"[32]을 느낀다. 주인공 '나'는 화장품 냄새를 맡으며 천진난만하게 놀고 있고, 아내의 향기에 자기도 모르게 스르르 눈을 감으며 자신의 모든 사유가 망각되는 경지에 다다른다. 아이에게 있어 놀이는 망각된 대상을 새로운 것, 새로운 가치가 있는 것으로 변모시킨다.[33] 어린아이의 의식에 침체된 '나'(「날개」)는 놀이 속에서 새로운 가치인 쾌락을 얻고 있다.[34] 즉, 어린아이 의식은 의식의 백지로 이 세상의 의미들을 무화시키는 것에서 더 나아가 유희를 하면서 놀고 있다. 자신의 쾌락은 더 나아가서 해학적인 면으로까지 확장된다.

---

30 G. Gilloch, 앞의 책, 167쪽.

31 『이상 문학전집』 2, 257쪽.

32 위의 책, 257쪽.

33 G. Gilloch, 앞의 책, 180쪽.

34 니체는 진정한 사내 내면에는 어린아이가 숨어 있다고 말한다. 그 사내 속에 숨어 있는 아이는 놀이를 하고 싶어 한다고 한다(F. W. Nietzsche, 『차라투스트라는 이렇게 말했다』, 109쪽).

불길과같은바람이불었건만불었건만얼음과같은水晶體는있다.

…(중략)…

그러는동안에도埋葬되어가는考古學은과연性慾을느끼게함은없는바가
장無味하고神聖한微笑와더불어小規模하나마移動되어가는실(私)과같
은童話가아니면아니되는것이아니면무엇이었는가.

「LE URINE」[35] 부분

내팔이면도칼을든채로끈어저떨어젓다.자세히보면무엇에몹시威脅당
하는것처럼샛팔앗타.이럿케하야일허버린내두개팔을나는燭臺세음으로
내방안에裝飾하여노앗다. 팔은죽어서도 오히려나에게怯을내이는것만
갓다. 나는이런얇다란禮儀를花草盆보다도사량스레녁인다.

「詩第十三號」[36]

신통하게도血紅으로彩色되지아니하고하이얀대로
뺑끼를칠한사과를톱으로쪼갠즉속살은하이한대로
하느님도亦是뺑끼칠한細工品을좋아하시지 - 사과가아무리빨갛더라도
속살은亦是하이한대로 하느님은이걸가지고人間을살작속이겠다고.
墨竹을寫眞撮影해서原版을햇볕에비쳐보구려-骨格과같다.
頭蓋骨은柘榴같고 아니 石榴의陰畵가 頭蓋骨같다(?)
여보오 산사람骨片을보신일있수? 手術室에서- 그건죽은거야요 살어
있는骨片을보신일있수? 이빨! 어마나-이빨두그래骨片일까요.그렇담
손톱두骨片이게요?

---

35 『이상 문학전집』1, 45~47쪽.

36 위의 책, 92쪽.

난人間만은植物이라고생각됩니다.

「骨片·에關한 無際」[37]

「LE URINE」는 불어로 오줌이다. 특히 이 시에서 "小規模하나마移動되어가는실과같은童話"는 오줌을 의미하는 것으로 이 오줌은 세계에 대한 냉소적인 기능을 한다. 예를 들어 "불길과 같은 바람이 불었건만" "얼음과 같은 水晶體는 있다."란 표현에서 이상에게 이 세계는 항상 추운 곳이다. 그러므로 "얼음의 水晶體"는 하나의 사물을 뛰어넘어 바로 이 세계 자체인 것이다. 이상에게 냉정한 이 세계는 부정적인 대상이다. 그러므로 그는 자신의 생식기에서 나온 오줌으로 차갑고 부정적인 이 세계를 녹이고 싶어 한다. 화자는 오줌을 누면서 "가장 無味하고 神聖한 微笑"를 짓는다. 오줌을 누면서 신성한 미소까지 짓는다는 것은 차가운 세계에 대한 풍자적인 의미로 이해할 수 있다. 세계와 인간의 삶을 인식하는 데 있어서 이원적인 관점은 오래전부터 존재해왔는데, 고대 민족들의 민속에도 엄숙한 예식과 병행하여 성스러움을 조소하고 상스럽게 만드는 웃음의 예식이 있다.[38] 웃음은 권위적인 면을 넘어서게 만들며 유토피아를 만들게 한다. 즉, 배설의 행위를 통해서 신성한 웃음을 짓는 것은 해학적이며 이런 해학은 세계에 대한 냉소를 의미한다. 그램 질로크에 의하면 어린아이는 어른의 세계의 가치를 뒤집는다고 하며, 또 그는 어린아이의 관심과 용도에 비추어보면 세상은 뛰어난 대상, 독특한 대상으로 가득 차

---

37 『이상 문학전집』1, 146쪽.

38 M. Bakhtin, 이덕형 · 최건형 역,『프랑수아 라블레의 작품과 중세 및 르네상스의 민중문화』, 아카넷, 2001. 26쪽.

있다고 한다.[39] 즉, 어린아이들은 자신만의 시각 속에서 그들만의 사물의 작은 세상을 만드는 것이다. 「詩第十三號」나 「骨片에 關한 無題」에는 아이들의 놀이를 통해 세계에 대한 냉소가 잘 나타나 있다. 「詩第十三號」에서 '팔'은 신체의 일부가 아니라 사물로서 존재하게 된다. 특히, "잃어버린 두개팔을나는燭臺세음으로내방안에裝飾하야노앗다"라는 구절을 통해 아이들의 시선 속에서는 신체도 사물이 되고 그것을 가지고 그들만의 세계 속에서 놀이하는 것을 볼 수 있다. 게다가 「骨片에 關한 無題」는 '뼈'를 해학적으로 표현한 시이다. '뼈'는 '사과', '자류'이기도 하지만 더 나아가 '두개골', '이빨', '손톱' 등으로도 볼 수 있다. 이런 점은 아이적인 천진난만한 사고이며 여기서 더 나아가 세상에 대한 해학적인 사고이기도 하다. 특히, "하느님도亦是뺑끼칠한 細工品을좋아하시지"라는 표현을 보면 숭고한 영역도 아이들의 사고 속에선 기존의 질서를 뒤집어버릴 수 있다. 신체에 대한 그로테스크(grtesque)한 표현은 숭고한 형식들과 구별되는 것으로 물질적 육체적인 삶의 이미지들이 거의 재생적 의미를 상실하고 비속한 풍속으로 보여주듯이[40] 이상의 시 속의 신체에 대한 해학적인 표현은 기존의 가치를 뒤집는 아이들의 시선에 따른 것이고, 자아와 세계의 이원적 가치관을 냉소하는 기능을 한다.

2. 현실에 냉소적인 '아이'와 이원적 세계관의 무화

이상 문학 텍스트에는 백지와도 같은 순진한 아이의 모습이 나타난다.

---

39 G. Gilloch, 앞의 책, 177쪽.

40 M. Bakhtin, 앞의 책, 76쪽.

이런 백지와도 같은 순진한 아이는 원시주의 의식 상태를 보여준다. 어린 아이의 백지 같은 의식은 마치 거울 이전 단계처럼 공백과 같은 상태로서 개별성도 주체성도 없는 코라의 상태로, 이런 코라 상태란 무정형이고 아직 분열되지 않는 상태이다.[41] 하지만 무정형의 코라 상태에서는 충동들이 끊임없이 나타나며, 이런 충동들은 코라 상태에서 가득 차 있고, 이것은 오이디푸스 이전의 기호적 기능들과 어머니에게 몸을 연결시키고 또 그쪽으로 방향을 정하는 에너지를 방출하는 것으로, 충동들은 항상 모순적이고 동화력이 있는 동시에 파괴적이다.[42] 또한 이런 이중성은 기호적인 육체를 항구적인 분열의 장으로 만들며, 구강욕구와 항문욕구는 둘 다 어머니의 몸과 연관되어 진전되고 구조화되는 욕구들로, 이러한 감각−운동의 조직화를 지배하는데 바로 어머니의 몸이 사회관계를 조직하는 상징적 관계성을 중재하고 그리고 파괴, 공격, 죽음으로 이르는 도상에서는 코라의 질서잡기의 원리가 된다고 말할 수 있다.[43] 결국, 분절되지 않는 무정형의 덩어리와 같고, 오믈렛 같은 코라의 공간은 본능적 충동들과 심리적 충동들이 혼재되어 있는 공간이다.[44] 즉, 코라 안에는 충동들이 가득 차 있는데, 이 충동들은 항상 끊임없이 일치시키려 하고 동시에 파괴성도 공유하고 있다. 이런 점이 코라의 성격이라면 코라는 삶/죽음, 자아/세계의 이분법적인 구분을 넘어 서로 섞여 있다.

결국, 자아 분화, 언어 습득 이전인 코라 공간[45]에서 여러 충동들이 나

---

41 J. Kristeva, 『시적 언어의 혁명』, 21~33쪽.

42 위의 책, 28쪽.

43 위의 책, 29쪽.

44 위의 책, 25~30쪽.

45 크리스테바에 따르면 기호적 코라는 플라톤의 『티마이오스』에 나오는 용어로 신의 조화

타나는데 이상 시에 나타나는 기존의 문법을 위반하는 모습과 냉소적 아이의 모습은 코라 상태 속에 존재하는 충동들이다. 다시 말하면 코라 상태에서는 심리적 여러 충돌들을 겪으면서 코라 상태를 유지하는데, 이런 점은 이상 시에서 기존 문법 구조를 탈피하는 경우로 나타난다. 크리스테바에 의하면 아이는 처음에 기호적 코라에 빠져 있다고 말하며, 코라 상태에서 아이는 옹알이 같은 유아적 말투로 자신을 표현하고, 아이는 자신을 표현하고자 또 에너지를 방출하고자 소리와 제스처를 사용하고, 아직 발화가 어떤 것을 표현할 수 있다는 점을, 혹은 여러 사물과 자신 사이에 어떤 두드러진 차이가 존재한다는 점을 파악하지 못한다.[46] 이런 아이적인 상태의 문법 구조가 이상 시에서 나타나며 이런 점은 코라 상태의 충동들을 의미하며, 현실의 상징계의 질서를 부정하는 것이다.

이 책은 이상 시에 나타난 기존 문법 구조의 파괴가 아이적인 사고라고 보고 이러한 특성들을 다중심적 시각에서 바라보고자 한다. 아이의 문법 체계는 간혹 다양하고 세련된 표현 방법을 구사하는 경우도 있지만 그렇지 않은 경우도 많은데, 가령 아이가 어떤 강제적인 헤어짐을 당하거나 어떤 충격을 받거나 아니면 해결책이 없는 곤경에 처할 경우, 그는 심적 혹은 언어적 표상을 통하여 거기에 대항하거나 아니면 도피할 방법을 모색한다.[47] 이때 대부분 리듬 면에서 반복적이고 멜로디는 단조롭고

와 질서가 개입되기 전의 무정형으로 무한하며 모든 감각적 속성이 담기기 전의 수용체적 물적 에너지의 공허 그 자체. 그녀는 코라를 후설의 물질이나 헤겔의 힘과 유추적인 것으로 보며 프로이트가 1차 과정이라 부른 생체 에너지의 충동 그 자체인, 인간의 생물적 심적 실존과 동일시한다. 자아 분화, 대상 분화, 언어 습득 이전 단계가 기호계이며 이것이 코라와 동일시된다(김승희, 『코라 기호학과 한국시』, 서강대학교 출판부, 2008, 59쪽).

46 노엘 맥아피, 이부순 역, 『경계에 선 줄리아 크리스테바』, 앨피, 2007, 50쪽.

47 김인환, 『줄리아 크리스테바의 문학 탐색』, 이화여자대학교 출판부, 2003, 106쪽.

구문도 이어지지 않고 중절된다. 그것은 사고의 논리가 단절되는 것을
의미한다.

任意의半徑의圓(過去分司의 時勢)

圓內의一點과圓外의一點을結付한直線

二種類의存在의時間的影響性

(우리들은이것에관하여무관심하다)

直線은圓을殺害하였는가

顯微鏡

그밑에있어서는人工도自然과다름없이現象되었다.

「理想한可逆反應」 부분[48]

記憶을마타보는器官이炎天아래생선처럼傷해들어가기始作이다.朝三暮
四의싸이폰作用.感情의忙殺. 나를너머트릴疲勞는오는족족避해야겟지
만이런때는大膽하게나서서혼자서도넉넉히雌雄보다別것이어야것다.脫
身.신발을벗어버린발이虛天에서失足한다.

「賣春」[49]

第一部試驗 手術臺　　　　一

　　　　水銀塗抹平面鏡　　一

　　　氣壓　　　　　　　二陪의平均氣壓

　　　溫度　　　　　　　皆無

爲先痲醉된正面으로부터立體와立體를爲한立體가具備된全部를平面鏡
에映像식힘.平面鏡에水銀을現在와反對側面에塗抹移轉함.(光線侵入防

48　『이상 문학전집』1, 31~32쪽.

49　위의 책, 113쪽.

止에注意하야) 徐徐히痲醉를解毒함. 一軸鐵筆과一張白紙를支給함.

「詩第八號 解剖」[50] 부분

「理想한可逆反應」「賣春」「詩第八號─解剖」는 문장 띄어쓰기가 제대로 이루어지지 않아서 주어와 서술어의 구분이 모호한 점이 공통적이다. 특히, 「詩第八號解剖」는 단순한 명사들이 나열되고, 특히 주어와 서술어의 구분이 없는 문장들로 내용이 이루어졌다. 이상의 시 작품에서 주어와 서술어가 없는 문장의 나열, 단순한 명사들의 나열은 시인이 논리적이지 못한 모습을 보여준다. 논리적이지 못하고 집중도가 떨어지는 말들은, 어떤 헤어짐을 당하거나 충격을 받았을 때 하는 아이들의 말처럼 무의미하고 이해하기 힘든 말처럼 들린다. 이상 시에 나타난 서술 체계는 논리적이지 못하고 문법 체계도 일반적인 형식과 다르다. 이런 점은 그것의 의미를 알수록 이해할 수 없다. 결국, 비논리적이고 탈문법적인 추구는 코라 상태의 여러 심리적인 충동들인 것이다. 즉, '코라'라는 것은 긍정과 부정적인 것이 동시에 일어난다. 이런 이중성의 충동들이 끊임없이 코라에서 일어나면서 코라를 유지한다.

긴것

짧은 것

열十字

....

墜落

不得已한 平行

---

50 『이상 문학전집』 1, 88~89쪽.

…

オレンジ 오렌지

大砲

葡匐

萬若자네가重傷을입었다할지라도피를흘리었다고한다면참멋적은일
이다.

「BOITEUX · BOITEUSE」[51] 부분

싸훔하는사람은즉싸훔하지아니하든사람이고또싸훔하는사람은싸훔하
지아니하는사람이엇기도하니까

「詩第三號」[52] 부분

一層우에있는**二層**우에있는**三層**우에있는**屋上庭園**에올라서**南**쪽을보아
도아무것도없고**北**쪽을보아도아무것도없고해서**屋上庭園**밑에있는**三層**
밑에있는**二層**밑에있는**一層**으로내려간즉**東**쪽에서**솟**아오른**太陽**이**西**쪽
에떨어지고**東**쪽에서**솟**아올라**西**쪽에떨어지고**東**쪽에서**솟**아올라**西**쪽에
떨어지고**東**쪽에서**솟**아올라하늘한복판에와있기때문에**時計**를꺼내본즉
서기는했으나**時間**은맞는것이지만**時計**는나보담도젊지않으냐하는것보
담은**나는時計**보다는늙지아니하였다고아무리해도믿어지는것은필시그
럴것임에틀림없는고로나는**時計**를내동댕이쳐버리고말았다.

「運動」[53]

　　'긴 것 짧은 것'과 '싸우는 사람과 싸우지 않는 사람'과 같이 서로 모

51　『이상 문학전집』1, 39쪽.

52　위의 책, 84쪽.

53　위의 책, 49쪽.

순되어 있는 단어들이 나열되며 마치 어린아이의 알 수 없는 말처럼 시를 전개시켰다. 코라는 시간성과 공간성이 성립되기 이전의 단절과 분절, 즉 "리듬"으로 파악되기도 하는데, 이런 점을 아이의 말과 연관시켜 생각해보면, 아이의 말은 시적인 특성을 지닌다.[54] "아이의 말과 같은 시는 구체적으로 단어도 음절도 아닌 리듬이라고 볼 수 있고, 이런 리듬은 단순한 박자나 운율로 축소 내지 환원되지 않고, 오히려 단순한 언어 혹은 문장을 생동하는 언어 혹은 시로 전화시켜주는 "생명의 숨결"과 유사하다."[55] 즉, 아이의 알 수 없는 말은 시를 창조적으로 생산할 수 있는 원동력이다. 그렇다면 아이의 알 수 없는 말과 같은 위의 시들이 어떤 의미를 지니는지 살펴보면「BOITEUX · BOITEUSE」에서 '긴 것 짧은 것', '오렌지, 대포, 포복'은 아이들이 말잇기 놀이를 하는 것처럼 언어유희로 나타난다. 이런 언어유희는 시를 역동적이고 생명력 있게 표현한 것이다. 또한「運動」에서 "一層우에있는二層우에있는三層우에있는屋上庭園에올라서"란 표현이나 "三層밑에있는二層밑에있는一層으로내려간"다는 표현 그리고 "東쪽에서솟아오른太陽이西쪽에떨어지고東쪽에서솟아올라西쪽에떨어지고東쪽에서솟아올라西쪽에떨어지고東쪽에서솟아올라"라는 표현은 단순하게 반복되면서 어조의 명랑함을 생산한다. 이런 어조의 명랑함은 마치 어린아이들이 세상의 모든 것을 해체시키고 그 해체된 것을 다시 구성할 수 있는 놀이의 모습을 연상시킨다. 자유스러운 놀이는 세상의 질서와 가치에 집착하지 않는 망각의 자유를 누리는 아이적인 사고이다. 또한「運動」에서 "時計를꺼내본즉서있기는했으나時間은맞

---

54 김인환,『줄리아 크리스테바의 문학 탐색』, 137쪽.

55 위의 책, 136~137쪽.

는것"이라고 표현한 부분은 이는 사물을 보는 새로운 시각을 설정하는 사고인 것으로, 이런 점은 환상적이고 천재적인 어린아이의 시각과 연관되며, 아이들은 사물의 대상들에 대해 근본적으로 자극되지 않고 체계적으로 분류를 무시하는 '천재성'을 지닌다.[56] 아이의 천재적인 사고에선 죽어 있는 시계의 시간이 진정한 시간이며 시계의 움직임이 멈추어야 그들의 시간이 된다. 멈춘 시간은 코라적인 시간의 의미이고, 이상은 사물을 보는 새로운 사고를 환상적이고 천재적인 사고를 하는 아이들의 사고와 맥을 같이하려 했다. 게다가 "나는時計보다는늙지아니하였"(「運動」)다며 화자인 '나'를 사람이 아닌 무생물인 시계와 비교하면서 아이다운 천진난만한 모습을 보여주며, 이런 점은 이성적이고 논리적인 현실의 질서에 저항하는 모습을 보여준다. 또한 이상에게 현실은 생명력이 없는 공간이다. 이런 공간의 모습은 이상 시에서 창녀를 통해서 현실 세계의 생명력 상실을 보여준다.

蒼白한여자.

얼굴은여자의履歷書이다.여자의입(口)은작기때문에여자는溺死하지 아니하면아니되지만여자는물과같이때때로미쳐서騷亂해지는수가있 다.온갖밝음의太陽들아래여자는참으로맑은물과같이떠돌고있었는데 참으로고요하고매끄러운表面은조약돌을삼켰는지아니삼켰는지항상소 용돌이를갖는退色한純白色이다.등쳐먹으려고하길래내가먼저한대먹 여놓았죠

잔내비와같이웃는여자의얼굴에는하룻밤사이에참아름답고빤드르르한

---

56 G. Gilloch, 앞의 책, 179쪽.

赤葛色초콜레이트가無數히열매맺혀버렸기때문에여자는마구대고초콜레이트을放射하였다.초콜레이트는黑檀의사아벨를질질끌면서照明사이사이에擊劍을하기만하여도웃는다.웃는다.어느것이나모다웃는다.웃음이마침내엿과같이걸쭉걸쭉하게찐더거려서초콜레이트를다삼켜버리고彈力剛氣에찬온갖標的은모다無用이되고웃음은散散히부서지고도웃는다. 웃는다. 파랗게웃는다. 바늘의鐵橋와같이웃는다. 여자는羅漢을밴것인줄다들알고여자도안다.

…(중략)…

여자는勿論모든것을抛棄하였다. 여자의姓名도,여자의皮膚에붙어있는오랜歲月중에간신히생겨진때의薄膜도甚至於는여자의睡線까지도,여자의머리로는소금으로닦는것이나다름없는것이다.그리하여溫度를갖지아니하는엷은바람이참康衢煙月과같이불고있다. 여자는혼자望遠鏡으로sos를듣는다.그리곤텍크를달린다. 여자는푸른불꽃彈丸이벌거숭인채달리고있는것을본다.여자는오오로라를본다.

「狂女의告白」[57] 부분

「狂女의告白」에서 창녀가 나온다. 그러나 시 본문 어디에도 창녀란 말은 없다. 제목이 주는 창녀라는 기표와 "여자는나한을밴것인줄다들알고여자도안다"라는 말 속에 여자의 신분이 창녀일 것이라 추측할 뿐이다. "창백한 여자", "퇴색한 순백색"이란 표현에서 그녀는 생산성을 잃어버린 존재로 버려져야 할 것, 천시되어야 할 대상으로 그려진다. 곧 창녀는 권위적이고 현실적인 세계 그 자체이다. 생산성을 잃어버린 현실의 상태

---

[57] 『이상 문학전집』 1, 49~52쪽.

를 의미하는 창녀에게 '여자의 성명, 피부, 머리를 소금으로 닦는다'고 했을 때 그 의미가 절정에 다다른다. 즉, 생산성을 잃어버린 세계를 지닌 창녀의 온몸이 소금으로 절여진 상태는 아무것도 할 수 없고 손상된 상태를 계속 유지하게 하게끔 만든다는 의미이다. 다시 말하면, 소금에 절인 상태는 현실의 권위적인 상징의 연속성을 의미한다. 생산성을 잃어버린 창녀는 "웃는다. 파랗게웃는다. 바늘의鐵橋와같이웃는다". 이런 창녀의 웃음은 권위적이고 현실적인 세계 앞에서 더욱더 현실의 세속화에 빠지는 것을 의미한다.

整形外科는여자의눈을찢어버리고形便없이늙어빠진曲藝師의눈으로만들고만것이다. 여자는싫것웃어도또한웃지아니하여도웃는것이다.

여자의눈은北極에서邂逅하였다. 北極은초겨울이다. **여자의눈에는白夜가나타났다.** 여자의눈은바닷개(海狗)잔등과같이얼음판우에미끄러지고만것이다.

…(중략)…

여자는大膽하게NU가되었다. 汗孔은汗孔만큼의荊棘이되었다. 여자는노래부른다는것이찢어지는소리로울었다. 北極은鐘소리에戰慄하였던것이다.

거리의音樂史는따스한봄을마구뿌린乞人과같은天使. 天使는참새와같이瘦瘠한天使를데리고다닌다.

天使의배암과같은회초리로天使를때린다. **天使는웃는다. 天使는고무風船과같이부플어진다.**

天使의興行은사람들의눈을끈다.

사람들은天使의貞操의모습을지닌다고하는原色舊眞版그림엽서를산다.

「興行物天使」[58] 부분

　　「興行物天使」는「狂女의告白」의 속편으로 창녀 이야기의 연속이다. 「興行物天使」도「狂女의告白」처럼 여러 구절을 통해서 창녀가 생산성을 잃어버린 존재임을 보여준다. 예들 들어, "여자의눈에는白夜가나타났다." 라는 표현에서 '백야'와 "여자는大膽하게NU가되었다."라는 표현의 "NU" 즉 '나체'라는 것은 생산성을 잃어버린 상태를 의미한다. 게다가 "거리의 音樂史는따스한봄을마구뿌린乞人과같은天使"란 표현에서는 창녀를 걸인 으로 본다. 이때 "乞人"이라는 말은 생산성이 부족하여 얹혀 지내는 존재 를 의미한다. 또한 "천사의 흥행은 사람들의 눈을 끈다."란 표현에서 사 람들의 눈도 역시 권위적이고 현실적이며 생명력을 상실했다고 볼 수 있 다. 게다가 "사람들은天使의情操의모습을지닌다고하는原色舊眞版그림엽 서를산다."란 표현에 의하면 생명력을 잃어버린 사람들은 생산성이 없는 생각만 하고, 이런 사람들의 눈에선 그 어떤 희망적인 모습도 볼 수 없다. 또한 "여자의눈을찢어버리고形便없이늙어빠진곡예사의눈으로만들고"마 는 정형외과도 권위적이고 세속적인 현실의 상징이다. 결국 이상은 생산 성을 잃어버린 상태를 창녀로 설정하여 창녀와 주변 상황을 통해서 세상 에 대해 권위적이고 상품의 물신화에 빠져 있는 상태를 강조한다. 또한 '천사의 웃음'은 현실적이고 권위적인 세상에 대한 굴욕감을 느끼는 것을 의미한다. 하지만 어린아이의 순수하고 천진난만한 시각에선 세속적인

---

58 『이상 문학전집』1, 52~54쪽.

세상도 오히려 다른 세계의 의미를 꿈꾼다.

배고픈얼굴을본다.

반드르르한머리카락밑에어째서배고픈얼굴은있느냐.

저사내는어데서왔느냐.
저사내는어데서왔느냐.

저사내어머니의얼굴은薄色임에틀림없겠지만**저사내아버지**의얼굴은잘
생겼을것임에**틀림없다**고함은**저사내아버지**는워낙은富者였던것인데**저
사내어머니**를取한後로급작히가난든것임에**틀림없다**고생각되기때문이
거니와참으로兒孩라고하는것은아버지보담도어머니를더닮는다는것은
그무슨얼굴을말하는것이아니라性行을말하는것이지만저사내얼굴을보
면저사내는나면서以後大體웃어본적이있었느냐고생각되리만큼험상궂
은얼굴이라는점으로보아저사내는나면서以後한번도웃어본적이없었을
뿐만아니러울어본적도없었으리라믿어지므로더욱더험상궂은얼굴임은
卽**저사내는저사내어머니**의얼굴만을보고자라났기때문에그럴것이라고
생각되지만**저사내아버지는**웃기도하고하였을것임에는**틀림이없을것**이
지만大體로兒孩라고하는것은곧잘무엇이나흉내내는性質이있음에도불
구하고사내가조금도웃을줄을모르는것같은얼굴만을하고있는것으로본
다면**저사내아버지**는海外를放浪하여저사내가제법사람구실을하는저사
내로장성한後로도아직돌아오지아니하던것임에틀림이없다고생각되기
때문에또그렇다면**저사내어머니**는大體어떻게그날그날을먹고살아왔느
냐하는것이問題가될것은勿論이지만어쨌든간에**저사내어머니**는배고팠
을것임에**틀림없**으므로배고픈얼굴을하였을것임에**틀림없**는데귀여운외
톨자식인지라저사내만은무슨일이있든간에배고프지않도록하여서길러
낸것임에**틀림없을것**이지만아무튼兒孩라고하는것은어머니를가장依支

하는것인즉어머니의얼굴만을보고저것이정말로마땅스런얼굴이구나하
고믿어버리고선어머니의얼굴만을熱心으로숭내낸것임에틀림없는것이
어서그것이只今은입에다金니를박은身分과時節이되었으면서도이젠어
쩔수도없으리만큼굳어버리고만것이나닐까고생각되는것은無理도없
는일인데그것은그렇다하드라도반드르르한머리카락밑에어째서저험상
궂은배고픈얼굴은있느냐

「얼굴」[59]

　　4연부터 26행이 한 문장이라는 점과 띄어쓰기가 제대로 되지 않아 내
용을 빨리 파악하기 힘들다는 점, "저사내어머니"와 "저사내아버지" "틀
림없"는 등 같은 단어의 반복을 보여주며 내용을 쉽게 이해하기가 곤란
한 점이 시 「얼굴」의 특징이다. 위의 시에서 중요한 점은 26행이 한 문장
이라는 점인데 이런 점은 일반적인 문법 규칙을 벗어나 있다. 이런 파격
적인 문법 구성은 아이의 원초적 유희 감각을 제공하는 것과 같은 것으
로 코라 상태의 부정성을 의미하며, 한편으로 이런 점은 코라의 질서를
유지하는 원리이기도 하다. 특히, 마지막 행에서 "그것은그렇다하더라도
반드르르한머리카락밑에어째서저험상궂은배고픈얼굴은있느냐"라며 시
의 내용이 의문형으로 종결되는 점은 중요하다. 이런 점은 아직 내용이
끝나지 않았으며 계속 앞으로 무언가 내용이 나타날 것을 암시한다. 또
한 이런 점은 영원회귀와 같은 성질을 의미하며, 영원회귀란 한 번 일어
났던 모든 것이, 지금 그리고 여기에서 동일한 방식으로 일어나고 이런
점은 삶의 완성과 성취를 내일로 미루지 않는 것을 말한다.[60] 즉, 내용이

59　『이상 문학전집』 1, 47~49쪽.

60　정낙림, 「놀이하는 아이와 비극적–디오니소스적 인간」, 304쪽.

아직 끝나지 않고 계속 시작되는 부분은 아이의 비논리적인 내용과 같다. 정리하자면 이상 시에서의 같은 단어의 반복, 긴 문장, 끝나지 않는 내용 등은 아이들의 말하는 모습과 같다. 게다가 이런 점은 현실의 이원적 세계의 논리를 부정하는 모습으로, 아이는 자아와 세계의 비분리에 있던 상태로 돌아가고자 하는 끊임없는 욕망을 드러낸다. 즉, 인간의 유아기에 대해 프로이트는 의식이 지각이 수면 아래로 깊이 가라앉은 부분을 가리키는 것으로 언급된 무의식과 동일시할 수 있다고 했고, 유아기와 언어는 하나의 원환 안에서 서로가 서로를 지시하는 것으로 나타나는데, 이 원 안에서 어린이는 언어의 근원으로, 반대로 언어는 어린아이 시기의 근원으로 존재한다.[61] 그만큼 아이의 문법 체계는 아이들의 심리를 잘 드러내며 그들의 언어를 통해서 끝없는 욕망인, 모든 경계의 무화 상태를 드러낸다.

「詩第一號」에는 '13명의 아이가 도로를 질주하는' 이미지가 나타난다. 아이들은 도로를 질주하며 '무섭다'고 한다. 아이들이 무섭다고 느끼는 것은 어떠한 세상의 타락에도 물들지 않는 순진함이 있기 때문이다. 게다가 이상은 아이들에게 순수한 모습과 더불어 경이로움을 발견한다. 예를 들어 이상은 "아침ㅅ길이 쏙 - 普通學校學童들登校時間허고 마주치는 故로 自然 허다한 어린이들을 보게된다."(「早春占描」)[62] "그네들의 一擧手一投足 눈한번슴벅하는 것 말한마듸가 모두驚異다."(「早春占描」)[63]라며 이상은 아이를 순수함을 넘어서 신비스런 존재이고 놀라움의 대상으로 표

61 조르조 아감벤, 조효원 역, 『유아기와 역사』, 새물결, 2010, 93~94쪽.

62 『이상 문학전집』 3, 73쪽.

63 위의 책, 73쪽.

현했다.

하지만 「詩第一號」에서 끊임없이 피하려고 하는 아이들의 질주는 오히려 웃음을 유발한다. 이러한 질주의 이미지는 현실의 엄격한 질서와 논리적인 이원적 세계관에 대한 냉소적인 행동의 다른 양상이다. 또한 현실에 대해 냉소적인 행동을 하는 경우는 아이 같은 여자에게서도 발견된다. 결국, 현실에 대한 냉소적인 행동은 코라의 부정성이고 현실의 이원적 세계를 부정하는 것이고 자아와 세계가 분리되지 않았던 상태로 돌아가고자 하는 것을 의미한다.

1. 밤

작난감新婦살결에서 이따금 牛乳내음새가 나기도한다. 머(ㄹ)지아니하야 아기를낳으려나보다. 燭불을끄고 나는 작난감新婦귀에다대고 꾸지람처럼 속삭여본다. **「그대는 꼭 갓난아기와같다」**고 ... 작난감新婦는 어두운데도 성을내고대답한다. **「牧場까지 散步갔다왔답니다.」** 작난감新婦는 낮에 色色이風景을暗誦해갖지고온것인지도모른다. 내手帖처럼 내가슴안에서 따끈따끈하다. 이렇게 營養分내를 코로맡기만 하니까 나는 작구 瘦瘠해진다.

2. 밤

작난감新婦에게 내가 바늘을주면 작난감新婦는 아모것이나 막 찔른다. **日曆. 詩集. 時計. 또 내몸 내 經驗이들어앉어있음직한곳.** 이것은 작난감新婦마음속에 가시가 돋아있는證據다. 즉 薔薇꽃 처럼...........
내 거벼운武裝에서 피가좀난다. 나는 이 傷차기를곷이기위하야 날만어두면 어둠속에서 싱싱한蜜柑을먹는다. 몸에 반지밖에갖이않은 작난

감新婦는 어둠을 커-틴열듯하면서 나를찾는다. 얼는 나는 들킨다. 반
지가살에닿는것을 나는 바늘로잘못알고 아파한다. 燭불을켜고 작난감
新婦가 蜜柑을찾는다. 나는 아파하지않고 모른체한다.

「I WED A TOY BRIDE」[64]

「I WED A TOY BRIDE」에서 화자는 여자에게서 '우유 냄새'가 나고,
'갓난아기'와 같다고 표현한다. 게다가 "작난감 新婦에게 내가 바늘을 주
면 작난감 신부는 아모것이나 막 찔른다." "일력, 시집, 시계, 내 몸 내 경
험이 들어 앉아 있음직한 곳."을 모두 찌른다. 이렇듯 우유 냄새를 풍기는
장난감 신부가 아무 생각 없이 찌르는 모습은 어떤 논리적인 인과성을 넘
어서 기존 질서에 구속받지 않는 아이 같은 행동을 의미한다. 즉, 아이와
같은 순수성과 천진난만함을 지닌 여자는 코라와 같은 상태를 지녔다. 코
라와 같은 세계를 지닌 여자는 "蜜柑을 찾는다." 특히, 밀감은 백지 같은
아무것에도 더럽혀지지 않고 손상되지 않는 순수한 생명력을 지녔다. 결
국 '밀감을 찾는 여자'의 의미는 아이 같은 생명력을 지니고 싶다는 의미
로 이해될 수 있고, 이 여자는 밀감을 통해서 자아분열 이전의 통합된 세
계를 꿈꾼다. 하지만 이런 아이와 같은 순수성을 지닌 여자는 '바늘을 주
면 마구 찌르는 행위'를 하게 된다. 이런 점은 여자의 자의식 없는 습관
적 일상을 넘어, '일력, 시집, 시계'에 해당하는 논리적인 현실 세계를 부
정하는 것을 의미한다. 그램 질로크에 의하면 어른은 세상의 상품에 대한
그릇된 숭배에 의한 상품 물신화에 빠지는 반면에 어린아이는 공포와 역
겨운 감정으로 세상의 상품을 바라보며, 어린아이는 세상의 상품 앞에서

64 『이상 문학전집』1, 117~118쪽.

굴욕감을 느낀다.[65] 다시 말하면, 아이 같은 여자가 일력, 시계, 시집 등을 마구 찌르는 것은 현실의 이원적 세계를 부정하는 의미를 나타내고 그녀는 근대적인 상징질서를 부정하는 존재로 등장하게 되며, 그때의 '마구 찌르는 행위'는 현실 세계에 대한 냉소적 행동을 의미한다. 결국, 장난감 신부는 근대적 현실의 세계를 동화적으로 축소시키고 무언가 마구 찌르는 행위를 통해 냉소적 행동을 보여주며 이원화된 자아와 세계의 균열을 무너뜨리고자 한다.

그다음 이상 텍스트에서 아이와 냉소적 행위의 관계는 소설 「童孩」에서 잘 나타나 있다. 「童孩」는 어린아이들처럼 단순한 문장 구조와 논리적이지 않은 이야기가 주가 되어 있다. 그러나 어린아이에 해당하는 기표도 상당히 나타난다.

> 妊이가 도라오니까 몸에서 **牛乳내**가난다. 나는 徐徐히 내活力을 整理하야가면서 妊이에게 주의한다. **똑간난애기**같아서 썩 좋다.
>
> 「童孩」[66] 부분

우선 제목이 童孩, 즉 해골스런 아이로 되어 있다는 점과 소설 내용 가운데 임이에게서 "牛乳내"가 난다고 하거나 임이의 모습이 "똑간난애기 같"다는 부분, 임이가 책보 속에서 가지고 온 "山羊乳"(300쪽) 등 어린아이에 해당되는 기표가 소설에 등장한다. 그러므로 자연스럽게 「童孩」는 어린아이의 이미지를 자유롭게 연상할 수 있게 만든다.[67]

---

65 G. Gilloch, 앞의 책, 177쪽.

66 『이상 문학전집』 2, 299쪽.

67 고원, 「『날개』의 삼부작의 상징 체계」, 200~202쪽.

내 卑怯을 嘲笑하듯 다음순간 내손에 무엇인가뭉클 뜨듯한덩어리가 쥐
어졌다. 그것은 서먹서먹한表情의 나쓰미깡, 어느틈에 T군은 이것을
제 주머니에다 넣고 왔든구. 입에 침이 좌르르 돌기전에 내눈에는 식은
컵 에 어리는 이슬처럼 방울지지 안는 눈물이 핑 돌기시작하였다.

「童孩」[68] 부분

「童孩」 표면적으로 주인공인 '나'와 '윤'의 '姙이'를 사이에 둔 갈등을
다루고 있으나 그 이면은 '姙이'가 누구를 사랑하는지 확인하고 싶어 하
는 내용으로 이루어졌다. 위 내용에서 '나'는 사랑하는 대상인 '임이'와
논쟁을 벌이면서 싸우다가 최선으로 선택하는 것은 '칼'이 아니다. 대신
"뭉클 뜨듯한 덩어리"인 "나쓰미깡'을 내민다.

'나쓰미깡'은 "觸角이 이런 情景을 圖解한다"(291쪽), "느낌 이다"(302
쪽), "침이 좌르르"(292쪽)란 표현에 의해 감각과 연관된다고 본다. 특히
소설「童孩」의 첫 소제목인 '촉각'이란 말에서 이상은 감각을 새롭게 표
현하려고 한다. 특히 음식물에 대한 감각, 즉, 나쓰미깡에 대한 감각에는
힘이 있다. 이 힘은 신체적, 심리적으로 사람들에게 영향을 준다.[69] 또한
감각에는 문화적 가치가 들어 있으며 이 감각으로 모든 사회는 세계를
정의하고 세계와 상호 작용한다.[70] 즉, 나쓰미깡의 촉각은 모든 대상을
하나로 뒤섞으며 대상들을 하나로 만든다.이런 점은 코라적인 의미와 같
다. 다시 말하면, 촉각으로 세계를 융합하게 만들고, 이런 점은 자아 분
화 이전의 코라적인 상태를 나타낸다. 나쓰미깡에 나타난 감각은 나쓰미

---

68 『이상 문학전집』2, 317쪽.

69 콘스탄스 클라센 외, 김진옥 역,『아로마─냄새의 문화사』, 현실문화연구, 2002, 10쪽.

70 위의 책, 13쪽.

깡을 단순히 애정 관계에만 작용하는 것을 넘어서 좀 더 다른 측면으로 작용한다.

> 나는 모든것을 忘却의벌판에다 내다덮이고 얇다란趣味한풀만을 질질 끌고단이는 자기자신문지방을 이제는 넘어 나오고싶어졌다. 憂患! 유리속에서 웃는 그런 不吉한 幽靈의우슴은 싫다. 인제는 소리를 가장 快活하게질러서 손으로많으려면많어지는 그런 우슴을 웃고싶을것이다.
>
> 「童孩」[71]

주인공 '나' 자신이 "문지방을 이제는 넘어 나오고싶어졌다"라고 표현한 것이나 혹은 "유리속에서 웃는 그런 不吉한 幽靈의우슴"과 "소리를 가장 快活하게질러서 손으로 많으려면 많어지는 그런 우슴"을 짓는다는 것[72]은 현실에 대한 냉소적인 모습을 보여준다. 즉, 주인공 '나'는 나쓰미깡의 감각에 기대며 '나'와 임이의 애정 관계를 넘어서 "宿命的業冤"(297쪽)를 의미하는 논리적인 현실의 질서를 부정하고자 했다. 그러므로 칼이라는 것을 통해 현실의 논리를 넘어서기보다는 '나쓰미깡'이라는 감각으로부터 현실의 이원적 세계를 넘어서고자 했다.[73] 이상에게 나쓰미깡은 적극적이고 능동적인 창조적 사유의 힘이다. 다시 말하면, 이상은 나쓰미깡을 통해 논리적인 현실의 질서를 부정하며 이런 세계의 모든 혼란을 감싸

---

71 『이상 문학전집』 2, 307쪽.

72 차원현, 앞의 논문, 105쪽.

73 차원현은 그의 논문에서 「동해」를 분석하면서 나쓰미깡의 신선한 감각이 애정 관계를 초월하는 힘이 된다고 언급하며 그것은 새로운 가능성의 세계 즉, 성숙을 향한 여정을 제공한다고 말한다(차원현, 앞의 논문, 106쪽). 나쓰미깡에 나타난 필자의 강조점은 다르다. 필자는 나쓰미깡에 나타난 감각이 코라적인 성격을 가지며 이는 무정형적이고 자아와 세계의 열린 사고를 지향하는 아이적인 사고임을 밝히려 했다.

안으려 했다. 즉, 이상에게 나쓰미깡의 감각은 창조적인 정신을 구성하는 질료이며, 코라적인 상태를 의미한다. 그리고 이런 점은 그의 문학에 탄력적으로 적용되어 자아와 세계의 관계를 새로운 시각으로 파악하는 계기로 이해될 수 있다. '칼 대신 나쓰미깡'을 꺼내는 방식은 무정형적이고 자아와 세계의 열린 사고를 지향하는 아이적인 사고와 동일한 과정이다. 이런 관점에서 제목 '童孩가 가지는 의미를 살펴보면 '해골스런 아이'란 논리적인 현실을 냉소하며, 아이의 순수함과 천진난만한 상상력으로 이원적 세계관을 뛰어넘을 수 있는 무한한 사유의 관점인 것이다. 결국, 이상의 「童孩」라는 작품에서 '童孩의 뒷 글자를 해골로 설정함은 나쓰미깡의 감각처럼 새로운 사유이고 이원적 현실을 부정하며 분리된 자아와 세계를 극복하고자 하는 점이다.

그다음 소설 「童孩」에서 나타난 초월성은 '아이들의 똥누기 놀이'와 '돌' 속에서도 나타난다.

나는 海洋같은 倦怠속을 헤엄치고 있다. …(중략)… 아무리 둘러 봐야 現在의 그들로선 規模가 지나치게 큰 家屋과 眷屬(血緣)과 끝없는 들판과 그들의 깔긴 똥이나 먹고 돌아 다니는 개새끼들 等.

…(중략)…

暫時 후 그들은 집 사립짝 옆 土壁을 따라 約束이나 한것처럼 나란히 늘어 서서 쪼구리고 앉는다. 뭔지 소곤소곤 謀議하는상 하더니 벌써 沈默이다. 그리고 熱中하기 시작하였다. 똥을 내지르는 것이었다. 나는 啞然히 놀랐다. 이것도 所謂 노는 것이랄 수 있을까. 또는 그들은 一時에 뒤가 마려웠던 것일까 더러움에 대한 不快感이 나의 숨구멍을 막았다. 하늘만큼 貴重한 나의 머리가 뭔지 철저히 큰 鈍器에 얻어 맞고 터

지는 줄 알았다. 그뿐인가. 또 한가지 나를 啞然케 한 것은 男兒인 줄만 알았었는데 빤히 들여다 보이는 生殖器- 아니 기실은 排尿器였을 줄이야. 어허 모조리 마이너스고녀. 奇怪千萬한 일도 다 있긴 있도다.

이번엔 서로의 엉덩이 구멍을 서로 들여다보기 시작하였다. **하는 짓마다 더욱 奇想天外다. 그들의 얼굴빛과 大同小異한 潤기없는 똥을 한덩어리씩 極히 수월하게 解産하고 있다. 그것으로 滿足이다.** 허나 슬픈 것은 그들 중에 암만 안까님을 써도 똥은커녕 궁둥이마저 나오지 않아 쩔쩔 매는 것도 있다. 이러고야 겨우 着想한 遊戱도 寒心스럽기 그만이다. 그 名譽롭지 못한 아이는 이제 다시 한번 젖먹던 힘까지 내어 下腹部에 힘을 줬으나 역시 旱魃이다. 焦燥와 失望의 빛이 歷歷히 나타났다. 나도 이 아이가 특히 미웠다. 가엾게도, 하필이면 이럴 때 똥이 안나온다니, 미움을 받다니, 同情의 對象이 되다니. 選手들은 목을 비둘기처럼 모으고 이 한名의 落伍者를 蔑視하였다. (우리 坐席의 興을 깨어 버린. 反逆者)이 摩訶不可議한 呪文같은 遊戱는 이리하여 허다한 不吉과 怨恨을 품고 大團圓을 告하였다. 나는 이제 發狂거나 卒倒할 수 밖에 없다. 滿身瘡痍 瀕死의 몸으로 간신히 그곳에서 逃亡하였다.

「이 兒孩들에게 장난감을 주라」[74] 부분

길복판에서 六七人의 아이들이놀고잇다. 赤髮銅群의 半裸群이다. 그들의 混濁한 顔色, 흘린코물, 둘른베두렁이 버스우통만을가지고는 그들의 性別조차 거의 分揀할수업다. 그러나 그들은 女兒가 아니면男兒요, 男兒가 아니면 女兒인 結局엔 귀여운 五六歲乃至七八歲의 「아이들」임에는 틀림이업다.

---

74 『이상 문학전집』3, 151~155쪽.

…(중략)…

아이들은 지즐줄조차모르는 개들과놀수는업다. 그러타고 머이찻느라고눈이밝언닭들과놀수도업다. 아버지도 어머니도 너무나바쁘다. 언니오빠조차바쁘다. 亦是 아이들은 아이들끼리노는수바게에업다. 그런데大體 무엇을가지고 어떠케놀아야하나, 그들에게는 작난감하나가업는그들에게는 영영 엄두가 나스지를안는것이다. 그들은이러틋不幸하다. 그짓도 五分이다. 그以上 더길게 이짓을하자면 그들은 疲勞할것이다.純眞한그들이 무슨까닭에疲勞해야되나? 그들은 爲先 승거워서 그짓을그만둔다. 그들은 도로 나란히안는다. 안저서 소리가업다. 무엇을하나.무슨種類의 遊戲인지, 遊戲는 遊戲인모양인데... 이倦怠의 왜小人間들은 또 무슨 奇想天外의 遊戲를 發明햇나. 五分後에 그들은 비키면서 하나식둘식이러슨다. **제各各 大便을 하무데기식 누어노핫다 아─ 이것도亦是 그들의遊戲엇다. 束手無策의그들 最後의 創作遊戲엇다. 그러나그中한아이가영 이러나지를안는다. 그는 大便이나오지안는다.** 그럼그는 이번遊戲의 못난落伍者임에틀림업다. 分明히 다른아이들 눈에 嘲笑의비치보인다. 아─ 造物主여! 이들을 爲하야 風景과 玩具를 주소서.

「倦怠」[75] 부분

「이 兒孩들에게 장난감을 주라」에서 세상은 '아무리 둘러봐도 규모가지나치게 큰 가옥과 권속(혈연)과 끝없는 들판'과 '똥이나 먹고 돌아다니는 개새끼들'뿐인 황무지 같은 곳이다. 그리고 이 수필에서 어른들은 '해양 같은 권태 속을 헤엄치고 있다'. 특히, 어른은 황무지 같은 세상에 아이가 놀지 않으면 어떡하나 등 걱정한다. 그런 걱정은 잠시뿐 아이들은

---

75 『이상 문학전집』 3, 116~117쪽.

쉴 새 없이 유희한다. 그러나 예상외로 아이들은 일반적인 놀이와 달리 똥누기 놀이를 한다. '똥누기 놀이'라는 것은 예상외의 놀이로 논리적인 성인의 세계를 뒤집는 의미를 지닌다. 「권태」에서도 이상은 아이들이 '제각각 대변을 한 무데기씩' 누는 것을 "最後의 創作遊戱"라고 언급한다. 그리고 이상은 한 아이가 '대변이 나오지 않으면 유희의 못난 낙오자'라고 똥누기가 작은 사회의 단결력을 이루는 데 중요한 요인임을 강조한다. 왜 하필 똥누기 놀이인가? 똥누기 놀이 하면 생각할 수 있는 것은 프로이트식 항문성애 단계로 똥누기 놀이를 단순한 성욕적 쾌락으로 해석하기 쉽고, 게다가 아이들의 놀이라는 것은 또한 어른 세계 전체를 축소해서 연극적으로 조작한다는 의미에서 해석할 수도 있다.[76] 여기서 좀 더 생각하면 놀이 속에서 어린아이는 충실히 세계와 화해하고 조화로운 욕망을 담는다.[77] 그램 질로크에 의하면 "아이란 놀이를 통해 환경과 만나고 환경을 변형시킨다. 놀이를 즐기는 아이는 신화와 놀이에 모두 참여한다. 그리고 놀이는 주체와 객체의 구분을 피하고 사물의 세계와 상호적이고 비위계적인 관계도 내에서 유토피아적인 충동을 포함한다. 게다가 놀이를 통해 도구적 노동에 내재한 지루함과 착취와 달리 자발적이며 창조적 행위이며 놀이는 강압에서 해방된 자유의 영역을 얻는다."[78]고 말한다. 그러므로 아이들은 똥이라는 버려지는 사물들 속에서 자신들의 자유를 누린다. 게다가 그램 질로크는 "어린아이는 이 물건(똥)을 사용하면서 어른의 노동을 모방하지 않고, 어린아이는 이 물건들을 놀이가 만들어내는 새로운 인

---

76 신범순, 「축제와 여성주의」, 『한국 현대시사 연구 자료집』, 2006, 115~116쪽.

77 G. Gilloch, 앞의 책, 184쪽.

78 위의 책, 168~169쪽.

공물로, 재료들을 전혀 다른 새롭고 직관적인 관계로 조합하고, 어린아이들은 그런 식으로 보다 큰 세상 속에서 그들만의 사물의 작은 세상을 만든다."[79]고 말한다. 그러므로 아이는 똥을 가지고 그들만의 세상을 만들며 해방된 자유의 영역을 누린다.

또한 어린이들은 금기시된 것을 깨는 것을 좋아하는데, 오물을 먹거나 만지는 것은 금기이고 이런 금기를 깨는 것은 어린이들은 가장 좋아하는 것으로, 이런 점은 아이들이 선과 악, 순수와 더러움에 대한 지식을 배우기 전에 순수의 낙원이라는 독특한 매력 속에 빠져 있는 것을 볼 수 있다는 의미이기도 하다.[80] 어린아이는 똥이라는 사물을 통해서 자신만의 세계 속에서 무한한 즐거움을 만들어낸다. 정리하자면, 아이들은 원하지 않은 버려진 대상에 집중하며, 이런 것들을 아이들은 그들만의 세계 속에서 축소판으로 재조립하며, 유희적인 재구성의 장소로 변모시킨다.[81] 즉, 어린아이는 마술과 같은 놀이를 통해서 버려지는 대상들을 변화시키며 무한한 세계를 만들며 논리적인 현실의 질서를 부정한다. 이 무한한 세계는 상호작용을 통하여 유기적으로 통합되어 이원화된 세계의 질서를 무너뜨린다.

「쓰키하라 도이치로」에서 "돌과 돌이 맞비비어 오랜 동안엔 역시 아이가 생겨나나 보다"[82]라며 시인은 돌과 아이를 같은 범위에서 설명하려 했

---

79 G. Gilloch, 앞의 책, 178쪽.

80 J. Campbell, 『원시신화』, 92쪽. 원시 민족만이 아니라 문명화된 여러 민족들 사이에서도 성스런 광대—종교의식에서 금기를 깨는 것이 허용되며 항상 음란한 무언극을 연기하는 —는 오물을 먹는 제의적 행위를 통하여 자신들의 성직에 입문한다(위의 책, 같은 쪽).

81 G. Gilloch, 앞의 책, 178쪽.

82 김종년, 『이상 전집』 2, 가람, 2004, 164쪽.

다. 일반적으로 돌이라는 물질은 견고함, 조야함, 항구성을 가지며, 특히 장엄한 바위나 오만하게 우뚝 선 화강암은 강함의 완전성을 드러내는 데 더 직접적이고 자율적이고 더 고고하므로, 돌의 견고함은 인간 조건의 불안정함을 초월한 어떤 것을 보여준다.[83] 또한 돌은 순수한 성질이 있는데, 이런 돌이 지닌 순수성 때문에 돌은 가장 깊은 체험, 인간이 스스로를 영원불멸하다고 믿을 때 가질 수 있는 영원한 것에 대한 체험을 상징하고 있다고 볼 수 있다.[84] 즉, 시인은 돌이 가지는 초월성과 순수성의 의미를 아이에게 부여하므로 시인은 아이를 통해서 자아와 세계를 초월하는 열린 가능성을 찾으려 했다.

사람은光線보다도빠르게달아나면사람은光線을보는가, 사람은光線을
본다, 年齡의眞空에있어서두번結婚한다, 세번結婚하는가, 사람은光線
보다도빠르게**달아나라.**

未來로**달아나서**過去를본다, 過去로**달아나서**未來를보는가, 未來로**달아
나는것**은過去로**달아나는것**과同一한것도아니고未來로**달아나는것**이過
去로**달아나는것**이다. 廣大하는宇宙를憂慮하는자여, 過去에살으라, 光

---

83 M. Eliade, 이은봉 역, 『종교형태론』, 한길사, 1996, 231쪽. 또한 엘리아데는 『대장장이와 연금술』에서 돌을 생명과 다산의 원천이라고 설명한다. 돌에서 태어난 인간에 관한 신화와 대지의 태내에서 돌과 광석이 발생하고 성숙했다는 신앙이 있다. 돌이 절대적 실재, 생명, 신성성을 표현하는 원형적 이미지라는 점은 세계의 모태인 대여신과 동일시된 생식석으로부터 태어난 신들에 관한 수많은 신화를 통해서 증명된다. 구약성서에는 돌에서 인간이 태어났다는 고대 셈족의 전승이 보존되어 있는데 기독교의 종교적 민간 전승이 훨씬 고양된 의미로 이 이미지를 수용하여 구세주에 적용시킨 점은 놀라운 일이다. 루마니아의 어떤 지역에서는 성탄절이 되면 그리스도가 돌에서 탄생했다고 말한다(M. Eliade, 이재실 역, 『대장장이와 연금술』, 문학동네, 1999, 46~47쪽).

84 C. G. Jung, 『인간과 상징』, 209쪽.

線보다도빠르게未來로**달아나라.**

…(중략)…

사람은한꺼번에한번을**달아나라,** 最大限**달아나라,** 사람은두번分娩되기
前에XX되기前에祖上의祖上의祖上의星雲의星雲의星雲의太初를未來에
있어서보는두려움으로하여사람은빠르게달아나는것을留保한다, 사람은
달아난다, 빠르게달아나서永遠에살고過去를愛撫하고過去로부터다시
그過去에산다, 童心이여, 童心이여, 充足될수야없는永遠의童心이여.

「線에關한覺書 5」⁸⁵ 부분

「線에關한覺書 5」는 사람이 광선보다 빠르게 달아나는 내용을 담고
있다. 즉, "사람은光線보다빠르게달아"난다고 할 때, 사람이 빛보다 더
높은 경지에 있음을 보여준다. 특히 '달아난다'는 시어에는 도피의 의
미를 넘어 좀 더 먼 미래로 도약하고자 하는 의지가 내포되어 있다. "사
람은 光線보다빠르"다는 표현을 살펴보면, '근대적인 시간의 의미를 초
월하는 것'⁸⁶을 의미하며, 또한 전일적(全一的) 상호작용의 표현으로, 이
상호작용은 모든 것을 초월하며, 모든 복잡한 계는 보다 큰 전체의 변
화하는 한 부분이며 이것은 점점 더 큰 전체 속으로 들어가면서 결국에
는 그 무엇보다 더욱 복잡한 동력학계, 결국에는 질서와 혼돈의 의미하
는 모든 것을 포함하는 계─우주 자체에 이르게 된다.⁸⁷ 즉, 이상이 '달아
난다'고 한 것은 거대한 화살 같은 것으로 이 화살은 무한한 속도로 나

---

85 『이상 문학전집』1, 60~62쪽.

86 신범순, 「축제와 여성주의」, 『한국 현대시사 연구 자료집』, 109쪽.

87 존 브리그스, 김광태 역, 『혼돈의 과학』, 범양사, 1991, 148쪽.

아가며, 모든 경계를 초월하게 된다. 게다가 니체는 "존재하는 것은 우리의 광학에 속한다."[88]고 하였다. 즉, 사람이 빛보다 빠르게 달아남은 무한 질주로 이는 우주 자체로 확장됨을 의미한다. 또한 '사람이 빛보다 빠르게 달아남'은 이는 예술 또는 삶이 과거의 유산을 포괄한 미래를 향해 끊임없이 질주함으로써 선(線)으로 표상되는 시간성을 극복할 수 있다는 전언으로 읽힌다고도 한다.[89] 정리하자면 사람은 광선보다 빠르다는 의미는 모든 시간의 한계를 초월함을 뜻하는 것이고, 결국 시인이 시간을 초월해서 도달하고 싶은 것은 "永遠의 童心"인 것이다. 특히, 이런 시간의 초월성은 '아이'를 '나비' 이미지로 변주시키는 역할을 한다. 시간의 초월성을 담은 시는 「街外街傳」에서도 나타난다. "速記를펴놓은床几웋에알뜰한접시가있고접시우에삶은鷄卵한개─옆 ─크로터뜨린노른자위겨드랑에서난데없이孵化하는勳章型鳥類"[90](「街外街傳」)의 '속기를 펴놓은 상궤 위에 삶은 계란 한 개'에서 '부화하는 조류'란 시간을 초월해서 새 한 마리가 탄생됨을 의미한다. 엘리아데는 알껍질을 깬다는 것을 불타의 우화와 연결시켜 설명하는데, 불타의 우화에서 보면 알껍질을 깬다는 것은 존재 수레바퀴, 삼사라도 부순다는 것, 즉 우주적 공간과 순환적 시간을 초월한다는 것과 같은 의미이다.[91] 이상의 계란이 부화하면서 시공간을 초월하듯이, 이런 초월성은 이상의 '아이'를 '나비'로 변신하게 만든다.

88 F. W. Nietzsche, 『권력에의 의지』, 청하, 1998, 318쪽.

89 김미영, 「이상의 〈오감도: 시제1호〉와 〈건축무한육면각체: 且8氏의출발〉의 새로운 해석」, 『한국현대문학연구』, 2010, 179쪽.

90 『이상 문학전집』 1, 107쪽.

91 M. Eliade, 이재실 역, 『이미지와 상징』, 까치, 1998, 90쪽.

찌저진壁紙에죽어가는나비를본다.그것은幽界에絡繹되는秘密한通話口
다. 어느날거울가운데의顋髯에죽어가는나비를본다.날개축처어진나비
는입김에어리는가난한이슬을먹는다.通話口를손바닥으로꼭막으면서내
가죽으면안젓다이러서듯키나비도날러가리라. 이런말이決코밧그로새
여나가지는안케한다.

「詩第十號 나비」[92]

「詩第十號 나비」에서 아이가 변신한 나비가 나오는데, 처음에 등장하
는 이 나비는 '찢어진 벽지'와 동일한 의미의 죽어가는 나비로 등장한다.
그러나 다음의 구절에서 '찢어진 벽지'는 결핍을 넘어서 생명력과 연속성
의 의미를 내포하게 된다. 즉, '유계에 낙엽되는 비밀의 통화구'라고 이야
기함으로써 찢어진 벽지는 죽음과 현실을 이어주는 '비밀의 통화구'가 된
다. 기존의 논의에서 찢어진 벽지로 이어지는 나비의 이미지는 소멸의 과
정이나 이것은 이상의 죽음 의식의 반영을 넘어 소망의 의식이 발현이라
고 언급하기도 했다.[93] 하지만 오히려 '찢어진 벽지'는 죽음을 통해서 이
세계에서 다른 세계로 넘어설 수 있는 생명력을 지녔다. 그러므로 생명력
을 지닌 '찢어진 벽지'는 '나비'이기도 하다. 나비는 순수하고 섬세한 존
재 이면에 거센 바람을 타고 흐르면서 꽃무리에 사뿐히 내려앉아 화밀을
빨아먹는 모습도 간직한다.[94] 결국, 바람이 풀줄기를 거의 반으로 굽히는
와중에도 굴하지 않는 나비의 모습은 「詩第十號 나비」의 '비밀의 통화구
를 통과하는 나비'의 모습과 닮았다. 즉, 순수하면서도 강한 생명력을 지

---

92 『이상 문학전집』 1, 90쪽.

93 박현수, 『모더니즘과 포스트 모더니즘의 수사학』, 255쪽.

94 커트 존슨·스티브 코츠, 홍연미 역, 『나보코프 블루스』, 해나무, 2007, 289쪽.

닌 나비는 죽음과 삶의 경계를, 자아와 세계의 모든 경계를 무화시킨다. 결국, 삶과 죽음의 경계 선상에서 모든 것을 해체시키는 나비의 존재는 모든 것을 해체시키는 사고방식을 가지며 살아가는 아이들의 세계와 같은 존재이다.

제4장

샤머니즘적 유년기와
샤머니즘 정신

1. '신비스러운 마을'과 샤머니즘적 유년기

백석은 1935년 『조선일보』에 시 「정주성」을 발표하면서 등단했고, 해방 이후에는 번역 활동을 하며 아동문학에 관한 소설론을 썼다. 1957년부터 다시 창작을 시작하였으나 주로 동시들이 아니면 북한의 체제 선전을 위한 시들이었다. 1930년대 백석 시에 대한 평가는 크게 긍정적인 면과 부정적인 면으로 나뉜다. 우선 김기림은 시집 『사슴』이 "그 외관의 철저한 향토 취미에도 불구하고 주책 없은 일련의 향토주의와는 명료하게 구별되는 '모더니티'를 품고 있다고"[1]하며 백석 시에 나타난 토속성을 독특한 형식으로 보고 고평했다. 반면에 오장환은 백석의 『사슴』이 "사투리와 옛 니야기, 年中行事의 묵은 記憶 等을 그것도 질서 업시 그저 곳간에 볏섬 쌓듯이 그저 구겨 놓은"[2] 것이라며 백석 시의 토속성, 방언에 대해

---

1   김기림, 『사슴』을 안고, 『김기림 전집』 2, 373쪽.

2   오장환, 「백석론」, 『풍림』, 1937. 4.

아무 의미 없는 것으로 부정적인 평가를 내린다.

1930년대 이후에 논의된 연구들은 크게 모더니즘의 관점과 전통적 관점, 근대 초극의 관점으로 나뉠 수 있다. 백석 시에 대해 모더니즘에 입각한 연구들은 다양한 관점으로 논의되었다. 특히, 오세영은 백석의 모든 시에서 고향과 타향, 안주와 유랑, 정착민과 떠돌이라는 상반되는 삶의 거리를 내면 공간으로 확립하여 그것을 미학적으로 형상화시켰다고 평가했다. 그에 의하면 백석의 시에 나타난 고향은 괴로움과 슬픔, 그리움, 외로움과 고통, 신화적 이상화, 모든 순결하고 아름다운 것들에 대한 연민, 공동체의 결속과 회복에 대한 열망 등을 나타낸다.[3] 이런 관점에서 더 나아가 백석 시에 나타나는 고향을 존재 성찰[4]로 보는 논문도 있다. 이런 논의는 고향을 단순히 '공동체'[5]로 보거나 '유토피아'[6]로 보는 방식을 넘어서는 독창적인 시각이다. 그다음에는 백석 시에 나타난 언어, 기법 시선이 근대주의적 시선을 가지고 있다고 본 연구,[7] 백석 시에 나타난 감각주의적 특성을 정신사적 의미망으로 해석한 연구,[8] 또한 그의 시에 나타난 토속성을 모더니티와의 관련성으로 해석하거나,[9] 더 나아가 그의 토속성을 근대적 삶의 내부에 풍요로움을 되살리려는 의미라고 본 연구[10]

---

3   오세영, 「떠돌이와 고향의 의미」, 『한국현대시인연구』, 월인, 2003, 443쪽.

4   이혜원, 「백석 시의 신화적 의미」, 『어문논집』, 1996.

5   최정례, 「백석 시의 근대성 연구」, 고려대학교 박사학위 논문, 2005.

6   임재서, 「백석 시의 감각 표현에 나타난 정신사적 의미 고찰」, 『국어교육』108호, 2002. 6.

7   전봉관, 「백석 시의 모더니티」, 『한중인문학연구』, 2005.

8   임재서, 앞의 논문.

9   박몽구, 「백석 시의 토속성과 모더니티의 고리」, 『동아시아 문화연구』, 2005.

10 박승희, 「백석 시에 나타난 축제의 재현과 그 의미」, 『한국사상과 문화』, 2007.

등 연구 영역은 다양하다. 하지만 백석 시에 나타나는 모더니즘 연구는 그의 시에 나타난 전통적인 정서를 과도하게 근대적인 것과 연결시켜 피상적인 인식을 불러일으켰다. 더 나아가 백석 시에 나타난 모더니즘 연구 중에 김윤식[11]은 백석의 시에 풍물에 대한 정확한 인식이 나타난다며, 이런 점을 백석이 느끼는 외로움에 대한 세련된 표현으로 평가했다. 진순애[12]는 가벼움의 시학을 통해 백석 시의 모더니티를 미적인 태도로 평가했다.

그다음 백석 시에 나타난 전통적 관점에서 연구한 논문으로 고형진은 백석 시의 독특한 표현 기법인 반복적 열거가 판소리 사설의 표현 기법과 매우 유사하다고 평가한다. 판소리에서는 반복과 열거로 엮어진 사설을 통해 의도된 의미를 과장되게 표현하거나 또는 사설의 변형을 통해 의도된 상황과 정서를 실감나게 환기시키는데, 이러한 표현 기법이 백석 시에도 유사하게 나타난다고 한다.[13] 김응교는 백석 시에 나타난 「가즈랑집」의 할머니와 유년 화자를 통해 시인은 만물이 화합하는 샤머니즘의 세계를 보여주고 있다고 하며, 백석이 이러한 시적 태도는 근대와 제국주의의 지배에 대한 부정의 방법일 수 있다고 평가했다.[14] 백석 시에 나타난 음식, 방언, 풍속 등에 대해 연구한 논문도 있다. 이 논문에서는 몸기억이라는 특수한 용어를 쓰며 백석 시에 나타난 음식, 방언, 풍속 등을 모성성과 민족성과 결부시켜 평가하려 했다.[15] 게다가 백석 시에 나타난 감각을 토속

---

11 김윤식, 「허무의 늪 건너기」, 『근대시의 인식』, 시와시학사, 1992.

12 진순애, 「백석 시의 심미적 모더니티」, 『비교문학』 30, 2003. 2.

13 고형진, 「백석 시와 판소리 미학」, 『현대문학이론연구』, 2004, 20쪽.

14 김응교, 「백석 시 〈가즈랑집〉에서 평안도와 샤머니즘」, 『현대문학의 연구』, 2005, 88쪽.

15 김용희, 「몸말의 민족 시학과 민족 젠더화의 문제」, 『여성문학연구』, 2004.

적인 것과 결부시켜 본 연구도 있다.[16] 이렇듯, 전통적인 관점에서 연구한 논문들은 백석 시에 나타난 토속성을 민족의 원형적인 삶과 결부시키며 새롭게 해석하려 했다.

마지막으로 근대 초극의 관점에서 백석 시를 분석한 연구가 있다. 특히, 신범순은 김소월과 백석에 나타난 전통에 대해 기존의 연구들이 그들의 전통을 근대주의적으로 해석하는 데 그치거나 혹은 민속이나 원시적 신화로 치부했다고 비판했다. 그러면서 그는 단호하고 엄격한 근대주의적 해석들을 문제 삼을 때가 되었다고 말하며 근대라는 것의 역사적 필연성의 하나의 단위 명제였던가를 묻고 있고, 그는 기존의 논의들이 김소월과 백석 시를 너무 근대적인 사유와 생활 양식 속에서 해석했다고 평가했다.[17] 또한 신범순의 연구와 더불어 소래섭은 백석을 논의하면서 근대적 개념으로 해명되지 못한 것을 음식으로 풀어내고자 했다. 그는 동양적 전통에서 음식이란 정신/육체, 이성/감각 등의 이분법을 초월하는 지점에 있고, 이렇게 함으로써 근대에 들어 사라져가고 있는 그러한 전통을 복원할 수 있다고 말한다.[18] 소래섭 연구의 연장선상에서 김정수[19]도 이상 문학과 백석 시를 근대적인 경계들을 넘어서는 '총체성' 범위 안에서 분석하고 있다. 그리고 그는 이상과 백석에 나타난 아동미학에 대해 미술작품과 함께 살펴보았다. 이런 점은 그들의 문학작품을 새로운 시각으로 바라보고자 하는 연구였다.

---

16 류경동, 「1930년대 한국 현대시의 감각 지향성 연구」, 고려대학교 박사학위 논문, 2004.

17 신범순, 「현대시에서 전통적 정신의 존재 형식과 그 의미―김소월과 백석을 중심으로」, 『국어교육』 96, 1998, 424~425쪽.

18 소래섭, 「백석 시에 나타난 음식의 의미 연구」, 서울대학교 박사학위 논문, 2008, 174쪽.

19 김정수, 「이상과 백석 문학에 나타난 아동미학 연구」, 울산대학교 박사학위 논문, 2010.

백석 시에 나타난 아이에 대한 대표적인 연구로는 이혜원 글이 있다. 이혜원[20]은 백석의 시에 나타나는 유년 화자와 동화적 요소를 시인의 동심 지향으로, 행복하고 충만한 원형의 공간을 복원하려는 것으로 평가했다. 이혜원의 글과 비슷한 연장선상에서 김은정[21]은 백석 시 세계를 유아기적 화자와 성인 화자로 나누어 살펴보았다. 그에 따르면, 유아기적 화자는 민속과 풍속의 세계, 성인 화자는 유랑과 운명론적 세계로, 특히 유아기적 화자는 공동체의 삶의 복원이라는 적극적인 의미를 지닌다고 덧붙인다. 남기택[22]은 백석 시에 나타난 아이를 '어린이기'라고 표현하면서 전근대 회귀보다는 근대를 넘어서는 실천적 의미로 해석할 수 있다고 보았다. 하지만 '아이'가 왜 근대적인 것을 넘어서려는지에 대한 구체적인 설명이 미흡하다. 정리하자면, 백석 시에 나타난 '아이'에 대한 기존 연구들은 '아이'가 지닌 의미를 '동심 지향'이나 '풍요로운 원형의 공간', '근대적인 현상'으로 보며 다양한 해석을 시도하려 했다. 그러나 이러한 관점에서 백석 시에 나타난 아이를 해석하는 경우는 새로운 시도이나, 아이의 본질적인 특성을 살피지 않고 무리하게 아이에 대해 의미를 부여해 피상적인 인식을 준다. 그 결과 백석 시에 나타난 '아이'에서 다른 시들과 구별되는 백석의 특수성을 찾기가 모호해졌다.

백석 시 가운데에는 어린아이가 주인공이 되거나, 어린 시절의 기억을 떠올리는 시들이 많다. 그래서 기존의 논의들은 백석 시에 나타난 아이가

---

20 이혜원, 「백석 시의 동심지향성과 그 의미」, 『한국문학연구』, 2002.

21 김은정, 「백석 시 연구」, 『한국어문학연구』 46, 2001, 17쪽.

22 남기택, 「백석 시의 어린이기 연구」, 『한국언어문학』 54, 2005.

유년기의 화자로서만 존재하는 것으로 연구되었다.[23] 그러나 백석 시에 나타난 어린아이는 화자로서 나타나는 것뿐만 아니라 '아이'의 이미지로 나타난 면도 많다. 이 책은 백석 시에 나타난 '아이'의 이미지를 중심으로 백석 시 전반을 다뤄보면서 백석 시 세계를 다채롭게 해석하고자 한다.

우선 백석의 시에서 어린아이가 처음 등장한 곳은 고향 '마을'이다. 하지만 기존 연구에 의하면 그의 고향은 단순히 향수의 서정적 회고주의 차원과 다르고, 김동환의 「국경의 밤」의 고향처럼 시적 화자가 적극적으로 고향에 개입해 들어가서 극적인 갈등의 문제를 제기하고자 하는 것과도 다르다.[24] 즉, 백석의 고향 마을은 명절의 풍속을 보여주거나 신화적 제의의 모습을 통해 축제의 분위기를 보여준다. 이런 축제를 형성하는 마을 중심에 '아이'가 존재하며, 마을은 '아이'를 매개로 낯섦과 무서움과 신비함을 자극하여 고향 마을의 삶을 감싸 안는다.[25] 다시 말하면 그의 고향은 축제적인 분위기를 형성한 곳이기도 하지만 신비스럽고 신화적인 세계가 담겨 있는 곳이기도 하다.

> 승냥이가 새끼를 치는 전에는 쇠메 든 도적이 났다는 가즈랑고개
>
> 가즈랑집은 고개 밑의
> 산(山)너머 마을서 도야지를 잃는 밤 즘생을 쫓는 **깽제미 소리가 무**
> **서웁게 들려오는 집**

---

23 김은정, 앞의 논문; 이혜원, 앞의 논문.

24 신범순, 「백석의 공동체적 신화와 유랑의 의미」, 『한국현대시사의 매듭과 혼』, 민지사, 1992, 178쪽.

25 신범순, 「현대시에서 전통적 정신의 존재 형식과 그 의미─김소월과 백석을 중심으로」, 439쪽.

닭 개 즘생을 못 놓는
멧도야지와 이웃사촌을 지나는 집

예순이 넘은 아들 없는 가즈랑집 할머니는 중같이 정해서 할머니가
마을을 가면 **긴 담뱃대에 독하다는 막써레기를 몇 대라도 붙이**라고
하며

간밤엔 섬돌 아래 승냥이가 왔었다는 이야기
어느메 산(山)골에선간 곰이 아이를 본다는 이야기

나는 돌나물김치에 백설기를 먹으며
옛말의 구신집에 있는 듯이
가즈랑집 할머니
내가 날 때 죽은 누이도 날 때
무명필에 이름을 써서 백지 달어서 구신간시렁의 당즈깨에 넣어 대
감님께 수영을 들였다는 가르랑집 할머니
언제나 병을 앓을 때면
신장님 단련이라고 하는 가즈랑집 할머니
구신의 딸이라고 생각하면 슬퍼졌다.

토끼도 살이 오른다는 때 **아르대즘퍼리에서 제비꼬리마타리 쇠조지**
가지취 고비 고사리 두릅순 회순
산(山)나물을 하는 가즈랑집 할머니를 따르며
나는 벌써 달디단 물구지우림 둥굴네우림을 생각하고
아직 멀은 도토리묵 도토리범벅까지도 그리워한다.

「가즈랑집」²⁶ 부분

---

26 김재용 엮음, 『백석 전집』, 실천문학사, 1997. 13~15쪽.

황토 마루 수무낡에 얼럭궁 덜럭궁 색동헝겊 뜯개조박 뵈짜배기 걸리고 오쟁이 끼애리 달리고 소삼은 엄신같은 딥세기도 열린 국수당고 개를 몇 번이고 튀튀 춤을 뱉고 넘어가면 골안에 아늑히 묵은 영동이 무겁기도 할 집이 한 채 안기었는데

…(중략)…

우리 엄매가 나를 가지는 때 이 노큰마니는 어느 밤 크나큰 범이 한 마리 우리 선산으로 들어오는 꿈을 꾼 것을 우리 엄매가 서울서 시집을 온 것을 그리고 무엇보다도 내가 이 노큰마니의 당조카의 맏손자를 난 것을 대견하니 알뜰하니 기꺼히 여기는 것이었다.

「넘언집 범 같은 노큰마니」[27] 부분

「가즈랑집」에서 핵심적인 인물은 가즈랑집 할머니이다. 이 할머니는 "간밤엔 섬돌 아래 승냥이가 왔었다는 이야기", "어느메 산(山)골에선간 곰이 아이를 본다는 이야기"가 전해지는 마을에 살고 있다. 특히 그녀가 있는 "가즈랑집"은 "깽제미 소리가 무서웁게 들려오는 집", "닭 개 즘생을 못 놓는 멧도야지와 이웃사춘을 지나는 집"으로 일반적인 집과 달리 신비스런 집이다. 이런 신비스러운 집은 마치 성전처럼 마을의 중심에 자리잡으며 소우주를 실현하고 있다.[28] 게다가 다른 세계, 초월적 세계와의 접

---

27 『백석 전집』, 100~101쪽.

28 M. Eliade, 이은봉 역, 『성과 속』, 한길사, 1998, 71쪽. 우주의 상징은 주거의 구조 자체에서 발견하고 있다. 집은 세계의 모상이다. 하늘은 중심 기둥에 의해 떠받들어지는 거대한 텐트로 생각되고, 천막의 기둥 혹은 집의 중심 기둥은 세계의 기둥으로 여겨지며 또 실제로 그러한 이름으로 불리고 있다. 즉, 그 기둥 밑에서 하늘의 지고 존재자에게 제물을 바친다(위의 책, 78쪽).

촉은 이 성전에서만 가능하는데, 이런 성전은 세계축인 성스러운 기둥을 가지고 있으며 중심에서 떠나지 않고 초지상적 세계와 접촉하며 가즈랑 집 할머니는 항상 중심에 살고자 하는 욕구를 느낀다.[29] 즉, 그녀의 집에는 세계의 중심의 다양성 혹은 무한성이 담겨 있으며, 게다가 그녀의 집이 성스러운 공간이기 때문에 무한히 많은 분기점과 초월적인 것과의 교류를 허용하고 있다.[30] 그러나 이런 성전에 살고 있는 가즈랑집 할머니는 "예순이 넘"도록 "아들"이 없다. 이런 점은 할머니가 쓸쓸하고 외로운 존재라는 것을 상기시켜준다. 하지만 곧 "중같이 정해서"란 표현을 보면 고독한 존재에서 깨끗하고 곧은 성품을 지닌 존재로 그녀에 대한 인식이 바뀌게 된다. 게다가 그녀가 "긴 담뱃대에 독하다는 막써레기를 몇 대라도 붙이"는 모습은 무언가 깊은 사색에 잠기며 영혼과 소통하는 모습을 연상케 한다. 특히 "구신의 딸"이라는 표현은 그녀가 무당이라는 의미이고 이런 점은 영혼과 자유롭게 소통할 수 있다는 것을 증명한다. 할머니가 무당인 경우는 「넘언집 범 같은 노큰마니」에서도 나타난다. 여기서 노큰마니는 '황토 마루 수무나무'에 "색동헝겊", "뜯개조박"을 내걸며 "국수당고개"를 지키고 있다. '국수당'은 천신에게 제를 지내던 공간으로 신성함을 상징한다.[31] 게다가 국수당은 마치 신성한 사원과 유사하며, 이 사원은 세계의 중심을 향하여 가는 엑스터스와 동일하고, 마치 샤먼이 이 사원에 있으면 한 지평에서 다른 지평으로 넘어가는 것을 체험하게 된다.[32]

29 M. Eliade, 『성과 속』, 71쪽.

30 위의 책, 81쪽.

31 김의숙, 『韓國民俗祭儀와 陰陽五行』, 집문당, 1993, 123쪽.

32 M. Eliade, 『성과 속』, 69쪽.

즉, 이런 관점에서 보면 "국수당"은 속계를 초월한 '순수하고 성스러운 영역'을 의미한다고 볼 수 있다. 그러므로 이런 신성한 공간을 지키는 노큰마니도 신성시되는 존재임을 짐작할 수 있다. 특히, 노큰마니는 성스러운 것 가운데서 혹은 성화(聖化)된 사물에 아주 가까이 접근하여 살려고 노력하는 인물이 된다. 왜냐하면, 샤먼인 노큰마니에게는 성스러운 것이 곧 힘이 되며 이런 점은 그녀에겐 실재 그 자체를 의미하기 때문이다. 성스러운 힘은 실재를 의미하며, 동시에 영원성과 효험을 의미하기도 한다.[33] 결국, '국수당'은 우주적 리듬을 마을에 불러일으키며 '신비스러운 마을'을 탄생시킨다. 신성한 공간을 상징하는 '국수당'과 이런 '국수당'을 지키는 무속인 노큰마니의 등장은 마을을 더욱 신비스럽게 만들며 샤머니즘 정신을 지속시킨다.

특히, 한국 사회에서 여성은 샤먼의 중심에 있으며, 여성의 원령을 달래는 것은 주로 샤머니즘이고, 이런 샤머니즘은 주로 원령과 관계를 맺으며, 즉, 유교의 제례는 보통 정상적으로 죽은 조상을 모시는 것이 기본이지만 샤머니즘은 불행한 죽음이나 사고로 죽은 사람의 원령을 달래는 것이 주요 기능으로, 즉, 샤머니즘은 주로 원한이 강한 여성과 밀착되어 있고, 여성들이 샤머니즘에 깊은 관심을 가지는 것은 이러한 샤머니즘이 가지는 강한 매력 때문이다.[34] 백석 시에서 할머니와 여성은 무당으로 비교적 많이 등장한다. 백석은 여성이 쉽게 신이 내리고, 신 내리는 장면에 잘 심취하는 것을 잘 알기에 그녀들을 통해 자신의 샤머니즘 세계를 더욱 풍족하게 만든다. 그리고 이런 분위기와 환경 속에서 마을은 더욱 신비스

33 M. Eliade, 앞의 책, 50쪽.
34 최길성, 『한국 무속의 이해』, 예전사, 1994, 46쪽.

럽게 존재하게 된다. 다시 「가즈랑집」 시편으로 돌아와 살펴보면, 무당인 가즈랑집 할머니는 "아르대즘퍼리에서 제비꼬리 마타리 쇠고지 가지취 고비 고사리 두릅순 회순 산나물을" 준비한다. 물론 이런 풍물을 나열하는 의식에는 훼손되지 않는 토속적 세계의 원형을 되살리어 풍요로움과 정겨움을 주는 세계를 의도가 숨겨져 있다고 한다.[35] 하지만 할머니가 여러 가지 산나물을 준비하는 이유는 신령에게 제사를 지내기 위해서이고, 무당인 가즈랑집 할머니는 음식과 축제의 달인이고 본래 무속의 세계는 놀이와 연관되어 있다고 한다.[36] 게다가 신령께 제사를 지내려면 굿판이 벌어져야 하며, 결국 무당은 굿판을 꾸미고 여러 계통의 신령에게 제상을 올려야 하며, 그것은 신령이 잡수실 음식이므로 정성을 다하고 최고의 것으로 준비하며, 굿이 끝나면 준비된 음식들은 모든 사람에게 골고루 나눠져서 잔치 분위기를 조성하는 데 한몫한다.[37] 그리고 무당은 굿판을 통해 신령과 주변 사람들을 하나가 되도록 만든다. 즉, 무당이 주변의 상황과 조화되는 것은 접신 상태를 의미한다. 이런 접신 상태에서 무당은 역사를 소멸시키고 뒤로 되돌아가서 원초적 낙원 상태를 회복한다. 원초적인 낙원 상태는 태초의 신화적인 상황으로의 복귀를 의미하는 것이다. 다시 말하면, 백석은 무당인 가즈랑집 할머니를 구심점으로 샤머니즘적 사고 아래 동물과 인간, 신이 같이 어울리는 신화적 마을을 보여준다.

　　내가 언제나 무서운 외갓집은
　　초저녁이면 안팎마당이 그득하니 하이얀 나비수염을 물은 보득지근

35　김응교, 「백석 시 〈가즈랑집〉에서 평안도와 샤머니즘」, 85쪽.

36　위의 논문, 73쪽.

37　조흥윤, 『무와 민족문화』, 민족문화사, 1991, 247쪽.

한 북쪽제비들이 씨굴씨굴 모여서는 쨩쨩쨩쨩 쇳스럽게 울어대고

　밤이면 무엇이 기와골에 무리돌을 던지고 뒤울안 배 낡에 쪠듯하니 줄등을 헤여 달고 부뚜막의 큰 솥 적은 솥을 모조리 뽑아놓고 재통에 간 사림의 목덜미를 그냥 그냥 나려 눌러선 잿다리 아래로 처박고

　그리고 새벽녘이면 고방 시렁에 채국채국 얹어둔 모랭이 목판 시루며 함지가 땅바닥에 넘너른히 널리는 집이다

「외갓집」[38]

　어스름 저녁 국수당 돌각담의 수구나무 가지에 녀귀의 탱을 걸고 나물매 갖추어놓고 비난수를 하는 젊은 새악시들—잘 먹고 가라 서리서리 물러가라 네 소원 풀었으니 다시 침노 말아라

　벌개늪녘에 바리깨를 뚜드리는 쇳소리가 나면 누가 눈을 앓어서 부증이 나서 찰거마리를 부르는 것이다.

　마을에서는 피성한 눈슭에 저린 팔다리에 거머리를 붙인다.

　여우가 우는 밤이면 잠 없는 노친네들은 일어나 팥을 깔이며 방뇨를 한다.

　여우가 주둥이를 향하고 우는 집에서는 다음날 으레히 흉사가 있다는 것은 얼마나 무서운 말인가.

「오금덩이라는 곳」[39]

　아배는 타관가서 오지 않고 산비탈 외따른 집에 엄매와 나와 단둘이서 누가 죽이는 듯이 무서운 밤 집 뒤로는 어느 산골짝기에서 소를 잡

---

38 『백석 전집』, 86쪽.

39 위의 책, 45쪽.

어먹는 노나리꾼들이 도적놈들같이 쿵쿵거리며 다닌다.

날기멍석을 져간다는 닭보는 할미를 차 굴린다는 땅아래 고래 같은 기와집에는 언제나 니차떡에 청밀에 은금보화가 그득하다는 외발 가진 **조마구 뒤산 어느메도 조마구네 나라**가 있어서 오줌 누러 깨는 재밤 머리맡의 문살에 대인 유리창으로 조마구 군병의 새까만 대가리 눈알이 들여다보는 때 나는 이불 속에 자즐어붙어 숨도 쉬지 못한다.

또 이러한 밤 같은 때 시집갈 처녀 막내 고무가 고개 너머 큰집으로 치장감을 가지고 와서 엄매와 둘이 소기름에 쌍심지의 불을 밝히고 밤이 들도록 바느질을 하는 밤 같은 때 나는 아릇목의 삼귀를 들고 쇠든 밤을 내여 다람쥐처럼 발거먹고 은행여름을 인두불에 구어도 먹고 그러다는 이불 위에서 광대넘이를 뒤이고 또 누어 굴면서 엄매에게 **웃목에 두른 평풍의 새빨간 천두의 이야기**를 듣기도 하고 고무더러는 밝는 날 멀리는 못 난다는 뫼추라기를 잡어달라고 조르기도 하고

…(중략)…

섣달에 내빌날이 들어서 내빌날 밤에 눈이 오면 이 밤엔 쌔하얀 할미귀신의 눈귀신도 내빌눈을 받노라 못난다는 말을 든든히 여기며 엄매와 나는 앙궁 위에 떡돌 위에 곱새담 위에 함지에 버치며 대냥푼을 놓고 치성이나 드리듯이 정한 마음으로 내빌눈 약눈을 받는다. 이 눈 세기물을 내빌물이라고 **제주병에 진산항아리에 채워두고는 해를 묵여가며 고뿔이 와도 배앓이를 해도 갑피기를 앓어도 먹을 물이다.**

「古夜」[40] 부분

---

40 『백석 전집』, 20쪽.

「외갓집」이나 「오금덩이라는 곳」 「고야」 같은 시에서도 마을은 신비로움에 휩싸여 있다. 특히, 「외갓집」이라는 시는 신비로움을 넘어서 초자연적인 내용을 담고 있다. 밤이면 북쪽 제비들이 우는 모습은 기이한 사건이 마을에 시작될 것을 암시하고 또 밤이면 부뚜막에 솥들이 모두 뽑히는 상황은 화자에게 공포감을 자아낸다. 「오금덩이라는 곳」의 국수당에서 "젊은 새악시들"이 "녀귀의 탱을 걸고" 귀신의 원혼을 달래주며 비는 모습은 죽음의 세계를 초월하려는 면을 보여준다. 즉, "젊은 새악시들"이 비는 행위를 통해 속된 세계에서 성스러운 세계로 이행할 수 있는 모습을 보여주며, 이런 모습은 초월된 상태를 의미한다. 그러므로 "어스름 저녁의 국수당"은 신비스런 분위기와 성스러운 공간의 일면을 보여준다. 성스러운 공간의 의미는 "젊은 새악시들"에게 고정점을 부여하고, 그리하여 혼돈된 균질성 가운데서 방향성을 획득하며 '세계를 발견하고' 진정한 의미에서 삶을 획득하게 된다.[41] 성스러운 것이 성현 속에서 그 스스로를 현현할 때 그것은 공간의 균질성을 파괴할 뿐만 아니라 무한히 넓은 주위의 비실재에 대립하는 절대적 실재를 계시하는 것이다.[42] 즉, 절대적 실재를 간직한 "어스름 저녁의 국수당"은 젊은 여자들이 그곳에서 자신의 소원을 비는 행위를 통해 자신들의 충만한 세계 안에 살고자

---

41 M. Eliade, 『성과 속』, 57쪽. 국수당은 성스럽고 신비스러운 공간이다. 이런 성스러운 공간은 엘리아데에 의하면 실재적인 공간이라고 한다. 원시세계에서 신화는 성(聖)이라는 진정한 현실의 현현에 대해서 이야기하고 있다는 점에서 실재적이기 때문이다. 바로 이러한 공간을 통해서 사람들은 성과 직접 접촉할 수 있다. 이 경우 성은 특정 물건일 수도 있고, 성-우주적인 상징일 수도 있다. 하늘, 땅, 지옥이라는 우주 삼계의 개념을 알고 있는 문화에서 "중심"은 이 삼계의 집합점을 이룬다. 각 차원의 분리가 가능한 동시에 이 세 영역간의 소통이 가능한 곳이 바로 이곳이다(M. Eliade, 이재실 역, 『이미지와 상징』, 까치, 1998, 47쪽).

42 M. Eliade, 『성과 속』, 56쪽.

하는 욕망을 보여주는 장소이다. 여자들의 비는 행위들은 결국 성화된 세계, 즉 성스러운 공간에서 살고 싶어 하는 욕망을 더욱 분명해 제시하는 것이다.

「고야」에서도 할머니가 전해주는 외발 가진 조마구 이야기는 마을을 동화적이고 신비스럽게 만든다. 하지만 외발 가진 조마구는 "날기멍석을 져"가고, "닭보는 할미를 차 굴린다"는 등 도둑질하는 모습과 난폭한 모습을 보여주며 어린 화자에게 공포감을 심어준다. 그러나 "뒷산 어느메도 조마구네 나라가 있"다라는 표현과 "땅아래 고래 같은 기와집에는 언제나 니차떡에 청밀에 은금보화가 그득하다"는 표현을 보면 천진난만하고 순진한 상상력으로 마을은 이내 동화 같고 신비스런 분위기로 휩싸인다. 또한 이런 분위기에서 병풍에 그려진 천도 복숭아의 이야기는 어린 화자에게 알 수 없는 두려움을 일깨우고 있다. 즉, 아이 주변의 공포는 알 수 없는 것에 대한 공포일 수 있고, 그의 세계 밖에 있는 미지의 공간—어떤 방향도 정해지지 않고, 따라서 어떤 구조도 가지고 있지 않은 단지 무형태적인 것에 대한 공포일 것이다.[43] 하지만 이런 막연한 두려움은 오히려 집과 마을을 신비스런 공간, 성스러운 공간으로 만드는 원동력이 되기도 하며, 즉, 신비스럽고 성스러운 공간이 현현하는 곳엔 속된 공간의 균질성이 생겨, 하나의 중심이 창조되고, 그것을 통하여 초세계적인 것과의 교섭을 정리하고 그에 따라 세계를 창건하며, 따라서 공간에서의 성스러운 것의 현현은 우주적인 가치를 지니게 된다.[44] 결국, 백석의 시에 등장하는 마을 사람들의 이런 신비스런 공간에 대한 열망은 세계의 중심에,

---

43 M. Eliade, 『성과 속』, 86쪽.

44 위의 책, 85쪽.

그리고 순수하고 성스러운 장소의 중심에 그들이 존재하길 바라는 것과 관련이 있다.

그리고 「고야」의 후반부에서 이런 신비스런 마을의 분위기는 "내빌눈"을 통해서 좀 더 성스러움으로 바뀐다. 마을 사람들은 "내빌날"에 받는 "내빌눈"을 녹여서 "내빌물"로 만든다. 특히 내빌날에 만든 내빌물은 "제주병에 진산항아리에 채워두고는 해를 묵여가며 고뿔이 와도 배앓이를 해도 갑피기를 앓어도 먹을 물"로 마을의 신비한 약이 되며, 이런 물은 '생명의 물'로도 이해될 수 있다.

엘리아데에 의하면 물은 치유하고 젊음을 회복시켜주고 영원한 생명을 보증한다고 하며, 게다가 물은 생명을 창조하고 그렇기 때문에 치료가 가능하다고도 한다.[45] "내밀물"을 사용하여 병을 고치는 민간요법은 원초의 물질에 접촉시켜 병자를 주술적으로 재생시키는 것이 되며, 이때 물은 모든 형태를 동화시키고 붕괴시킬 수 있는 힘에 의하여 병을 흡수해버린 것이다.[46] 게다가 물을 생명의 치료라고 볼 수 있었던 것은 마을 자체의 신성함과 신비스러움이 존재했기 때문이다. 결국, 백석이 추구하는 고향 마을은 어떠한 이데올로기에도 오염되지 않는 신비스럽고 동화적인 마을 이다. 그리고 이런 신비스러운 마을은 여러 가지 소재들을 통해서 샤머니즘 세계의 중심에 놓이게 된다.

> 오대(五代)나 나린다는 크나큰 집 **다 찌그러진 들지고 방 어득시근한 구석에서 쌀독과 말쿠지와 숫돌과 신뚝과 그리고 옛적과 또 열두 데석 님과** 친하니 살으면서

---

45 M. Eliade, 『종교형태론』, 272쪽.

46 위의 책, 273쪽.

한 해에 몇 번 매연지난 먼 조상들의 **최방등 제사**에는 컴컴한 고방 구석을 나와서 대멀머리에 외얏맹건을 지르터 맨 늙은 제관의 손에 정 갈히 몸을 씻고 교우 위에 모신 신주 앞에 환한 촛불 밑에 피나무 소담 한 제상 위에 떡 보탕 식혜 산적 나물지짐 반봉 과일들을 공손하니 받 들고 먼 후손들의 공경스러운 절과 잔을 굽어보고 애끊는 통곡과 축을 귀애하고 그리고 합문 뒤에는 흠향 오는 구신들과 호호히 접하는 것

구신과 사람과 넋과 목숨과 있는 것과 없는 것과 한 줌 흙과 한점 살 과 먼 옛조상과 먼 훗자손의 거룩한 아득한 슬픔을 담는 것.

「목구」[47] 부분

「목구」는 제기를 소재로 쓴 작품이다. 평소에 목구는 "다 찌그러진 들 지고 방 어득시근한 구석"에서 "쌀독"과 "말쿠지"와 "숫돌", "신뚝", "옛 적"과 "열두 데석님"과 친하게 살다가 "최방등 제사" 때가 되면 이 방에 서 나온다. 이후 목구는 제기로 쓰여지며 최방등 제사에서 핵심적인 부분 을 담당하게 된다.

일반적으로 단순히 식생활을 위해 만들어진 그릇들은 한낱 소모품으 로 사용되었으나 제기에 사용되는 그릇은 요리나 술과 관련되고 그 요리 나 술은 연금술의 원리처럼 특별한 의미를 지니는 것으로, 예를 들어 요 리는 양생을 목표로 하는 수양의 한 방법이고 또 술은 그리스 신화의 바 커스에서처럼 연금술의 일종으로 보며, 고고학적 유물 중 각종 요리도구 (신선로, 찜통)나 떡시루, 술독, 술병과 같은 그릇이 많은 까닭이 거기에 있고, 그것들은 단순히 일상생활의 먹는 치다꺼리를 위해 만들어진 것이

---

47 『백석 전집』, 111쪽.

아니라 성스런 제사를 치르기 위해 특별히 만들어졌다.[48] 즉, 「목구」라는 시에서 제기인 목구는 일반적인 그릇의 의미를 넘어서 성스러운 제사를 위해 특별히 존재하는 성스러운 그릇이 된다.

또한 '목구'를 성스러운 그릇의 의미를 넘어서 정신적 영역의 의미까지 해석할 수 있으며, 인체와 그릇을 비교하면 그 의미를 알 수 있다. 인체 내의 모든 기관이 독자적이면서도 구조적으로 상호 연관되어 있는 것처럼 제기는 하나의 우주를 이루고 있다.[49] 즉, 성스러운 그릇이라는 것은 독자적으로 존재하는 세계가 아니라 우주적인 법칙과 일체를 이룰 수 있는 것이 된다.[50] 이런 점은 그릇에 나타난 정신의 영역을 의미한다. 결국 이런 정신적인 영역을 지배하는 제기는 "구신과 사람과 넋과 목숨"을 이어주는 샤머니즘적 세계의 속성까지도 지니게 된다.

> 눈이 많이 와서
> 산앳새가 벌로 나려 멕이고
> 눈구덩이에 토끼가 더러 빠지기도 하면
> 마을에는 그 무슨 반가운 것이 오는가보다
> 한가한 애동들은 어둡도록 꿩사냥을 하고
> 가난한 엄매는 밤중에 김치가재미로 가고
> 마을을 구수한 즐거움에 싸서 은근하니 흥성흥성 들뜨게 하며 이것
> 은 오는 것이다.
> 이것은 어늬 양지귀 혹은 능달쪽 외따른 산옆 은댕이 예데가리밭
> 에서

---

48 박용숙, 『한국 미술의 기원』, 예경, 1990. 237~238쪽.

49 위의 책, 253쪽.

50 위의 책, 252쪽.

하로밤 뽀오얀 흰김 속에 접기귀 소기름불이 뿌우현 부엌에

산멍에 같은 분틀은 타고 오는 것이다.

이것은 아득한 옛날 한가하고 즐겁던 세월로부터

실 같은 봄비 속을 타는 듯한 여름볕 속을 지나서 들쿠레한 구시월

갈바람 속을 지나서

대대로 나며 죽으며 죽으며 나며 하는 이 마을 사람들의 으젓한 마음

을 지나서 텁텁한 꿈을 지나서

지붕에 마당에 우물둔덩에 함박눈이 풀풀 쌓이는 여느 하로밤

아배 앞에 그 어린 아들 앞에 아배 앞에는 왕사발에

아들 앞에는 새끼 사발에 그득히 사리워오는 것이다.

이것은 그 곰의 잔등에 업혀서 길여났다는 먼 옛적 큰마니가

또 그 집등색이에 서서 자채기를 하면 산넘엣 마을까지 들렸다는

먼 옛적 큰 아바지가 오는 것같이 오는 것이다.

「국수」[51] 부분

「국수」는 겨울철 마을 사람들이 따뜻한 국수를 먹으며 먼 옛날을 생각하며 행복함을 느끼는 내용이다. 특이하게도 마을의 국수는 일반적인 국수와 다른 양상으로 탄생된다. "뽀오얀 흰김 속에", "구시월 갈바람을 속을 지나서", "이 마을 사람들의", "텁텁한 꿈을 지나서" 국수는 신처럼 마을 사람들 앞에 오게 된다. 이런 신비로운 속성을 지닌 국수이기에 마을 사람들은 국수를 먹으며 자연스럽게 "곰의 잔등에 업혀서 길여났다는 먼 옛적 큰마니"의 전설, "집등색이에 서서 자채기를 하면 산넘엣 마을까지 들렸다는 먼 옛적 큰아바지"의 전설을 그리워한다. 즉, 태곳적 할머니와 할아버지를 그리워한다는 것은 마을 사람들이 원시 공동체를 그리워하

---

51 『백석 전집』, 125쪽.

고 있다는 것으로 이해될 수 있다. 다시 말하면 그들이 그리워하는 것은 샤머니즘적 세계이다. 엘리아데에 의하면 샤머니즘적 세계라는 것은 인간과 성(聖) 사이에 항구적인 연속을 실현시키며, 우주와 하나가 되는 공간을 의미하는 것으로, 결국 샤머니즘 세계는 인간과 우주와의 연속성을 드러내며 인간이 우주 속에 고립되어 홀로 존재하는 것이 아니라 우주를 향해 인간 자신이 열린 상태를 만든다.[52] 또한 '곰과의 특별한 인연'을 말한 할머니와 '짚등석에 서서 자채기를 하면 멀리까지 들리'는 할아버지는 초월적인 세계관을 지닌 샤먼으로 볼 수 있다. 샤먼은 종교사나 종교민속학 분야에서 발견되는 모든 주술사, 요술사 또는 접신 상태의 경험자를 의미하는 말로 쓰인다.[53] 그러므로 태곳적 할머니와 할아버지는 주술사이기도 하고 요술사이기도 한 존재이다. 그들의 주술적인 행위로 결국 이 마을 사람들은 국수를 먹으며 "옛날 한가하고 즐겁던 세월", 행복했던 세계를 접하게 된다. 그러므로 국수는 일반적인 음식의 의미를 넘어서 마을 사람들에게 원시 공동체 사회인 샤머니즘의 세계를 연결시켜주는 대상으로 존재하게 된다. 결국 「가즈랑집」 「고야」에서 마을은 동화적이고 신비스러움에 사로잡혀 있는 모습을 보여준다. 그리고 「목구」 「국수」에서 마을은 동화적이고 신비스러운 분위기에서 확장되어 신과 함께

---

52 김현자, 「엘리아데 연구」, 서울대학교 석사학위 논문, 1988, 94~96쪽.

53 M. Eliade, 『샤머니즘』, 23쪽. 샤먼은, 원시적인 샤먼이든 근대적인 샤먼이든간에 의사들처럼 병을 치료하기도 하고 주술사처럼 고행자풍의 이적을 행하기도 하는 것으로 믿어진다. 그러나 샤먼은 여기에 머물지 않고 영혼의 안내자 노릇을 하는가 하면 사제 노릇도 하고 신비가 노릇도 하는가 하면 시인 노릇도 한다. 전체적으로 고대 사회의 종교 생활은 두루뭉술한 "혼미주의적" 덩어리로 보이나, 그중에서도 엄밀하고 정확한 의미에서의 샤머니즘은 이미 자체의 독자적인 의미구조를 보이고 있는 데다 이를 분명하게 정의해주어야 할 "역사"도 가지고 있다(M. Eliade, 『샤머니즘』, 24쪽).

있는 원시 공동체 사회인 샤머니즘의 세계에 놓인다. 동화적이고 신비스럽고 샤머니즘 세계를 추구하는 마을 속에서 '아이'는 자연스럽게 사물들 사이에서 자연의 일부가 되며 '아이'의 순수함으로 인간과 자연은 하나가 될 수 있게 된다.

백석 시에서 어린아이가 나타나는 상황은 초기의 단편소설에서 비롯되었다. 그의 단편소설은 고향 마을의 오래된 생활에서 어린아이가 어떻게 드러나는지 보여주는 중요한 역할을 한다.

> **양아들네 부처는 덕항영감과 저척노파를 쥐나 누더기로 여겼는지 모른다.** 그러기에 말만한 웃간 냉방에 이 구석에는 누더기가 꿍그리고 있고 저 구석에는 쥐들이 살림을 하는 곳에 영감과 노파를 둔 것이다. 덕항영감과 저척노파가 쭈그리고 앉은 것이나 꾸부러 치고 누운 것을 두고는 누구나 누더기꿍제기라고 보았으나 그리고 사람 먹던 것을 쥐가 먹어도 질색하는 세상에서 영감과 노파는 쥐 먹던 것을 먹고도 아무 말이 없었으나 이상한 일인지 모른다, 아무리 해도 사람은 누더기나 쥐가되지는 않았다.[54]

> 새 세상, 그것은 **덕항영감과 저척노파의 양아들 양며느리가 두늙은 이를 버리고** 밤중에 도망을 해버린 것이었다. 새 세상, 그것은 해골 같은 영감이 비애와 절망의 지팡이를 앞세우고 시커먼 죽음의 그림자를 뒤에 끌고 밥을 얻으러 가게 한 것이었다. 새 세상, 그것은 해골 같은 노파가 비애와 절망의 지팡이를 머리맡에 세우고 시커먼 그림자를 깔고 눕게 한 것이었다.[55]

---

54 『백석 전집』, 191쪽.

55 위의 책, 202~203쪽.

우선 초기 소설 중 「마을의 遺話」를 살펴보면 이 소설은 마을의 노인들인 덕항 영감과 저적 노파가 살아가는 이야기이다. 이들의 모습은 일상 생활에서 두드러진다. "양아들네 부처는 덕항영감과 저적노파를 쥐나 누더기로 여"기고 영감과 노파는 쥐가 먹던 것을 먹고, 누더기 옷으로 추운 겨울에 웃간 냉방에서 살아야 한다. 나중에서는 "양아들 양며느리가 두 늙은이를 버리고 밤중에 도망가 버"린다. 무관심한 주위 속에서 '두 노인이 버려지는' 소설의 이야기는 처절히 슬프다. 특히 "어린아이들 같은 영감"[56]이나 "죄많은 아이"[57]란 표현에서 소설 속에 나타난 노인들은 어린아이 같은 존재로 그려진다. 여기서 주목할 점은 어린아이 같은 존재의 등장이다. 니체는 노인을 보면서 "여전히 어린아이이며 영원한 어린아이인 것"[58]이라고 말한다. 백석은 이런 노인의 본성을 잘 알고 있기에 노인을 어린아이처럼 그리면서 현실에 대해 무기력하게 만든다. 또한 이런 현실에 대해 무력하게 만든다는 것은 세상에 대해 망각화시키는 것이다. 망각의 능력은 아이의 본성 중에 하나이며, 망각의 능력 속에서 오히려 세상에 대해 창조적인 힘을 키워간다. 즉, 어린아이 같은 노인들은 생의 망각 속에서 세상을 창조하는 힘을 키워내며 비극적인 상황 속에서도 우울하게 작용하지 않고 주변 세계와 자연스럽고 친근하게 어울려 살면서 세상을 신비롭게 만든다.[59]

---

56 『백석 전집』, 197쪽.

57 위의 책, 199쪽.

58 F. W. Nietzsche, 김정현 역, 『선악의 저편 · 도덕의 계보』, 책세상, 2002, 94쪽.

59 신범순은 「마을의 유화」를 분석하면서 어린아이와 같은 마을의 노인을 등장시켰다. 그는 마을의 노인들이 비극적인 상황에서도 힘들어 보이지 않는 이유가 마을을 의인화의 세계로 보았기 때문이라고 한다. 의인화의 세계는 모든 것이 단지 그 세계의 주인공에 의해 몽상이 투영되는 만큼만 존재하는 단순한 세계, 이성적인 판단에 의해 이해될 수 없는 세계이다. 또한 의인화의 세계는 어떤 친근함을 목표로 한다고 한다. 그는 이 친근함

식민지 근대는 제국과 자본의 유혹과 자극, 그 변화와 속도에서 소외된 황량한 삶의 음각들을 다면화한 공간이다.[60] 이런 공간에서 그는 "못된 놈의 세상"(「가무래기의 낙」)이라며 세계와 갈등하고 "외롭고 높고 쓸쓸"(「흰 바람벽이 있어」)함을 겪는다. 하지만 백석은 '아이'를 통해 세계와의 갈등에서 벗어나고자 한다.

주웅칠이 날은 旌門(정문)이 하나 마을 어구에 있었다.

'효자노적지지정문(孝子盧迪之之旌門)'—몬지가 겹겹이 앉은 목각
(木刻)의 액(額)에
나는 열 살이 넘도록 갈지자(字) 둘을 웃었다.

아카시아꽃의 향기가 가득하니 꿀벌들이 많이 날어드는 아츰
구신은 없고 부헝이가 담벽을 띠쫗고 죽었다.

기왓골에 배암이 푸르스름히 빛난 달밤이 있었다.
아이들은 쪽재피같이 먼길을 돌았다.

정문집 가난이는 열다섯에
늙은 말꾼한테 시집을 갔겄다.

「정문촌(旌門村)」[61]

은 주인공과 세계 사이의 동등성을 보다 자연스럽고 어떠한 위화감도 없이 바라보려는 노력이라고 말한다(신범순, 「백석의 공동체적 신화와 유랑의 의미」, 181쪽). 이런 점에서 더 나아가 백석의 마을에 나타난 의인화의 세계는 마을을 신비스럽게 만드는 원동력이 될 수 있고, 더 나아가 마을을 샤머니즘의 세계로까지 확장시켜 생각할 수 있다.

60 박승희, 「백석 시에 나타난 축제의 재현과 그 의미」, 121쪽.

61 『백석 전집』, 49쪽.

「정문촌」은 신비한 '정문집'을 묘사하면서 아이들을 등장시킨다. 정문집은 "주웅칠이 날은" 목각에 "몬지가 겹겹이 앉은" 오래되고 낡은 모습을 나타내고 있다. 이런 낡은 모습을 지닌 정문집에 대해 아이는 "갈지자"처럼 웃는다. 철없는 아이의 웃음은 마을의 모습을 즐거운 분위기로 만들기보다 마을의 슬픈 모습을 부각시킨다. 게다가 낡은 마을의 모습은 "부헝이가 담벽을 띠쫗고 죽었다."는 표현에서 불길하고 쓸쓸함의 정조를 풍긴다. 그러나 "기왓골에 배암이 푸르스름히 빛난 달밤이 있었다."는 부분에서 '푸른 빛이 빛난 달밤'이란 모든 힘을 고정시키고 응집시킬 뿐만 아니라 의례적인 효험에 의하여 정문집을 그 힘의 중심에 놓아 활력을 증진시키고, 정문집을 더욱 현실적이게 하며, 사후에 더욱 행복을 증진시키는 역할을 하게 만든다.[62] 그러므로 푸른 달밤은 슬픈 마을의 전체적인 분위기를 신비적으로 바꿔준다. 게다가 '푸른 달밤에 나타난 배암'은 이런 달밤의 연장선상에서 생각해볼 수 있다. 우선 뱀이라는 것은 달의 속성을 가지고 있으며, 영원의 속성도 있고, 또한 뱀은 대여신의 속성을 가지며 주기적 재생인 달적인 속성과도 일치한다.[63] 결국 푸른 달밤에 나타난 뱀은 응집되고 신비스러운 힘을 만들며 정문집의 낡고 쓸쓸한 분위기를 성스럽고 신비스럽게 만든다.

이런 신비스러운 장소에 "아이들은 쪽재피같이 먼길을 돌았다." 아이

---

62 M. Eliade, 『종교형태론』, 228쪽.

63 위의 책, 243쪽. 게다가 뱀은 연금술의 상징이기도 하고 프로이트처럼 남성 성기의 상징으로도 풀이한다. 이런 점은 무당이 갖고 있는 무구와 유사하다. 무당이 뱀과 연관된다는 주장은 타당하며, 남자 무당이 무구를 쥐고 있을 때 연금술의 의미, 여자 무당이 무구를 쥐고 있을 때는 태교의 의미를 상징한다(박용숙, 『한국미술의 기원』, 197~198쪽). 즉 뱀의 상징은 무속적 세계에서 예언적 기능을 하며 성스러움과 신비스러움을 내포한다.

들은 신성한 정문집을 바로 지나지 못하고 있다. 특히, 아이라는 것은 미숙한 상태이지만 무한한 상상력을 지닌 존재이며, 게다가 모든 영역을 초월한 순수한 영역의 존재자이다. 현실 세계를 주관적인 동시에 객관적인 경험의 미분화된 연속체로 생각하는 '아이'와 신비감에 젖어 있는 정문집을 같이 다루는 것은 마을을 더욱 신비스럽게 만드는 원동력이 된다.

> 명절날 나는 엄매 아배 따라 우리집 개는 나를 따라
> 진할머니 진할아버지가 있는 큰집으로 가면

얼굴에 별자국이 솜솜 난 말수와 같이 눈도 껌벅거리는 하로에 베 한 필을 짠다는 벌 하나 건너 집엔 복숭아나무가 많은 **신리(新里)고무** 고무의 딸 이녀(李女) 작은이녀

열 여섯에 사십(四十)이 넘은 홀아비의 후처가 된 포족족하니 성이 잘 나는 살빛이 매감탕 같은 입술과 젖꼭지는 더 까만 예수쟁이마을 가까이 사는 토산(土山) 고무고무의 딸 승녀(承女) 아들 승(承)동이

육십리(六十里)라고 해서 파랗게 뵈이는 산을 넘어 있다는 해변에서 과부가 된 **코끝이 빨간 언제나 흰옷이** 정하든 말 끝에 설게 눈물을 짤 때가 많은 **큰골 고무** 고무의 딸 홍녀(洪女) 아들 홍(洪)동이 작은 홍(洪)동이

배나무접을 잘하는 주정을 하면 토방돌을 뽑는 오리치를 잘 놓는 먼섬에 반디젓 담그려 가기를 좋아하는 삼춘 삼춘엄매 사춘누이 사춘동생들이 그득히들 할머니 할아버지가 있는 안간에들 모여서 방안에서는 새옷의 내음새가 나고

또 **인절미 송구떡 콩가루차떡**의 내음새도 나고 끼때의 **두부와 콩나물과 뿜운 잔디와 고사리와 도야지비계**는 모두 선득선득하니 찬 것들이다.

저녁술을 놓은 아이들은 외양간섶 밭마당에 달린 **배나무동산에서
쥐잡이를 하고 숨굴막질을 하고 꼬리잡이를 하고 가마타고 시집가는
놀음 말 타고 장가가는 놀음을** 하고 이렇게 밤이 어둡도록 북적하니
논다.

「여우난골족(族)」⁶⁴ 부분

「여우난골족(族)」은 전통적인 명절 풍속을 담고 있는 시이다. 화자인
'나'를 포함해 엄마, 아빠가 큰집으로 가고, 화자는 큰집에 있는 친척들을
소개시켜준다. 그리고 풍성한 명절 음식들 이야기, 아이들의 놀이 이야기
등을 나열하면서 명절의 흥겨운 모습을 자세히 묘사하고 있다. 하지만 명
절의 흥겨운 내용과 대조적으로 화자는 친척들을 소개할 때 저마다 가슴
아픈 사연까지 소개해준다. 그러므로 백석의 시에 나타난 명절은 지난 세
월의 고통과 슬픔을 승화하려는 의지를 보여준다. 예를 들어, 백석은 큰
집에 모인 친척들을 소개하는 부분에서 아픈 사연을 간직한 모습을 드러
내보였다. "얼굴에 별자국"이 났다는 신리고모, "열여섯에 사십이 넘은
홀아비의 후처"가 되었다는 토산고모, "코끝이 빨간 언제나 흰옷"을 입은
큰고모 등 사람들은 제각각 아픔을 겪고 있지만 명절에 준비한 여러 음식
과 놀이를 통해 그 아픔을 승화해 서로 하나가 된다. 다시 말하면, "인절
미 송구떡 콩가루차떡", "두부와 콩나물과 볶은 잔디와 고사리와 도야지
비계" 등 정성스레 준비한 명절 음식은 서로 다른 지역에서 고통을 받았
던 사람들을 한 장소로 모이게 하고 사람들은 그런 음식을 먹으면서 현실
의 고통을 초월한다. 명절은 속(俗)의 연대기적 시간을 벗어나서 그것과
는 다른 원초적이며 또 무한히 회복가능한 성(聖)의 시간 속으로 들어가

---

64 『백석 전집』, 16~17쪽.

게 만든다.[65] 즉, 성(聖)의 시간을 간직한 명절은 과거의 고통도 원초적 세계를 재건설하는 바탕으로 승화시키며, 결국 명절은 시간의 초월과도 연결시켜 생각해볼 수 있고, 명절 속에는 신성한 시간의 의미가 내포되어 있고 사람들은 명절을 지냄으로써 일상성의 시간을 넘어 원초적인 무시간성으로 들어가게 된다.[66] 즉, 명절은 새로운 해의 의미도 내포하며 원초의 신성성을 회복시키는 것으로, 해라는 것은 처음과 끝을 가지고 있지만 새로운 해의 형태로 다시 태어날 수 있는 특성을 가지고 있고, 신년이 올 때마다 하나의 '새로운', '순수한', '신성한' 시간이 존재하게 된다.[67] 다시 말하면, 명절은 시간을 그 시초부터 반복하는 의미를 내포한다. 따라서 태초의 순간, 순수한 시간을 회복한다는 의미이기도 하다. 결국 현실에 고통받았던 마을 사람들은 명절이라는 제의를 통해 정화를 경험하게 되고 원초적인 세계도 경험하게 된다.

게다가 명절이라는 것은 하나의 축제적인 성향도 있다. 고통받았던 마을 사람들은 축제에 참가하면서 신화적 사건과 동시대인이 되는데, 바꿔 말하면 그들은 역사적 시간—속된 시간 개인적 및 인간 관계적 사건의 총화로 구성된 시간—에서 탈출하여 항상 동일하고 영원성에 속하는 원초적 시간으로 회귀하게 되며, 종교적 인간은 주기적으로 신화적 시간, 성스러운 시간으로 들어가는 길을 찾아내어 '흘러가 버린 것이 아닌' 기원의 시간으로 들어가는 것으로, 왜냐하면 그것은 속된 시간 지속에 참여하지 않고, 무한히 회복 가능한 영원한 현재로 구성되어 있기 때문이다.[68]

---

65 김현자, 앞의 논문, 93쪽.

66 M. Eliade, 『이미지와 상징』, 67~68쪽.

67 M. Eliade, 『성과 속』, 94쪽

68 위의 책, 103쪽.

정리하자면, 명절의 축제적 성향과 성스러운 시간[69]은 원초적인 상황으로 회귀의 열망이 담겨 있다. 이 원초적인 상황은 역사적인 것이 아니며 그 안에는 '태초의 완전성', 즉 자연과 인간이 하나가 된 완전한 세계 속에 살고자 하는 열망이 담겨 있는 것이다.

이런 점은 제목에서도 나타난다. 제목 '여우난골족'은 말 그대로 여우가 나온 골짜기라는 뜻이다. 백석의 시에 등장한 동물의 이름에서도 알 수 있듯이 이 마을은 인간과 자연이 통합되어 있는 느낌을 환기시킨다.[70] 중요한 것은 인간과 자연이 하나가 되는 곳에 아이들이 놀면서 존재하게 된다는 점이다. "저녁술을 놓은 아이들은" "배나무동산에서 쥐잡이를 하고 숨굴막질을 하고 꼬리잡이를 하고 가마타고 시집가는 놀음", "말 타고 장가가는 놀음"을 하며 밤새도록 즐겁게 논다. 명절 속에 존재하는 아이들의 놀이는 명절이라는 축제와 밀접한 관계가 있다. 양자는 일상생활의 정지를 요구하며, 축제적인 명절과 놀이 속에서 환락과 즐거움은 절대적이 되며, 시간과 공간의 제한, 순수한 자유와 엄격한 규칙과 자유의 융합—이 모두가 축제의 놀이의 공통된 특징이다.[71] 결국, 아이들이 놀이 속에서 가장 본질적이고 가장 순수함이 나타나게 되어 인간과 자연이 하나가 되는 세계로 이끈다.

흙담벽에 볕이 따사하니

---

69 특히 기원의 시간으로 복귀라는 희망은 신의 현존으로 회귀하고자 하는 희망인 동시에 그때에 존재했던 강하고 신성하고 순수한 세계를 회복하고자 하는 희망이다. 그것은 성스러운 것에 대한 갈망인 동시에 존재에 대한 향수이다.(M. Eliade, 『성과 속』, 107쪽.)

70 소래섭, 앞의 논문, 126쪽.

71 호이징하, 김윤수 역, 『호모루덴스』, 까치, 1981. 36쪽.

아이들은 물코를 흘리며 무감자를 먹었다.

도덜구에 천상수(天上水)가 차게
복숭아낡에 시라리타래가 말러갔다

「초동일」[72]

또한 아이들의 노는 모습은 「초동일」에서도 중요한 의미를 지닌다. "흙 담벽에 볕이 따사하니 아이들은 물코를 흘리며 무감자를 먹었다."란 표현을 보면 추운 담벼락에서 놀면서 물코를 흘리며 고구마를 먹는 아이들이 등장한다. 따스한 햇볕을 맞으며 고구마를 먹는 모습은 추운 겨울에 따뜻한 정서를 보여준다. 하지만 2연에서 "도덜구에 천상수(天上水)가 차게 복숭아낡에 시라리타래가 말러갔다"란 표현을 보면 초겨울에 시래기를 마을에서 말리는 장면은 마을의 쓸쓸함의 분위기를 보여준다. 어찌 보면 「초동일」에서 초겨울 날씨와 아이들의 노는 모습은 평화로움의 정서를 담고 있는 것으로 끝날 수 있다. 그러나 「초동일」을 다른 관점에서 살펴보면 단순한 생활 정서를 뛰어넘어 이해할 수 있다. 즉, 이 시에서 특히 성인이 아닌 순수한 아이들의 놀이는 그 자체만으로도 풍요롭고 평화스럽다. 그러므로 아이들의 평화로운 놀이 속에는 어떤 갈등이 존재하지도 않으며, 그 결과 자아와 세계의 일치를 나타낼 수 있다. 이런 점은 놀이를 성스러움으로도 확장시켜 생각해볼 수 있다. 호이징하는 고대 제의와 일반적인 놀이 사이에 성스러움이라는 공통점을 발견할 수 있다고 주장하며, 예를 들어, 놀이의 가장 중요한 성질의 하나가 일상생활과의 공간적인 분리라는 것이고, 이는 현실상으로 혹은 관념상으로 공간을 폐쇄하

---

72 『백석 전집』, 24쪽.

여 일상생활로부터 놀이를 구별하기 위함이고, 또한 제의에서도 성스러운 영역을 구획한다는 것은 모든 성스러운 행위의 원초적인 성질이 있고, 주술과 법을 포함하여 이러한 제의를 위한 격리의 필요성은 단순한 공간적, 시간적 격리의 필요성 이상의 것으로, 마술사이든 점쟁이든 봉헌하는 사람이든 간에 사람들은 성스러운 장소를 경계지음으로 일을 시작한다.[73] 이러한 이유로 신화와 제의에서 생성된 문화 역시 놀이의 유형으로 간주된다. 결국 백석의 고향에 사는 아이들의 놀이는 일상적이고 본래적인 면을 뛰어넘어 성스러움을 의미하며 동화적이고 '신비스러운 마을'과 일체감을 이루게 된다.

> 짝새가 발뿌리에서 날은 논드렁에서 아이들은 개구리의 뒷다리를 구어먹었다.
>
> 개구멍을 쑤시다 물쿤하고 배암을 잡은 늪의 피 같은 물이끼에 햇볕이 따그웠다.
>
> **돌다리에 앉어 날버들치를 먹고 몸을 말리는 아이들은 물총새가 되었다.**
>
> 「하답」[74]

「하답」도 「여우난골족」과 「초동일」처럼 논밭에서 아이들이 게를 잡고 노는 장면을 그린 내용이다. 특히, 3연에서 '아이들이 새가 되었다'는 부

---

73 호이징하, 김윤수 역, 『호모루덴스』, 까치, 1981, 36쪽.

74 『백석 전집』, 25쪽.

분에 의해 위의 시를 샤머니즘과 연결시켜 생각할 수 있다. 3연의 "돌다리에 앉아 날버들치를 먹고 몸을 말리는 아이들이 물총새가 되었다"는 표현은 샤머니즘 세계에서 다양한 의미를 지닌다. 즉, 샤머니즘에서 새는 '샤먼'으로 생각하곤 한다.[75] 다시 말하면, '아이가 새가 되었다'는 것은 자연과 인간이 하나가 되는 샤머니즘 세계를 추구하는 것으로 볼 수 있다.[76]

새들은 영혼의 안내자로, 스스로 새가 되었다는 것 혹은 새와 함께한다는 것은 살아 있으면서도 천상계와 저승으로 접신적인 여행을 할 능력

---

[75] 엘리아데는 최초의 샤먼인 새에 대해 자세히 설명한다. 그에 의하면 샤먼의 기원과 관련된 신화의 대부분은 신들, 혹은 신들의 대리자로서의 독수리 그리고 태양의 새를 등장시키고 있다. 태초에는 신들은 서쪽에만 있었고 악령들이 온 땅에 질병과 죽음을 퍼뜨릴 때까지는 행복하게 잘 살았다. 그러나 그런 시대가 끝나고 악령의 행패가 극심해지자 신들은 인간에게 샤먼을 보내어 이 질병과 죽음에 맞서 싸우게 하고자 했다. 그래서 신들은 독수리를 보냈다. 그러나 인간은 독수리의 언어를 알아듣지 못했다. 뿐만 아니라 인간은 새에 지나지 않는 독수리를 믿으려고 하지 않았다. 그러자 독수리는 신들에게로 되돌아가 자기에게 인간의 말을 할 수 있는 능력을 주든가, 인간에게 부르야트 샤먼을 보내주든가 해줄 것을 요구했다. 신들은 이 독수리를 다시 인간의 땅으로 내려 보내면서 지사에서 처음 만나는 인간에게 은혜를 베풀어 그를 샤먼으로 세우라고 명했다(M. Eliade, 『샤머니즘』, 82~83쪽).

[76] 인간은 신화적인 동물을 통해서 그 자신 이상으로 위대하고 강력한 존재가 된다. 존재의 중심인 동시에 새로운 우주의 모습인 신화적 존재의 자기 투사를 통해 새로운 우주의 모습인 신화적 존재에 대한 강력한 존재가 된다. 신화적 존재에 대한 자기 투사를 통해 샤만은 한동안 자기의 힘을 실감한 상태, 우주적 생명과의 교통이 가능한 상태에서 행복감을 체험한다고 보아도 무리가 없을 듯하다. 고대 중국인의 뇌리를 지배하던 "샤먼적" 체험의 깊은 의미를 이해하기 위해서는 도교의 신비주의적 기술에서 특정 동물이 맡은 전형적인 역할을 떠올려보는 것만으로 충분하다. 도교에서는 인간의 한계나 분수를 잊고 동물이 하는 짓을 그대로 흉내 낼 수 있는 사람은 새로운 삶을 살 수 있다. 다시 말하자면, 야성, 자유, 우주적 리듬과의 "공명"을 획득하여 지복과 영생불사를 누릴 수 있게 되는 것이다(M. Eliade, 『샤머니즘』, 397쪽).

을 얻었음을 뜻한다.[77] 즉, 아이들이 새가 되고자 하는 바는 인간과 자연의 하나 됨을 의미한다. 이런 점은 대칭적 사고와도 유사하다. 나카자와 신이치는 우리의 일상적인 장면에서는 인간이라는 종과 야생 염소라는 종은 엄격한 관리하에 있었다고 말하는데, 일상에서는 야생 염소는 인간 세계 안에서 사냥의 대상이고 그것은 인간 세계에 들어와서 인간에게 역습을 시도하기도 하는데, 이는 인간과 염소는 동등한 입장이 아니고, 이런 점을 비대칭성이라고 그는 말한다.[78] 하지만 신화적인 세계에서는 이런 비대칭성이 대칭적인 사고로 전환되는데, 즉, 신화에서는 종종 인간과 동물의 경계가 명확하지 않다는 것으로, 그가 의미하고 싶은 것은 어떤 영역에서 다른 영역으로의 변화가 간단히 이루어짐으로써 현실의 행동이 요구하는 분리를 위한 경계선을 아무렇지 않게 넘어버리는 경우가 나타난다는 것이다.[79] 결국, 인간과 야생 염소는 서로 같은 존재로 이해될 수 있고 이런 맥락에서 '아이들이 새가 되었다는 것'은 아이가 새와 같은 존재가 되었다는 의미이다. 또한 나카자와 신이치에 의하면, 신화적 사고에서 죽음이라는 것은 현실을 극복하려는 의미로 사용되어왔고 대칭성의 원리에 의해 죽음은 특별한 세계, 이상으로 가득 찬 풍요로운 세계로 생각되었다.[80] 이런 점은 샤머니즘의 초월적 세계관과 연결되는 점이다. 다시 말하면, 샤머니즘 세계에선 인간과 동물을 서로 상호 연결되며 하나가 된다. 정리하자면 백석 시에 나타난 새가 된 어린아이는 자아와 세계

---

77 M. Eliade, 위의 책, 107쪽.

78 나카자와 신이치, 김옥희 역, 『대칭성의 인류학』, 동아시아, 2005, 34쪽.

79 위의 책, 33~35쪽.

80 위의 책, 37쪽.

를 분리하고 논리적으로 사고하는 성인과는 달리 자연과 교감하며 자연과 하나가 되는 샤머니즘 세계 그 자체이다.

어린아이의 세계는 무한한 가능성의 세계이고 그 자체만으로도 평화스럽고, 아이들의 꿈꾸는 세계는 자연과 위계적이지 않고 자연의 지배를 받는 것이 아니라 그들과 동등하고 조화로운 관계를 추구하는 세계이다.[81] 이런 점은 곧 샤머니즘의 세계이기도 하다. 결국 자연스럽고 가치관의 질서가 사로잡히지 않는 '아이'의 세계는 백석의 '아이'를 새로 변형시키는 접신의 경험하며 자아와 세계의 조화를 지향하고자 한다.

모든 사람이 크고 작은 상상 속의 관계를 만들고 있고 그것은 근본적으로 투사에 근거하고 있고, 모든 무의식적인 내용은 끊임없이 우리의 환경으로 투사되며, 그것은 상대적으로 원시적인 사람들에게 '신비한 동체성' 또는 '신비적 참여'(마술적 객체: 외부대상에 인격화시킴)라고 적절하게 부른, 객체에 대한 특유의 유대 관계를 만들어낸다.[82] 결국, 아이들이 새에 투사된 상태는 대상물을 인격화시키며 마술적이고 신비적인 현상을 만들어내는 경우이다. 정리하자면, 이런 현상은 샤머니즘적 사고이며, '어린아이가 새 됨'은 자연을 위계적이지 않게 바라보며 자연과 동등하고 조화로운 관계를 추구하고자 함이다.

호박잎에 싸오는 **붕어곰은 언제나 맛있었다.**

부엌에는 빨갛게 질들은 팔(八)모알상이 그 상 위엔 새파란 싸리를
그린 눈알만한 잔(盞)이 뇌였다.

81 G. Gilloch, 앞의 책, 175쪽.
82 C. G. Jung, 『정신요법의 기본문제』, 184~185쪽.

아들아이는 범이라고 장고기를 잘잡는 앞니가 뻐드러진 나와 동갑이
었다.

　　울파주 밖에는 장군들을 따러와서 엄지의 젖을 빠는 망아지도 있
었다.

「주막」[83]

　「주막」은 시골 마을의 시끄럽고 북적거리는 주막 모습을 표현한 시이
다. 주막이라는 공간은 술과 밥을 제공하는 곳으로 시는 주막이라는 공
간에 걸맞게 "붕어곰은 언제나 맛있었다" 표현과 함께 음식에 대한 이야
기로 시작된다. 그리고 "빨갛게 질들은 팔(八)모알상이 그 상 위엔 새파란
싸리를 그린 눈알만한 잔(盞)이 뵈었다."에서 술상에 올려진 작은 잔들을
새파란 눈으로 표현한 부분은 주막이라는 곳이 음식 팔고 먹는 곳을 넘어
서 재미있고 신기한 곳을 의미한다. 그러나 「주막」에서 중요하게 생각할
것은 아이에 대한 묘사이다. "아들아이는 범이라고 장고기를 잘잡는 앞니
가 뻐드러진 나와 동갑이었다."라는 표현에서 주막에 있는 아이는 특별한
의미를 지닌다. 나의 친구인 아이 이름이 범이라고 하는 부분에서 시인
은 주막집 아이를 호랑이처럼 기운이 세고 날렵한 신비스런 인물의 이미
지로 그려보려고 했다. 또한 「넘언집 범 같은 노큰마니」라는 시에서 "우
리 엄매가 나를 가지는 때" "어느밤 크나큰 범이 한 마리 우리 선산으로
들어오는 꿈을" 꾸었다고 표현한 것을 보면, 시인은 '아이'의 존재 근원을
범하고 연결시켜 설명하려 했다.[84]

83　『백석 전집』, 26쪽.

84　신범순은 「가즈랑집」을 분석하면서 가즈랑집 할머니가 세계의 신성성에 접근하면서 생

중국의 청동기상에 사람과 함께 있는 동물은 모두가 호랑이, 범이다. 호랑이는 바로 통치 계급에 있는 사람들의 '나의 반쪽'을 의미하기도 하고, 상고시대의 왕들은 간혹 무당들의 우두머리라 불리기도 했으며, 그러므로 중국 고대의 기물 위에 그려져 있는 사람과 짐승의 문양은, 천지를 교통하는 무당의 대표일 뿐만 아니라 상왕 자신이거나 상왕 근친의 대표일 가능성이 높다.[85] 이렇듯 범을 왕과 동일시하는 것은 범이 강력한 힘을 지닌 존재이기 때문이다. 범을 무당과 동일시하는 점은 범에 신성함을 부여하기 위해서이다. 게다가 범은 민간신앙과 관련된 모습도 보여준다. 특히, 범은 민화에서 가장 많이 볼 수 있는데 범은 모성의 상징이고 음기의 상징이기도 하는데, 예를 들어 범의 수염이나 털을 태워 먹으면 중풍에 효험이 있다는 『본초강목』에 보이는 기사도 결국 같은 뜻으로 범이 강렬한 음기를 가졌다는 것을 뜻한다.[86] 또, 『예기』에서 "얼음이 더 두터워지고 땅이 비로소 갈라지면 갈단새는 울지 않는데 호랑이는 비로소 교미한다."라고 한 것도 계절적으로 범이 음기의 동물임을 암시하는 것으로, 이런 시각에서 민속적으로 범을 숭상하는 이유를 이해할 수 있고, 일반적으로 중국의 신선들이 모두 범과 관련이 있다는 사실은 널리 알려진 바 있고, 우리들의 산신당 그림에도 언제나 범은 산신과 함께 다정한 모습으로 나타나게 된다.[87] 결국, 범은 도교의 이념적 속성을 지녔고 범이 산신당 그

명의 태어남을 미리 이 마을의 신성 속에서 의미지어준다고 말한다(신범순, 「백석의 공동체적 신화와 유랑의 의미」, 184쪽). 게다가 이런 관점의 연장선상에서 그는 「넘언집 범 같은 노큰마니」를 분석하면서 노큰마니의 꿈을 통해서 화자인 '나'는 신화적인 태생을 갖게 되었다고 말한다(신범순, 「현대시에서 전통적 정신의 존재형식과 그 의미」, 441~442쪽).

85 장광직, 이철 역, 『신화, 미술, 제사』, 동문선, 1990, 121쪽.

86 박용숙, 앞의 책, 83쪽.

87 위의 책, 85쪽.

림에도 존재한다는 것은 무속에도 깊숙하게 자리 잡고 있음을 보여준다. 즉, 백석이 아이를 범하고 연결시키고자 하는 것은 백석이 신화적 세계와 우리 민족의 삶의 원형인 샤머니즘 세계에 대해 욕망하는 모습을 보여주려 한 것이다.

우리의 문화 속에 깊이 뿌리 내린 샤머니즘은 백석 시에서 자주 나타난다. 또한 그의 의식을 지배하는 샤머니즘은 단지 '아이'의 이미지로 나타날 뿐만 아니라 '아이'와 같은 성질로도 나타난다.

나는 이 마을에 태어나기가 잘못이다.
마을은 맨천 구신이 돼서
나는 무서워 오력을 펼 수 없다.
자 **방안에는 성주님**
나는 성주님이 무서워 토방으로 나오면 **토방에는 디운구신**
나는 무서워 부엌으로 들어가면 **부엌에는 부뜨막에 조앙님**

나는 뛰쳐나와 얼른 고방으로 숨어버리면 **고방에는 또 시렁에 데석님**
나는 이번에는 굴통 모퉁이로 달아가는데 굴통에는 굴대장군
얼혼이 나서 뒤울 안으로 가면 뒤울 안에는 **곱새녕 아래 털능구신**
나는 이제는 할 수 없이 대문을 열고 나가려는데
대문간에는 근력 세인 수문장

나는 겨우 대문을 삐쳐나 바깥으로 나와서
밭 마당귀 연자간 앞을 지나가는데 연자간에는 또 연자당구신
나는 고만 디겁을 하여 큰 행길로 나서서
마음놓고 화리서시 걸어가다 보니
아아 말 마라 내 발뒤축에는 오나가나 묻어다니는 달걀구신

마을은 온데간데 구신이 돼서 나는 아무데도 갈 수 없다.

「마을의 맨천 구신이 돼서」[88]

「마을의 맨천 구신이 돼서」에는 표면적으로 아이의 이미지가 나타난 부분은 없다. 시는 화자인 내가 귀신을 무서워하며 도망 다니는 모습을 보여주며, 독자는 화자가 어린아이라는 것을 짐작할 뿐이다. 하지만 전반적인 분위기는 공포스럽다기보다는 해학적이고 유쾌하게 그려졌다. 이유는 장면마다 반복과 나열을 장황하게 진술했기 때문이다. 기존 연구에서는 위의 시에 나타난 빠른 반복, 나열을 판소리 사설이 지닌 엮음으로 보았다.[89] 그러나 "방안에는 성주님, 토방에는 디운구신, 부엌에는 부뜨막에 조앙님, 시렁에 데석님, 뒤울 안에는 곱새녕 아래 털능구신" 처럼 계속된 나열은 마치 아이가 노래하며 읊조리는 주술 행위와 비슷하다. 결국, 아이는 주술사가 된다. 주술사는 샤먼을 나타내는 것으로 그들은 의사처럼 병을 치료하기도 때로는 고행자처럼 수련을 행하기도, 종교 생활의 방향잡이 역할도 하며, 여기서 더 나아가 샤먼은 영혼의 안내자 노릇을 하는데, 영혼의 안내자란 샤먼만이 영혼을 볼 수 있고 그들만이 영혼의 모양과 영혼의 운명을 알고 있다는 것이다.[90] 좀 더 설명하자면 샤먼이 치료사일 수 있고 영혼의 안내자일 수도 있는 것은 샤먼이 바로 접신술을 체득하고 있기 때문이고, 샤먼은 자기의 영혼이, 육신을 떠나 아주 먼 곳을 방황하게 할 수도 있고, 지하계로 내려가게 할 수 있으며, 하늘로 오르게 할 수도 있는 것으로, 자신의 접신 체험을 통해서 샤먼은 이 땅이 아닌 다른

---

88 『백석 전집』, 142쪽.

89 고형진, 『백석 시 바로 읽기』, 현대문학, 2006, 34쪽.

90 M. Eliade, 『샤머니즘』, 23~28쪽.

세계로 가는 길을 알 수 있다.[91]

게다가 "나는 이제는 할 수 없이 대문을 열고 나가려는데"란 표현에서 주술사인 아이는 문을 열고 밖의 세상과 교류하고자 한다. 문이라는 것은 안과 밖의 경계선을 구체화시키고 하나의 지대에서 다른 지대로의 이행의 가능성을 구현하고 있다. 여기선 "대문"은 신비적인 엑스터시와 같은 것으로 하나의 존재 양식에서 다른 존재 양식으로의 이행하는 역할을 한다. 그 결과 주술사인 아이는 "연자당구신", "달걀구신" 등 여러 신을 만나며 그들과 하나가 된다.

또한 마지막 행에서 "마을은 온데간데 구신이 돼서"란 표현은 주술사인 아이가 인간과 신의 공존 역할을 매개하면서 마을을 신과 인간이 하나가 된 조화로운 공간으로 만들었다는 의미가 된다. 다시 말하면 샤먼인 아이는 죽은 사람에게만 가능한, 두 세계를 잇는 위험한 다리 역할을 하면서 자신은 영적인 존재가 되며, 동시에 신과 인간의 공존의 영역을 시도하고 있음을 알 수 있다.[92]

결국, 샤머니즘 세계에서는 삶과 죽음은 이원 구조가 아니라 상호 연속선상에 있는 것으로 사람들은 샤먼을 통해 신들과 같이 편입된 상태로 우주의 조화와 평화를 유지하고 싶어 한다. 다시 말하면, 삶과 죽음의 하나의 연속체로서 융합되면서 신들과 언제까지나 함께 공존하기를 원하는 것이 샤머니즘적 세계이다. 이런 샤머니즘 세계는 마치 아이들이 사물과 원형적이고 마술적인 관계를 맺는 양식과 유사하다.[93] 즉, 어린아이

---

91 M. Eliade, 『샤머니즘』, 175~176쪽.

92 위의 책, 417쪽.

93 G. Gilloch, 앞의 책, 174~175쪽.

의 세계는 마술을 부리는 것같이 인간과 자연의 하나로 만들며 그들과 친구가 된다. 이런 점은 인간계와 자연계가 분화되지 않았던 원시 공동체인 샤머니즘 세계와 같다. 백석 시에 나타난 어린아이라는 것은 사물과 자연이 하나가 되는 원시 공동체적인 샤머니즘 세계이고, 샤머니즘적인 아이는 자연과 인간의 조화를 꿈꾸면서 균열된 자아와 세계의 이분법을 넘어선다.

2. 접신으로서의 유년기와 샤머니즘 정신

엘리아데에 의하면 샤머니즘에서 샤먼들은 신비적 체험 행위의 하나로 엑스터시라는 행위를 말하며, 일반적으로 엑스터시의 현상이 갖는 의미는 존재론적 지평에서의 돌파라는 의미가 있고, 하나의 존재 양식에서 다른 존재 양식으로 이행한다.[94] 그에 의하면, 제약된 생존에서 제약 없는 존재 양식, 즉 완전한 자유로의 이행을 표현하는 것으로, 대다수의 고대 종교들에서 비상은 초인간적인 존재(신, 주술사, 정령) 양식으로의 접근, 결국 마음대로 움직일 수 있는 자유, 영의 조건 그 자체의 획득을 상징한다.[95] "극북 지방에서 무속적 접신은 자연발생적이고도 근본적인 현상이다. 이 위대한 샤먼 노릇이란, 실제로 샤먼의 몸은 경직되면서 망아의 경지에 들고 그동안 샤먼의 영혼은 그 육체를 떠나 천상계나 지하계를 간 듯한 연상을 불러일으킬 수 있는 상태에서 치러지는 행사를 말한다."[96]

94　M. Eliade, 『성과 속』, 162쪽.

95　위의 책, 163쪽.

96　M. Eliade, 『샤머니즘』, 42쪽.

또한 샤먼의 엑스터시는 "시간으로부터 이탈", "낮도 밤도 없는", "질병도 없고 늙음도 없는" 상태를 의미하기도 하며, 결국 "낮과 밤"을 초월한다는 것은 곧 대립을 초월한다는 것을 의미한다.[97] 그리고 샤먼이 접신 상태에 들면 그 체험은 다양한데, 예를 들어 천상계로 상승하여 신들과 영신들과 대화를 나눈다든가 지하계로 하강하여 영신들 및 이미 세상을 떠난 샤먼들과 대화를 나눈다는가 하는 종교적인 현상은 물론 외견상 샤먼이 동물의 동작이나 소리를 흉내내는 것도 "영신에 들린" 상태로 볼 수 있다.[98] 즉, 영신이 동물의 모습으로 나타나고 샤먼이 수수께끼 같은 언어로 동물과 대화를 나누는 것은 샤먼이 인간 조건을 뛰어넘을 수 있다는 것을 의미한다.[99] 결국, 샤먼의 접신은 어떤 의미에서는 인간과 자연의 분화가 일어나지 않았던 아득한 태곳적의 상황을 만들어낸다는 의미이다.

이 책은 백석의 시에 나타나는 어린아이가 실재적인 '아이' 이미지로 표현되는 것을 넘어서 유사성, 모방, 동일화 등으로 일어나는 아이의 고유한 성질에 주목하고 싶다. 어린아이의 특징은 자연을 있는 그대로 바라보며, 논리적이고 이성적으로 생각하는 성인의 시각과는 다르다. 이런 점을 통해 아이의 본질 좀 더 자연과 본질에 가깝다. 다시 말하면, 인간은 자연 안에서 언제나 어린아이 그 자체이며, 이 어린아이는 언젠가 심하게 두려운 꿈을 꿀 때도 있을 것이나 눈을 뜨면 항상 자신이 다시 낙원에 있음을 알게 된다.[100] 다시 말하면 샤먼의 접신 체험으로 동물을 흉내 내며

97 M. Eliade, 『이미지와 상징』, 103쪽.

98 M. Eliade, 『샤머니즘』, 51쪽, 104쪽.

99 위의 책, 104쪽.

100 F. W. Nietzsche, 『인간적인 너무나 인간적인』 1, 142쪽.

자연과 하나가 되는 현상은 어린아이가 자연스럽게 사물들의 사이에서
자연의 관계의 일부가 되는 현상과 상통한다. 샤먼의 접신 상태에서 시간
과 공간을 초월하듯이 아이도 사물과 하나가 되어 시간과 공간을 초월하
며 이원적인 세계관을 극복한다.

> 가무락조개 난 뒷간거리에
> 빚을 얻으려 나는 왔다.
> 빚이 안 되어 가는 탓에
> 가무래기도 나도 모도 춥다
> 추운 거리의 그도 추운 능당 쪽을 걸어가며
> 내 마음은 웃즐댄다. 그 무슨 기쁨에 웃즐댄다.
> **이 추운 세상의 한구석에**
> **맑고 가난한 친구**가 하나 있어서
> 내가 이렇게 추운거리를 지나온 걸
> 얼마나 기뻐하며 낙단하고
> 그즈런히 **손깍지벼개 하고 누워서**
> 이 못된 놈의 세상을 크게 크게 욕할 것이다.
>
> 「가무래기의 낙(樂)」[101]

> 입으로 먹을 뿜는 건
> 몇 십 년 도를 닦어 피는 조환가
> 앞뒤로 가기를 마음대로 하는 건
> 손자(孫子)의 병서(兵書)도 읽은 것이다.
> 갈매가 쭝얼댄다.

---

101 『백석 전집』, 97쪽.

그러나 시방 꼴두기는 배창에 너불어저 새새끼 같은 울음을 우는 곁
에서

**뱃사람들의 언젠가 아홉이서 회를 처먹고도 남어 한깃씩 나눠가지고
갔다는 크디큰 꼴두기의 이야기를 들으며 나는 슬프다.**

갈매기 날어간다.

「꼴두기」[102] 부분

내 지렁이는

커서 구렁이가 되었습니다.

천년 동안만 밤마다 흙에 물을 주면 그 흙이 지렁이가 되었습니다.

장마 지면 바와 같이 하늘에서 내려왔습니다.

내 이과 책에서는 암컷과 수컷이 있어서 새끼를 낳았습니다.

지렁이의 눈이 보고 싶습니다.

지렁이의 밥과 집이 부럽습니다.

「나와 지렁이」[103]

「가무래기의 낙(樂)」은 화자와 조개의 친밀한 정도를 내용으로 다루었
다. 조개는 화자에게 "추운 세상의 한 구석에 맑고 가난한 친구"이다. 조
개와의 친밀한 정도는 서로 "손깍지 벼개하고 누워서" 세상에 대해 욕할
수 있는 정도이다. 즉, 화자가 조개에 대해 갖는 애정의 의미는 자기만족
을 회복하려는 욕구이고, 이때 조개라는 것은 물질에서 정신의 영역으로
변화된 상태를 의미하며, 조개를 통해서 원초성을 추구하며 인간과 자연

---

102 『백석 전집』, 95쪽.

103 위의 책, 473쪽.

에 대한 대립과 양가성을 소멸시키게 된다.[104] 결국 화자에게 조개라는 것은 물질의 의미를 넘어서 버팀목 역할을 하는 순수하고 정신적인 영역의 존재이다. 게다가 「꼴두기」에서도 사물에 대한 정신적인 영역이 더욱 강하게 나타난다. "뱃사람들의 언젠가 아홉이서 회를 처먹고도 남어 한 깃씩 나눠가지고 갔다는 크디큰 꼴두기"는 슬픈 "이야기"를 화자에게 전해줄 정도로 둘 사이의 우정은 각별하다. 돈독한 둘 사이의 정은 "나는 슬프다"라며 화자가 보잘 것 없는 꼴두기와 같이 아픔을 느끼려 하는 속에서 더욱 잘 보여준다. 이렇듯 자연물과 영적인 친구가 될 수 있는 관계는 샤머니즘의 특성에 속한다.[105] 샤머니즘의 가장 큰 사상적 특징은 다신론적 신관[106]이다. 이는 모든 사물에 '혼이 깃든 존재'로 보는 것이다. 혼이 깃든 존재로 사물을 바라보기 때문에 샤먼과 자연이 하나가 될 수 있다. 결국, 화자와 조개가 "손깍지 벼개하고 누워서" 세상을 향해서 크게 욕하는 것은 사람과 자연이 동화된 상태를 의미한다. 이런 점은 샤먼이 접신 상태와 유사하다.[107] 샤먼의 접신 상태는 자연물로 변하기도 하고, 샤먼 자신

---

104 M. Eliade, 『이미지와 상징』, 18쪽.

105 소래섭은 그의 논문에서 음식물과 동식물을 '친구'로 호명하는 것을 샤머니즘적 인식론과 결부시켜 논의를 전개한다(소래섭, 앞의 논문, 76쪽). 필자는 여기서 더 나아가 샤머니즘적 특징 중의 하나인 접신과 아이적인 특성과 연결시켜 그 둘의 공통점을 찾아내고자 했다.

106 샤머니즘의 가장 큰 특징은 다신론적 신관이다. 한국 샤머니즘의 경우, 인간의 생과 사, 흥망과 화복, 치병 등의 운명 일체를 결정하는 존재로서, 가장 상위의 천왕신을 비롯해일, 월, 성신이 있고, 인간의 일상생활과 밀접한 자연물인 지, 수, 산, 천신과 풍, 수, 목, 석신이 있다(김주성, 「황순원 소설의 샤머니즘 수용양상 연구」, 경희대학교 박사학위 논문, 2009, 23쪽).

107 특히 샤머니즘 세계에서 조개는 상징하는 바가 크다. 예를 들어, 우주의 에너지, 다산성, 풍요성 등 접근 방식이 다양하다. 샤먼에게서 조개는 부적으로 사용되기도 하며 호운의 확실한 원천으로 보았다. 조개는 나름 힘이 응축되고 본질적이고 생명과 풍요의 의미로

이 동물 영신이 되어 "말을 하거나" 노래를 하기도 하고 짐승이나 새처럼 공중을 날기도 하는 것으로, 샤먼이 이상한 언어로 이들과 대화를 나누는 것은 결국 샤먼이 인간 조건을 초월할 수 있음을 보여준다.[108] 결국 어린 아이도 샤먼의 접신처럼 자신의 순수성과 원초성으로 모든 만물에 영혼이 깃든 존재로 보고 그들과 대화를 하며 하나가 된다.

자연물과 하나가 된 경우는 「나와 지렁이」에서 절정을 보여준다. 「나와 지렁이」에서 "지렁이"는 화자와 동화된 상태를 그린 내용이다. 이런 동화된 상태는 지렁이가 구렁이가 되고 "천년동안만 밤마다 흙에 물을 주면 그 흙이 지렁이가" 된다는 표현에서 지렁이에서 흙으로, 흙은 다시 지렁이로 돌아가는, 모든 경계의 무화의 상태를 보여준다. 샤먼의 접신의 경지에 극점에 다다르면 독특한 장관이 펼쳐지는 것으로, 주술적 행위로 이 승과는 전혀 다른 세계를 펼쳐보이며, 이 세계 속에는 신들과 주술사들의 전설적인 세계가 존재하며, "자연의 법칙"이 철폐되고 특정한 초인간적인 "자유"가 현현(顯現)하여 눈부시게 존재하게 되는 세계이다.[109] 결국 '흙에서 지렁이가 되는 상태'는 자연의 법칙을 넘어서 초현실적인 상태, 모든 경계가 허물어지는 모습을 보여준다.

다음 「선우사」나 「오리」도 인간과 사물이 하나가 되어 오는 기쁨을 노래한 시이다.

샤머니즘 세계에서 상징적으로 존재하고 있었다(M. Eliade, 『이미지와 상징』, 161쪽).

108 M. Eliade, 『샤머니즘』, 104쪽. 이런 맥락에서 엘리아데는 접신 직전의 도취 상태가 서정시의 보편적인 원천이 된다고 말한다. 탈혼을 준비하면서 샤먼은 북을 두드리고 보호 영신들을 부르고 "신어"로 절규하고 동물의 울음소리, 특히 새의 울음소리를 흉내 냄으로써 "동물의 언어"를 입에 올린다. 샤먼이 "제2의 상태"를 획득하기 위해 보여주는 이러한 행위는 언어를 통한 서정시의 창조적 율동이라고 그는 말한다(M. Eliade, 『샤머니즘』, 433쪽).

109 위의 책, 433쪽.

낡은 나조반에 흰밥도 가재미도 나도나와 앉아서
쓸쓸한 저녁을 맞는다.

흰 밥과 가재미와 나는
우리들은 그 무슨 이야기라도 다 할 것 같다.
우리들은 서로 미덥고 정답고 그리고 서로 좋구나

우리들은 맑은 물밑 해정한 모래톱에서 하구 긴 날을 모래알만 헤이
며 잔뼈가 굵은탓이다.
바람 좋은 한벌판에서 물닭이 소리를 들으며 단이슬 먹고 나이 들은
탓이다.

외따른 산골에서 소리개소리 배우며 다람쥐 동무하고 자라난 탓이다.

우리들은 모두 욕심이 없어 희여졌다.
착하디 착해서 셋곳은 가시 하나 손아귀 하나 없다.
너무나 정갈해서 이렇게 파리했다.

우리들은 가난해도 서럽지 않다
우리들은 외로워할 까닭도 없다.
그리고 누구하나 부럽지 않다.

흰밥과 가재미와 나는
우리들이 같이 있으면
세상 같은 건 밖에 나도 좋을 것 같다.

「선우사」[110]

---

110 『백석 전집』, 71쪽.

그래도 오리야 호젓한 밤길을 가다

가까운 논배미들에서

까알까알 하는 **너이들의 즐거운 말소리가 나면**

나는 내 마을 그 아는 사람들의 지껄지껄하는 말소리같이 **반가옵**

고나

오리야 너이들의 이야기판에 나도 들어

밤을 같이 밝히고 싶고나

오리야 나는 네가 좋구나 네가 좋아서

벌논의 눕 옆에 쭈거렁 벼알 달린 짚검불을 널어놓고

「오리」[111] 부분

「선우사」는 화자가 저녁밥을 먹으면서 밥상 위에 올라온 음식들과 이 야기를 하고 있는 시이다. 화자가 흰밥과 가자미와 같이 앉아서 저녁을 먹으면서 "우리들은 가난해도 서럽지 않다. 우리들은 외로워할 까닭도 없다."며 가장 행복한 존재들임을 나타냈다. 샤먼은 현재의 인간 조건을 파기하고 한동안이나마 태초의 상태로 되돌아가며, 특히 동물과의 친교, 동물의 언어 해득, 동물로의 변신은 샤먼이 저 아득한 시대의 "낙원적" 상황을 만들어냈다.[112] 즉, 접신의 경지에선 태초의 상태를 의미하며, 이 는 흰밥과 가재미와 내가 서로 이야기하면서 행복한 관계를 형성하는 것 이다. 이런 접신의 경지에서 "바람 좋은 한 벌판에서 물닭이 소리를 들" 을 수 있는 태초의 낙원적 상태를 만들며 "누구 하나 부럽지도 않"는 평 화로운 마음의 상태를 만든다. 즉, 낙원적 상태에선 자연과 인간은 행복

---

111 『백석 전집』, 58쪽.

112 M. Eliade, 『샤머니즘』, 108쪽.

하고 자유롭고 아무 제약이 없고 살기 위해서 일할 필요도 없다.[113] 이런 점은 사물에 대한 발견자이자 회복자인 어린아이에게 특히 잘 나타난다. 아이는 사물들과 특별한 관계를 가지며 사물들과 단둘이 이야기를 하며 자연의 관대함 속에서 기쁨을 느낀다.[114] 「오리」도 "오리야 너이들의 이야기판에 나도 들어 밤을 같이 밝히고 싶고나"라는 표현처럼 화자는 오리와 밤새 이야기하고 싶을 정도로 오리와 깊은 애정의 관계를 갖길 원한다. 그만큼 화자의 마음에서 오리가 커다란 자리를 차지하고 있다는 뜻이기도 하다. 그리고 "너의들의 즐거운 말소리가 나면" 화자도 "반갑다"고 표현할 정도로 화자는 오리를 친한 정신적인 친구처럼 대한다.

"우리나라의 샤머니즘에서 신령의 위계가 어떤 계급에 속한 신령의 우세를 통해서 결정될 뿐만 아니라 그것은 조선왕조의 사회 신분 상태를 반영하고 있다. 신령의 위계와 조선 왕조의 사회 계층을 서로 대조해보면 이 관계는 분명히 인식되어질 수 있다. 하늘신, 땅신, 바다신 서열로 보아 가장 높은 자리를 차지한다. 하지만, 하늘, 땅, 바다 등 구체적으로 정하는 것을 넘어서 이 세상의 모든 현상이 다 신이 될 수 있다는 것이다. 동굴도 신이 될 수 있고, 동물도 신이 될 수 있다."[115] 특히 동물신의 의미는 샤머니즘의 세계에선 모든 사물들에게 영혼이 존재하는 것과 상통한다. 게다가 엘리아데에 의하면 샤먼 자신이 동물과 동일시하는 것은 동물

---

113 낙원회귀의 특징 중의 하나는 바로 자연에 대한 지배권인데 이것은 샤먼의 특권이기도 하다. 낙원으로의 복귀는 사람들이 보통 샤머니즘이라는 이름으로 뭉뚱그려서 지칭하는 원초적, 원시적 비의 속에서 발견된다. 샤먼은 접신 상태 속에서 신이나 다를 바 없는 최초의 인간의 낙원적 존재를 회복한다(M. Eliade, 『이미지와 상징』, 182쪽).

114 G. Gilloch, 앞의 책, 156쪽

115 조흥윤, 『한국의 무』, 정음사, 1984, 102쪽.

이 이미 신화에 뿌리를 내리고 있다는 의미이다.[116] 그에 의하면, 신화적
인 동물이 되는 것은 샤먼이 그 자신 이상으로 강력한 존재가 되는 것이
며, 샤먼은 한동안 자기 힘을 실감하는 상태, 우주적 생명과의 교통이 가
능한 상태에서 행복감을 체험한다.[117] 즉, '오리'와 이야기를 하면 그들과
내면적인 관계를 가지게 되는 것은 결국 인간의 한계를 넘어서 신비로운
가치의 세계를 여는 것이다. 이런 점은 어린아이가 동물들과 친구가 되며
서로 무한하고 평화로운 세계를 여는 경우와 상통한다. 그러므로 샤머니
즘 세계에선 사물들이 모두 하나가 될 수 있고 어린아이의 세계도 샤머니
즘 세계처럼 자연과 하나가 될 수 있다.

> 새끼오리도 헌신짝도 소통도 갓신창도 개니빠디도 너울쪽도 짚검불
> 도 가락잎도 머리카락도 헌겊 조각도 막대꼬치도 기왓장도 닭의 깃도
> 개터럭도 타는 모닥불
>
> 재당도 초시도 문장(門長) 늙은이도 더부살이 아이도 새사위도 갓사
> 둔도 나그네도 주인도 할아버지도 손자도 붓장사도 땜쟁이도 큰개도
> 강아지도 모두 모닥불을 쪼인다.
>
> 「모닥불」[118] 부분

> 달빛도 거지도 도적개도 모다 즐겁다
> 풍구재도 얼럭소도 쇠드랑볕도 모다 즐겁다

---

116 M. Eliade, 『샤머니즘』, 397쪽.

117 위의 책, 397쪽.

118 『백석 전집』, 19쪽.

도적괭이 새끼락이 나고
살진 쪽제비 트는 기지개 길고

홰냥닭은 알을 낳고 소리 치고
강아지는 겨를 먹고 오줌 싸고

개들은 게모이고 쌈지거리하고
놓여난 도야지 둥구재벼 오고

송아지 잘도 놀고
까치 보해 짖고

신영길 말이 울고 가고
장돌림 당나귀도 울고 가고

대들보 위에 베틀도 채일도 토리개도 모도들 편안하니
구석구석 후치도 보십도 소시랑도 모도들 편안하니

「연자간」[119]

「모닥불」은 아이에서부터 할아버지와 동물들이 모두 모닥불 주변에 앉아서 모닥불을 쬐는 이야기이다. 모닥불의 재료는 "새끼오리", "헌신짝", "갓신창"에서 "헌겊 조각", "닭의 깃"털까지 등 무한하고 다양하다. 이런 다양한 재료로 구성된 모닥불에 몰려드는 대상도 아이에서부터 동물들까지 다양하다. 모닥불 주변의 다양성은 사람과 동물 사이를 단순히 대비하

---

119 『백석 전집』, 60쪽.

는 것이 아니라 만물의 다양함과 다양한 변화의 세계 그 자체를 즐기는 것을 의미한다.

「연자간」에서도 달빛이나 거지, 도적개, 얼룩소, 도적괭이, 족제비, 송아지, 까치, 강아지 등의 사물들이 모두 모여 있다. 모여서 그들은 자신의 삶에 열중하며 즐겁고 모두 편안하게 지내고 있다.[120] 「모닥불」이나 「연자간」에서 중요한 점은 다양한 사물들이 모두 모여 있는 것이다. 그리고 모두들 무언가를 둘러싸고 있다. 즉, 무언가 둘러싸고 있는 것은 원의 형상을 의미한다.

「연자간」에서 원은 인간과 자연과의 관계를 포괄하면서 다각적이고 다면적인 마음의 전체성을 표현한다. 융에 의하면 원의 상징은 원시인의 태양 숭배, 현대 종교, 혹은 신화와 꿈, 티베트 승려가 그린 만다라나 심지어는 도시계획도에도 나타나고, 옛날의 천문학자가 생각했던 구형의 개념에서도 발견된다고 한다.[121] 말하자면, 이때 원은 항상 생명을 지닌 유일지상적(唯一至上的) 측면, 즉 생명의 궁극적인 전체성을 나타낸다.[122] 즉, 원의 상징은 대극성의 통합, 즉 개인적이고 시간적인 자아 세계와 비개인적이고 비시간적인 비자아 세계의 통합을 의미한다.[123] 즉, 원은 전체

---

120 김정수는 「연자간」을 분석하면서 각 사물들이 자신만의 고유한 세계를 보존하는 동시에 다른 사물들과 어울려 모여 있다고 말한다. 이런 모습은 어떠한 이유 없는 관계이며, 원시적인 아이의 모습과 같다라고 설명한다(김정수, 앞의 논문, 120~121쪽). 필자가 「연자간」에서 강조하고자 하는 점은 모두 모여 있는 경우인데, 이런 점은 원의 형상으로 일반적인 원의 의미를 넘어 초월적인 의미를 지니고 있다. 이런 점은 샤머니즘의 세계와 유사하며, 아이라는 것도 다른 사물과 하나가 되려는 초월적인 속성과도 동일하다.

121 C. G. Jung, 『인간과 상징』, 240쪽.

122 위의 책, 같은 쪽.

123 위의 책, 같은 쪽. 시 「연자간」에 나타난 원의 의미는 '만다라'와 상통한다. '만다라'라는 용어는 원을 의미하는데 티베트어로는 중심이라고 번역되기도 하고 "둘러싸고 있는 것"

성을 의미하며 이런 전체성으로 바탕으로「연자간」에서 다양한 사물들이 모두 모여 주변을 둘러싸는 것을 이해하면 자연과 인간, 자아와 세계의 경계를 뛰어넘으려는 의지를 나타낸다고 볼 수 있다. 또한 원의 전체성은 샤머니즘 세계의 현상인 "중심"[124]과도 유사하다. 접신 상태에 든 샤먼은 신들이 지상으로 내려오고 사자들이 지하계로 내려갈 때 지나가는 관문인 '중심'을 통과하게 된다.[125] 이때 중심이란 성(聖)이 현현하는 곳, 초월적인 세계를 지칭하는 장소로, 이 "중심"이라는 사상은 일종의 초인간적인 존재에 의한, 신성한 공간 체험에서 유래할 수 있고, 이 지점을 통해서 무엇인가가 그 모습을 드러내기도 한다.[126] 정리하자면 모든 것을 둘러싸는 것은 샤먼의 접신 상태와 유사하고, 이런 상태에선 시간과 공간을 초월하게 된다. 아이의 세계도 자연과 하나가 될 때 시공간을 초월하게 된다. 더 나아가 벤자민 슈워츠는 아이의 초월성을 "어린아이의 우월성"과 연관시켜 설명한다. 그는 "사람이 태어날 때는 부드럽고 약하지만

이라고 번역되기도 한다. 실제로 만다라는 정사각형 안에 새겨진 일련의 원들을 나타내는데 이 원은 동심원일 수 있다. 색실이나 색을 입힌 쌀가루로 지면 위에 그려진 만다라 도면 내부에도 탄트라교의 모든 신들이 자리를 차지하고 있다. 만다라는 이처럼 세계상인 동시에 상징적인 만신전이다. 신참자가 만다라 내부로 들어가는 것은 미궁에 들어가는 통과의례와 동일시될 수 있다. 또한 만다라는 신참자를 사악한 외부의 힘으로부터 "보호"해주는 동시에 자신에게 집중하도록 자신의 "중심"을 발견하도록 도와주기도 한다(M. Eliade, 『이미지와 상징』, 61쪽). 즉, 만다라처럼 다양한 사물들이 모두 모여 주변을 둘러싸는 것은 자연과 인간, 자아와 세계의 경계를 뛰어넘으려는 의지를 나타낸다.

124 샤머니즘 세계에서 "중심"이라는 것은 천상계와의 직접적인 교통이 가능하게 하는 신앙과 관련되고, 이 "중심"은 대우주적인 차원과도 관련이 있다. 인간이 모든 주거는 이 "중심"을 향해서 열린 상태에 있게 되며, 모든 차원의 돌파구, 따라서 천상으로의 상승을 가능하게 하는 매개이다(M. Eliade, 『샤머니즘』, 246쪽).

125 위의 책, 243쪽.

126 위의 책, 244쪽.

죽을 때는 단단하고 강함. 만물—초목— 들이 태어날 때는 부드럽고 연하지만 죽을 때는 마르고 오그라든다."[127]고 설명한다. 따라서, 그의 설명에 따르면 딱딱함과 강함은 죽음의 동반자들이고 부드러움과 약함은 생명의 동반자들이다. 좀 더 설명하자면 생명의 동반자들은 어린아이로서 이 어린아이는 미형성적이며 미분화된 잠재력으로 충만된 존재이다. 아이들의 세계는 자연 질서의 일부이고 사물들에 대해서 부드럽고 비한정적이며 유동적이어서 진정으로 잠재적 상태들을 소유한다. 따라서 아이들은 적어도 어느 의미에서는 초월적인 핵심에 매우 가깝다.

> 그리고 다 달인 약을 하이얀 약사발에 밭어놓은 것은
> **아득하니 깜하야 만년 옛적이** 들은 듯한데
>
> 「탕약」[128] 부분

> 얼근한 비릿한 구릿한 이 맛 속에선
> **까마득히** 신라(新羅) 백성의 향수도 맛본다.
>
> 「북관」[129] 부분

「탕약」, 「북관」에서 "아득하니 깜하야 만년 옛적", "까마득히"라는 '아득함'을 의미하는 단어가 나온다. 이런 '아득함'은 절망의 의미라기보다는 동경의 의미로 해석되며 이상향 추구를 의미한다. '아득함'이란 무언가 사라져가는 것에 대한 쓸쓸함의 정서를 대변하며, 시인이 처한 외로운

---

127 벤자민 슈워츠, 나성 역, 『중국 고대 사상의 세계』, 살림, 2004, 292쪽.

128 『백석 전집』, 62쪽.

129 위의 책, 68쪽.

공간을 의미한다고 볼 수도 있다. 그렇지만 아득함을 어떤 외로움의 의미로 이해하기보다는 무언가에 대한 동경의 의미로 해석할 수 있다. 백석이 동경하는 것은 자연과 인간이 초월해서 존재할 수 있는 낙원을 의미한다. 이때 낙원이라는 것은 세속적 시간을 폐기하고 성스러운 시간, 공간 속에 살고 싶은 욕망을 의미한다. 이때의 낙원은 끊임없이 재현되며 시공간의 연속된 곳으로, 특히 샤머니즘 세계와 연결시켜서 생각해볼 수 있다.

샤머니즘은 고대에 존재하였지만 고대적인 시간의 범주에 머무는 것이 아니라 인간의 영적인 기술의 범주에 머물러서 '시간성'을 초월하고 현실의 '공간성'도 뛰어넘어 '인간 사회와 역사의 전 지역과 전 시간대에 걸쳐 관찰될 수 있는 특성'을 지닌다.[130] 즉, 낙원이라는 것은 시공간의 일탈을 통해서 대부분 사람들이 접근할 수 없는 샤먼의 엑스터시의 상태 안에서 가능하다.[131] 중요한 것은 엑스터시의 상태 속의 세계는 비현실의 다른 세계, 즉 카오스적인 상태를 의미하기도 한다. 이런 혼돈과 어둠인 카오스에서 우주 공간이 시작된다.

> 돌능와집에 소달구지에 싸리신에 **옛날**이 사는 장거리에
> 어니 근방 산천(山川)에서 덜거기 꿱꿱 검방지게 운다.
>
> 「월림(月林)장」[132] 부분

태고(太古)에 나서
선인도(仙人圖)가 꿈이다.

---

130 M. Eliade, 『샤머니즘』, 36쪽.

131 M. Eliade, 『이미지와 상징』, 183쪽.

132 『백석 전집』, 110쪽.

고산정토(高山淨土)에 산약(山藥) 캐다 오다

「자류(柘榴)」[133] 부분

오대(五代)나 나린다는 크나큰 집 다 찌그러진 들지고

방 어득시근한 구석에서 쌀독과 말쿠지와 숫돌과 신뚝

과 그리고 옛적과 또 열두 데석님과 친하니 살으면서

「목구(木具)」[134] 부분

그동안 돌비는 깨어지고 많은 은금보화는 땅에 묻히고 가마귀도 긴

족보를 이루었는데

이리하야 또 한 아득한 새 옛날이 비롯하는 때

이제는 참으로 이기지 못할 슬픔과 시름에 쫓겨

나의 옛 한울로 땅으로—나의 태반(胎盤)으로 돌아왔으나

「북방(北方)에서」[135] 부분

게다가 백석은 샤머니즘 세계의 추구에서 더 나아가 "옛날"(「月林장」),
"태고"(「자류」), "옛적"(「木具」), "나의 옛 한울로 땅으로—나의 태반으
로"(「북방에서」) 라며 과거를 긍정적으로 바라보았다. 이때 과거는 단순
한 의미에서 더 나아가 우주적인 의미를 지닌다. 특히 "태반"이라는 것은
뱃속으로의 귀환을 의미하는데, 태반이라는 것은 인간적인 차원에서 실
존적 '백지'. 아직 아무것도 더럽혀지지 않고 손상되지 않은 절대적인 시
초로 되돌아가는 것을 의미한다.[136] 즉, 절대적인 시초란 우주적인 속성을

---

133 『백석 전집』, 36쪽.

134 위의 책, 111쪽.

135 위의 책, 116쪽.

136 M. Eliade, 『성과 속』, 177쪽.

의미하며 아이적인 속성과도 동일한 것이다. 어린아이의 사유 속에는 그 어떤 논리적인 개념이 자리 잡히지 않으며 이런 점은 창조적인 정신과 무한성을 지닌다고 볼 수 있다. 이런 무한한 아이의 사유는 우주적인 속성과 밀접하다. 이러한 연장선상에서 엘리아데는 어린아이를 만드는 과정을 연금술에 비유하면서 우주창조론의 의미를 이끌어내었고, 그는 어린아이를 만드는 상태는 카오스적 상태라고 말하며 이는 도교의 연금술사의 장생의 비법과 신비적 생리학의 방술을 포함하는 태교의 전통을 수용하고 확장한다고 말한다.[137] 즉, 어린아이의 상태는 절대적 무분화, 카오스적 상태를 지닌 것을 의미한다.

> **옛말이 사는 컴컴한 고방**의 쌀독 뒤에서 나는 저녁끼때에 부르는 소리를 듣고도 못 들은 척하였다.
>
> 「고방」[138] 부분

아득한 옛날에 나는 떠났다.
부여(扶餘)를 숙신(肅愼)을 발해(勃海)를 여진(女眞)을
요(遼)를 금(金)을
흥안령(興安嶺)을 음산(陰山)을 아무우르를 숭가리를
범과 사슴과 너구리를 배반하고
송어와 메기와 개구리를 속이고 나는 떠났다.

---

137 M. Eliade, 이재실 역, 『대장장이와 연금술사』, 122~124쪽. 야금술사가 대지모 속에서 시작된 성장을 촉진시켜 '태아'(광석)를 금속으로 변형시키는 것과 마찬가지로 연금술사는 이 가속화를 연장시키고 모든 '범용한' 금속을 금이라는 '고귀한' 금속으로 최종 변형시킴으로써 가속화의 완성을 꿈꾼다(위의 책, 55쪽). 여기서 금이라는 것은 자연의 동경에 따르는 어린아이와 같은 순수한 상태를 의미한다.

138 『백석 전집』, 18쪽.

…(중략)…

이미 해는 늙고 달은 파리하고 바람은 미치고 보래구름만 혼자 넋없이 떠도는데

아, **나의 조상은 형제는 일가친척은 정다운 이웃은 그리운 것은 사랑하는 것은** 우러르는 것은 나의 자랑은 나의 힘은 없다 바람과 물과 세월과 같이 지나가고 없다.

「북방(北方)에서」[139] 부분

시큼한 배척한 퀴퀴한 이 내음새 속에
나는 가느슥히 **여진(女眞)의 살내음새를 맡는다.**

「북관」[140] 부분

화라지송침이 단채로 들어간다는 아궁지
이 **험상궂은 아궁지**도 조앙님은 무서운가보다

…(중략)…

재 안 드는 밤은 불도 없이 **캄캄한 까막나라**에서
조앙님은 무서운 이야기나 하면
모두들 죽은 듯이 엎데였다 잠이 들 것이다.

「고사(古寺)」[141] 부분

---

139 『백석 전집』, 115쪽.

140 위의 책, 68쪽.

141 위의 책, 70쪽.

「고방」에서 어린 화자가 좋아하는 놀이터는 "옛말이 사는 컴컴한 고방"이고, 어린 화자는 이 고방에서 "시큼한 배척한 퀴퀴한 이 내음새 속에" "여진의 살내음새를 맡"(「북관」)으며 자신의 근원을 생각하게 된다. 또한 이 고방은 「고사」에서 "험상궂은 아궁지"나 "캄캄한 까막나라"라고 다른 표현으로 사용되기도 한다. 고방이 가지는 다양한 이미지에서 어린 아이는 새로운 세계를 꿈꾸었고, 그것은 고분과 결부되어서 생각해볼 수 있다.

"고분이라는 말은 '옛날의 무덤'을 지칭하는 것이지만 그 무덤의 내력은 결코 단순하지 않다. 고구려 고분만 하더라도 그것은 천문도를 비롯한 여러 가지 종교적인 의례도가 그려진 소위 전불 시대의 신전을 대표한다. 그곳에서 연금술은 물론 가축을 희생하는 제사가 행해졌으며, 태교의 비의를 행하기 위한 천문 관측이 행해지기도 했다."[142] 엘리아데에 따르면 고대의 샤먼은 우주나 세계를 천상, 지상, 지하의 세 구역으로 나눈다.[143] 그에 의하면, 천상이 인체의 머리이며 지하가 신장, 그리고 지상이 심장에 해당되므로 이 지상에 해당하는 부분은 고분과 관련되며, 샤먼들은 우주의 중심을 우주산, 세계수라고 표현하였는데 이 중심의 사원을 둥근 천장을 가진 굴 등으로 표현된다.[144] 이런 점으로 미루어보아 고분[145]은 하늘의

---

142 박용숙, 『한국 미술의 기원』, 215쪽.

143 위의 책, 217쪽.

144 위의 책, 218쪽.

145 중국 신화에선 고분을 반고라고도 하여 우주의 생성과 연관시켜 설명하곤 한다. 『삼오역기』에서 남방민족의 '반호' 혹은 '반고' 전설을 수집하고 거기에 고대 경전의 철리 성분과 자신의 상상력을 가미하여 천지를 개벽한 반고를 창조해내서 개벽 시대의 공백을 채우고, 중화민족의 시조를 만들어내었다. 이렇게 하여 비로소 신화에서 천지의 개벽과 우주의 생성에 관한 문제에 대해 합리적 해답을 얻게 된 것이다. 하늘과 땅이 아직 갈라지지

개념을 많이 내포하게 되는데, 결국 백석의 고방은 우주와 관련 있는 고분과 성격이 같고, 아이는 고방에서 우주의 존재양식을 찾으려 했다.「북방에서」에는 우주적 존재 양식을 나타내는 소재는 없지만 시에 나타난 여러 의미에서 우주적인 요소를 지닌다. 예를 들어, "범과 사슴과 너구리를 배반하고, 송어와 메기와 개구리를 속이고 나는 떠났다."란 표현에서 화자가 모든 자연물을 뒤로하고 떠났다는 것은 모든 자연물로부터의 초월을 의미한다. 즉, 인간과 자연의 경계를 초월하는 더 큰 무언가를 이루려고 하는 것이기에 화자는 그들에게서 "떠났다." 결국 화자의 떠남은 "나의 조상"에서부터 "형제", "일가친척", "정다운 이웃", "그리운 것, 사랑하는 것"과 하나가 되려는 의미이기도 하다. 결국 '아이'라는 것도 다른 사물들과 경계를 초월하면서 서로 하나가 되는 속성을 지닌다.

> 산골집은 대들보도 기둥도 문살도 자작나무다.
> 밤이면 캥캥 여우가 우는 산도 자작나무다.
> 그 맛있는 모밀국수를 삶는 장작도 자작나무다.
> 그리고 감로같이 단샘이 솟는 박우물도 자작나무다.
> 산(山)너머는 평안도(平安道) 땅도 뵈인다는 이 산(山)골은 온통 자
> 작나무다.
>
> 「백화」[146]

「백화」에서 "산골은 온통 자작나무다."란 표현은 백석이 사는 마을에

않았던 시절, 우주의 모습은 다만 어둑한 한 덩어리의 혼돈으로 마치 큰 달걀과 같은 것이었다(워앤커, 전인초 · 김선자 역,『중국신화전설』, 민음사, 1992, 154쪽).

146 『백석 전집』, 80쪽.

있는 모든 사물들이 모두 자작나무로 귀결된다는 의미이다. '산골집의 문살도', '여우도', '장작도', '우물도', 결국 '자작나무'로 통한다. 게다가 자작나무는 우주적인 특성을 지닌다. 우주란 살아 있는 유기체이며 끊임없이 주기적으로 갱신하며, 이런 점에서 우주를 거대한 나무의 모습으로도 생각해볼 수 있고, 즉 우주의 존재 양식, 특히 끝없는 갱생의 능력은 나무의 생명에서 그 상징적 표현을 볼 수 있다.[147] 나무는 겉으로 드러나는 고정된 형태 속에 우주의 힘, 그 생명, 그 주기적 재생 능력을 구현함으로써 그 자체로서 완전하게 우주를 표현하게 되었다.[148] 결국, 백석 시에서 "산골은 온통 자작나무다."라고 표현한 것은 나무가 가지는 우주적인 속성으로 마을에 존재하는 모든 사물과 조건을 뛰어넘으려고 한 것이다. 또한 백석의 자작나무는 우주적인 속성에서 더 나아가 샤머니즘과도 관련이 있다. 샤머니즘에서 자작나무는 특별한 의미를 가지고 있는데, 샤먼에게 자작나무를 심는 것은 자기의 삶을 의지하는 의미이기도 하며, 특히 그들에게 자작나무는 우주목으로 자리를 잡는데, 우주수의 가지에 그들의 영혼이 있다고 생각한다.[149] 즉, 샤머니즘 세계에서도 나무는 우주를 상징하

---

[147] M. Eliade, 『성과 속』, 144~145쪽.

[148] M. Eliade, 『종교형태론』, 361쪽.

[149] M. Eliade, 『샤머니즘』, 83쪽. 시베리아 여러 종족과 마찬가지로 야쿠트 족 역시 독수리와 성수, 특히 자작나무와의 특별한 관계를 설정하고 있다. 아이 토욘은 샤먼을 창조하면서 천상에 있는 자기 삶터에다 가지가 여덟인 자작나무를 한 그루 심고는 창조자의 자식들이 깃들일 둥지도 바로 이 나뭇가지 위에 두었다. 아이 토욘은 이 자작나무를 심는 때와 같이해서 땅 위에도 세 그루 나무를 더 심었다. 샤먼에게는 자기 삶을 의지하는 나무가 있는데, 샤먼은 바로 이 나무들에 대한 기억을 통해서 그런 나무를 상정하는 것이다. 이러한 사실은 입문의례적인 꿈을 통해서 샤먼은 꼭대기에 세계의 주가 있는 우주수로 갔다는 것을 상기하게 한다. 절대자는 독수리의 형상으로 날기도 하고 샤먼의 영혼인 우주수의 가지에 깃들인 것으로 나타나기도 한다(M. Eliade, 『샤머니즘』, 83쪽).

며 샤먼은 나무를 통해서 엑스터시를 경험하게 된다. 자연물과 동일시되는 것은 샤머니즘 세계에서 존재하는 모든 것이 하나가 되는 것을 의미한다. 다시 말하면, 유희적인 어린아이도 샤머니즘 세계처럼 자연 세계, 사회활동과 친밀하고 조화로운 관계 속에서 자연물들은 타자가 아닌 자아와 동화되는 존재가 된다.

> 바닷게 왔드니
> 바다와 같이 당신이 생각만 나는구려
> 바다와 같이 당신을 사랑하고만 싶구려
>
> 구붓하고 모래톱을 오르면
> 당신이 앞선 것만 같구려
> 당신이 뒤선 것만 같구려
>
> 그리고 지중지중 물가를 거닐면
> 당신이 이야기를 하는 것만 같구려
> 당신이 이야기를 끊는 것만 같구려
>
>
> 바닷가는
> 개지꽃이 개지 아니 나오고

나무에 대한 환상은 시베리아 샤머니즘의 기본적인 특성이다. 그 이미지는 남쪽의 위대한 전통에서 나왔을 가능성이 있다. 그러나 그것은 샤먼의 경험 체계와도 잘 맞는다. 보탄의 나무 이그드라실처럼 그 나무는 천정까지 도달하는 세계축이다. 샤먼은 이 나무에서 자랐다. 그리고 그 나무로 만든 북에서 나는 소리를 통하여 그는 엑스터시 상태에서 다시 그 나무로 돌아간다. 엘리아데가 지적한 것처럼 샤먼의 힘은 자유자재로 망아 상태에 빠질 수 있는 자신의 능력에 달려 있다(J. Campbell, 『원시신화』, 292쪽).

고기비눌에 하이얀 햇볕만 쇠리쇠리하야
어쩐지 쓸쓸만 하구려 섧기만 하구려

「바다」[150]

거리는 장날이다
장날 거리에 영감들이 지나간다
영감들은
말상을 하였다 범상을 하였다 쪽재비상을 하였다
개발코를 하였다 안장코를 하였다 질병코를 하였다
그 코에 모두 학실을 썼다.
돌테 돋보기다 대모테 돋보기다 로이도 돋보기다
영감들은 유리창 같은 눈을 번득거리며
투박한 북관(北關) 말을 떠들어대며
쇠리쇠리한 저녁해 속에
사나운 짐생같이들 사러졌다.

「석양」[151]

그 다음 그의 작품에 등장하는 시어 '쇠리쇠리하다'에 주목할 필요가
있다. 「바다」에서 "고기비눌에 하이얀 햇볕만 쇠리쇠리하야 어쩐지 쓸쓸"
하다는 표현을 보면 이 '쇠리쇠리하다'는 것은 청정한 빛이지만 화자에게
쓸쓸하고 슬픈 정조를 강조하는 빛이 되기도 한다. 「석양」에서도 '쇠리하
다'는 시어가 나온다. 「석양」에서는 노을진 풍경 속에 어느 장터의 노인
들의 모습을 보여주고 있는 시이다. "쇠리쇠리한 저녁해"라는 표현은 아

150 『백석 전집』, 75쪽.

151 위의 책, 83쪽.

주 강하게 노을지는 상태를 의미하며, 이런 상태에서 "짐생같"은 노인들의 모습은 더욱 뚜렷하다. 결국, 「석양」에 나타난 강렬한 노을빛은 그 주변의 상황을 강조하게 만들게 된다. 그러나 좀 더 확장해서 생각해보면 이 '쇠리쇠리하다'는 것은 강렬한 빛을 나타내기보다는 신비한 빛을 표현한 것으로 샤머니즘의 정신세계와 연결시킬 수 있다.[152]

"샤먼이 이런 신비스런 빛을 체험하는 순간, 샤먼 자신이 들어앉아 있는 집이 갑자기 하늘로 떠오르는 듯한 느낌을 맛보고, 이때부터 그는 앞을 가로막고 있는 산을 투시하여 마치 너른 들판을 보는 것처럼 먼 앞길을 바라볼 수 있게 되며, 그의 시선은 땅 끝까지도 미치고, 그의 눈에 보이지 않는 것은 아무것도 없으며, 그는 멀리, 아주 멀리 떨어진 것도 볼 수 있을 뿐만 아니라 아주 먼 나라, 이상한 나라에 있든지 사자의 나라에 올라가 있거나 내려가 있든지 간에 이 땅을 떠난 영혼을 모조리 찾아낼 수도 있다."[153] 결국 샤머니즘의 특징인 빛을 통해서 천계 상승의 체험, 심지어는 비상의 체험을 엿볼 수 있다.[154] 그러므로 '쇠리쇠리하다'는 의미는 「정주성」의 "파란 혼"과 같은 의미로 해석되며 샤머니즘의 빛과 연결지어

---

152 소래섭은 '쇠리쇠리하다'라는 말 속에 신비스러움이 담겨 있다고 하며 이런 점은 백석 시에 나타난 음식을 더욱더 신비스럽게 한다고 평가한다(소래섭, 앞의 논문, 59쪽). 필자는 여기서 더 나아가 '쇠리쇠리하다'는 시어 속에서 샤머니즘과 연결시켜 생각해보았다.

153 M. Eliade, 『샤머니즘』, 75쪽.

154 위의 책, 같은 쪽. 샤먼의 신비스러운 빛은 다양한 고급 신비주의와 아주 가깝게 닿아 있다. 「우파니샤드」는 "내부의 빛"을 아트만의 정수로 정의한다. 요가술에서 특히 불교의 여러 유파에서 색깔이 다른 여러 가지 빛은 특정 명상에서 성공을 의미한다. 이와 유사하게 티베트의 「사자의 서(書)」도 죽어가는 사람의 영이 죽음의 고통을 당할 때나 죽은 직후에 경험하는 듯한 빛에 대단히 중요한 의미를 부여한다. 인간의 사후 운명은 청정한 빛을 선택하는 부동심에 달려 있다. 즉, 이 모든 경우는 샤머니즘의 신비한 빛을 사려 깊게 이해할 수 있는 방향으로 우리를 이끌어준다(위의 책, 76쪽).

생각해볼 수 있다.

산턱 원주막은 비었나 불빛이 외롭다
헌겊심지에 아즈까리 기름의 쪼는 소리가 들리는 듯 하다

잠자리 조을든 무너진 城(성)터
반딧불이 난다 **파란 魂(혼)들** 같다.
어데서 말 있는 듯이 **크다란 山(산)새 한 마리** 어두운
골짜기로 난다.

헐리다 남은 성문(城門)이
하늘빛같이 훤하다
날이 밝으면 또 **메기수염의 늙은이**가 청배를 팔러 올 것이다.

「정주성(定州城)」[155]

「정주성」은 무너진 옛 성을 묘사한 시이다. 성 주위를 나는 반딧불이를 "파란 혼"이라며 무너진 성터의 모습을 비참함을 더욱 강조한다. 하지만 무너진 성 주위의 "파란 혼"과 함께 "하늘빛같이 훤하게", 샤먼인 "메기수염의 늙은이가" 등장한다. 밝은 빛의 "파란 혼"은 샤머니즘 세계에서의 신비스런 빛으로 "메기수염의 늙은이"가 이 빛을 체험한 순간 "크다란 산새 한 마리"처럼 천계 상승의 체험을 하게 된다. 결국, "메기수염의 늙은이"는 밝은 빛인 신비한 빛을 통해 천계 상승을 경험하게 되고 세계의 경계와 개인적 존재의 조건을 뛰어넘으려는 의지, 초월적인 전망을 획득하려는 욕망을 보여준다. 다시 말하면, '쇠리쇠리하다'는 것은 천계 상승을

---

155 『백석 전집』, 47쪽.

하도록 도와주는 샤머니즘 세계의 신비한 빛이고 이 빛은 여러 가지의 경계 초월을 보여주고 있다. 이런 부분은 자아와 세계가 하나가 되려는 아이적인 사고방식이고 샤머니즘 정신과 관련이 깊다.

김태곤은 한국 샤머니즘의 정신을 이야기하면서 인간이 오래전부터 가지고 있는 무속 사고의 원본과 연결시켜 설명했다. 특히 그는 무속적 원본 사고를 카오스와 코스모스의 순환 체계와 관련시켜 설명한다.[156] 여기서 카오스는 하늘과 땅이라는 우주의 공간과 시간이 생겨나기 이전 그대로 무공간 무시간이어서 삶과 죽음이 없는 영원한 상태를 말하며, 코스모스는 시공간의 제약이 있고 이런 공간에 안에 있는 인간과 만물은 영구히 지속되지 못하는 순간 존재가 되며, 모든 존재는 영구 지속을 위해 시공간의 제약에서 벗어나 그 존재 근원인 '카오스'의 영원으로부터 존재를 보는 사고가 무속사고의 원본이 된다.[157] 정리해서 말하면, 모든 존재가 카오스로 회귀하는 형태를 무속적 사고의 원본으로 보며, 결국 카오스란 태초가 시작되기 그 이전인 무공간, 무시간의 영속계와 세속의 공간과 시간을 초월한 영속 존재의 세계인 동시에 '코스모스'의 근원이 된다.[158] 카오스는 이 세상에서 살아온 현실의 모든 질서와 가치 체계의 일체를 거부하는 현상으로, 현실의 거부는 비현실의 다른 세계를 의미한다.[159] 게다가 카오스는 어떤 의미에서 세계의 아래 부분에 있는 영역으로, 인간이 거주하고 있는 영역을 둘러싸고 있는 황량한 미지의 영역과 같다고도 볼 수

---

156 김태곤, 『한국무속연구』, 집문당, 1981, 157~158쪽.

157 위의 책, 같은 쪽.

158 김태곤, 『무속과 영의 세계』, 한울, 1993, 26쪽.

159 위의 책, 25쪽.

있다.[160] 즉, 카오스란 우주적인 세계를 관통할 수 있는 샤머니즘의 정신과 맥을 같이한다. '아이'란 유동적이고 미숙한 카오스 상태에 있으며, 시간과 공간을 뛰어넘은 동화적인 세계를 꿈꾼다. '아이'의 순수한 정신은 사물들과의 조화로운 연관성을 유지하며 모두들 하나가 되는 세계를 꿈꾼다. 샤머니즘 정신과 '아이'는 서로 같은 맥락을 지닌다. 결국, 샤머니즘 정신 속에서 나온 '쇠리쇠리한' 빛은 샤먼의 주술을 통해서 신비스러운 것과 맥을 같이하면서 자아와 세계의 경계를 허물고 우주와의 관련을 맺게 된다.

---

160 M. Eliade, 『성과 속』, 70쪽.

제5장

삼라만상을 아우르는
'아이'의 미의식

1930년대 시 작품에는 아이들이 많이 나타나고 있으며, 당대 최고의 시인 정지용, 이상뿐만 아니라 백석의 작품에서 이 아이들은 예외 없이 등장하고 있었다. 최근에는 1930년대 문학을 '아이'의 소재로 살펴보려는 논의가 있었다. 이런 논의들은 크게 근대적인 관점과 근대 초극의 관점에서 '아이'를 소재로 1930년대 문학을 바라보았다. 그러나 이런 관점에서 바라보려는 논의는 새로운 시도이나 그들의 작품에 나타난 아이에 과도하게 의미를 부여해서 피상적인 인식을 불러일으켰다. 특히, 이원적인 틀에서 아이를 다루는 경우에는 아이의 문제에 대해 보편적인 해석만 하게 될 가능성이 많다. 한국 문학사에서 1930년대는 특히 다양한 문학들이 존재한 시기였다. 한문소설, 한시, 고전소설, 가사, 시조, 판소리, 신소설, 민요, 잡가, 근대소설, 근대시 등의 갖가지 문학 양식들이 혼재되어 존재한 시기가 바로 1930년대이다. 다양한 문학들이 존재했던 1930년대는 사조적 접근법에 따라 리얼리즘과 모더니즘으로 이원화되어 1930년대를 바라보았다. 결국 1930년대 문학을 아이를 소재로 근대적인 관점과 근대 초극의 관점으로 바라보는 것도 이원화된 사조법 접근에 따라 이루어진 것에 불과하다. 그 결과 다양한 해석에 한계를 낳았다.

이 책에서 다루었던 '아이'의 의미는 근대적인 관점과 근대 초극의 관점, 이원적인 틀을 전부 아우를 수 있는 개념으로, '아이'라는 이미지, 혹은 '아이'라는 상징을 통해 드러나는 미의식이다. 이런 미의식은 '아이'의 통합적 감각으로, 원시주의의 정신세계로, 샤머니즘의 확대로까지 확장되어 나타날 수 있었다.

1930년대는 자본주의 경제가 도시에 집중적으로 나타났고, 그로 인해 도시의 생활 구조가 바뀌고 인간의 의식도 달라졌다. 하지만 이런 점은 시인들에게는 불안과 혼란만 남게 만들었다. 결국 시인들이 불안하고 혼란스런 도시가 주는 충격을 헤쳐나가는 방식으로 '아이'를 소재로 시를 창작한 것이다. 즉, 1930년대의 도시의 혼란은 시인들에게 이성의 마비, 가치관의 상실을 만들어내었고, 결국 시인들이 불안한 상황을 극복하기 위해 만들어낸 것이 '아이'라는 의미였다.

1910년대부터 근대화가 진행되면서 신문과 잡지에 근대적인 주체로 아이가 등장하였다. 하지만 시인들은 새로운 공간, 새로운 제도의 출현 속에서 오히려 근대적인 아동관과는 다른 새로운 아동관이 나타나기를 원했다. 그러므로 시인들은 아이'에 대한 새로운 인식을 키워나갔으며, 그들에게 '아이'란 근대적인 의미인 '아이'를 넘어 순진무구한 아이, 천사 같은 아이로 인식이 바뀌었다. 결국, 그들에게 '아이'라는 것은 통합적 감각으로, 정신세계로, 샤머니즘 세계까지 확장되면서 자아와 세계의 이분법적인 개념을 허물어버렸다.

아이를 소재로 다룬 작품은 동화적 상상력을 지니고 있다. 동심이란 성인의 시선 속에서 아이의 마음으로 세계를 바라보는 것이다. 특히 동심을 바슐라르가 말한 유년 시절의 몽상과 연결시켜보았을 때 그것은 비상의 몽상이고 아이의 순수성과 맥을 같이한다. 특히 동화적 상상력 안에는 원시주의적 감성이 존재한다. 원시주적 감성이란 느낌의 내면 세계와 존재의 외부 질서 사이에 확고한 구분이 없는 것을 말한다. 이것은 객관적 인식과 주관적 느낌의 구분이 없는 상태인 총체성을 의미한다. 어린아이는 성인과 달리 완전성이라는 감각을 지닌다. 어린아이에게는 자아와 세계를 구별하지 않는 감각이 존재한다. 이런 점을 통합적 감각이라 부른다. 이런 통합적 감각은 자아와 세계를 초월하게 되고, 바슐라르의 역동적 상상력과도 동일한 과정을 지닌다. 역동적 상상력을 일으키는 물질 중에서 공기는 비상의 벡터를 가지고 있다. 이런 점은 무한한 공간으로 자유로이 확산되며 열린 정신을 내포한다. 이런 열린 상상력은 아이의 무한한 세계와 상통한다.

또한 어린아이의 순수성은 원시주의적인 면을 가지고 있다. 원시주의라는 것은 루소가 정의하는 것처럼 자연적인 상태를 떠난 내면의 정신세계를 의미한다. 루소가 말한 원시주의적인 상태는 깊이 생각하지 않는 존재, 선악의 개념에서 벗어나 있는 존재, 평화스럽고 건강하고 튼튼한 존재를 말한다. 정리하자면, 원시주의는 자연 세계가 아닌 내면의 정신세계를 의미하고, 이와 같은 정신세계란, 인간이 자연에 잘 적응하며 건강하고 튼튼하고 평화롭고 어떤 갈등도 일어나지 않는 상태가 형성된 것을 의미한다. 이런 점을 원시주의라 의미하며 천진난만한 아이와 같은 삶과 동일하다. 어린아이의 원시주의적 상태는 코라의 정신세계와도 동일한 과정이다. 코라는 주체와 개체가 공존하는 애매한 공간으로 서로 분리할 수 없는 경계를 가지고 있다. 즉, 어린아이와 같은 순수함에 오는 공백과 같은 사고는 무정형 상태인 코라의 속성과 상통한다.

또한 아이의 순수성은 샤먼의 접신을 통해 인간과 동물이 분리되지 않았던 샤머니즘 세계와도 서로 상통한다. 샤머니즘 세계는 인간과 영혼의 세계를 매개하는 샤먼을 통해 존재하는 모든 사물과 인간을 하나로 통합하여 세계를 유지한다. 이런 샤머니즘적 세계는 자연과 인간이 공존하는 세계, 하나의 세계를 이룬다. 또한 샤머니즘 세계에서는 모든 사물에 혼이 담겨 있는 것으로 파악한다. 이런 점을 물활론적인 특성을 지닌다고 한다. 물론 아이의 세계도 물활론적인 특성을 지니고 있다. 모든 사물을 생명을 가진 것으로 파악하거나 사물에 인격을 부여하는 것이 바로 그러한 특성과 유사하다. 정리하자면, 샤머니즘 세계는 자연과 교감하며 자연과 하나가 되는 무한한 세계이다. 어린아이도 무한한 상상력의 세계와 자유롭고 평화로운 세계를 지녔다. 무한한 상상력을 지닌 아이는 사물들에 혼을 넣고 사물과 하나가 된다. 이런 면에서 어린아이의 세계는 샤머니즘 세계와 유사하다.

　2장에서는 정지용의 동시에 나타난 동심의 세계를 살펴보았다. 그의 동시에는 반복적인 리듬과 아이들의 순수하고 천진난만한 모습을 담았기에 시인의 새로운 사유를 탄생시킬 수 있었다.

　그의 동시에는 불안감이 많이 나타나는데, 이때 불안감은 새로운 감각적 사유를 제공하였다. 특히, 「말 1」에 나타난 다락이 주는 이미지는 어둡고 불안한 상태를 의미하지만, "밤이면"이라는 '아이'의 반복적인 세계관을 만나서, 시인은 사물을 자세히 관찰하도록 하는 힘을 길렀다. 결국, 다락은 시인으로 하여금 더욱더 깊은 감각성을 취하면서 사물에 대한 통찰력을 얻게 하였다. 특히, 동시에서 느끼는 감각은 한 감각이 여러 감각으로 통합되며 종합적인 성격을 지닌다. 이런 점은 아이들이 느끼는 통합적 감각과 유사하다. 즉, '아이'의 통합적인 감각은 한 감각에서 출발하여 모든 감각이 서로 하나를 이룬다. 이런 점은 그의 동시에서 색깔을 통해서 더욱더 드러나는데, 색깔은 어떤 정조로, 그다음은 인식의 확장으로까지 이어지게 새롭게 변화된 의미를 창출하며, 정지용의 감각을 더 풍요롭게 만든다. 결국 아이들이 느끼는 감각은 기존 질서에 구속받지 않고 순수하게 다 받아들이는 감각으로 이런 점은 자아와 세계의 모든 경계를 허물어뜨렸다. 여기서 좀 더 확장해서 생각해보면, '아이'의 통합적 감각은 바슐라르의 역동적 상상력과도 상통한다. 역동적 상상력을 일으키는 물질 중에서 공기는 기본적으로 자유로운 속성을 지녔고, 이런 점은 열린 상상력을 지향하며, 사물에 대해 포괄적으로 수용하는 아이적인 속성과 밀접하다. 게다가 공기 중에서 바람이 가지는 여러 가지 심리 현상은 아이스런 천진난만한 성격과 유사하였다. 특히, 「바람 2」에 나타난 총체화된 바람의 감각은 기존의 이미지를 넘어서 경계를 초월하는 '아이'의 속성과 상통하였다. 즉, 위의 시에 나타난 바람은 감각의 모든 경계를 침범하였고 이런 점은 아이적인 사고이다. 또한 이런 관점에서 그의 동시에 나타난 종달새를 바라보면 일반적인 새의 의미와 달랐다. 순수함과 환희의 상징인 종달새의 영향을 받아 시적 화자는 '나 혼자 노는 행위'(「종달새」)를 한다. 이런 점은 쓸쓸함을 의미하는 것이 아니라 순수한 행위의 징표이자, '나'와 세계의 경계를 초월하는 것을 의미한다. 게다가 자아와 세계의 경계 초월은 「띄」「해바라기 씨」「향수」에서도 각각 "띄", "해바라기 씨", "화살"을 통해서 무한한 상상력을 지니며 모든 경계를 허물어버렸다.

3장에서는 이상 문학에 나타난 '아이'의 표상과 아이와 같은 속성을 지닌 부분을 살펴보았다. 「詩第一號」에 질주하는 아이들이 나온다. 하지만 왜 그들이 질주하는지 알 수 없고 다만 그들이 불안을 해소하기 위한 임

시방편으로 질주하는 것이리라 짐작할 뿐이다. 특히 「날개」는 불안한 어린아이의 의식을 다룬 소설이다. 주인공 '나'는 점점 의식의 백지로 되어가며, 아이 같은 사고를 하게 된다. 그 이유는 첫 번째로 그가 있는 공간이 미로적인 선술집이기 때문이고, 다른 하나는 아내의 매춘 행각 때문이다. 이런 백지 같은 심연은 루소가 이야기한 원시주의적인 면과도 상통하며, 더 나아가 크리스테바가 말한 코라적인 속성과도 밀접하였다. 코라 상태는 무정형적이고 언어 분화 이전, 자아 분화의 이전의 단계를 말한다. 특히, 주인공 '나'는 코라적인 상태에 있고, 이런 상태에서 고통도 해학적으로 처리하게 된다. 이런 점은 「詩第十三號」나 「骨片에 관한 無題」에서 신체를 가지고 희화화되며, 이원화된 현실을 풍자하면서 냉소적으로 바라보게 된다.

게다가 코라 상태는 끊임없이 여러 충동들이 혼재되어 나타나고, 이런 점은 코라 상태를 유지하는 원리이기도 하였다. 이상 시에서 기존 문법 구조를 파괴하거나 현실에 냉소적인 행동을 하는 경우는 코라 상태의 여러 충동들을 의미한다. 비논리적인 내용과 탈문법적인 추구는 아이들의 언어 체계이다. 이런 점은 이상 시에서 나타나는 기존 문법 구조의 파괴와 상통한다. 또한 「童孩」에서 주인공이 칼 대신 '나쓰미깡'을 꺼낸 경우는 이원적인 세계관을 지닌 현실을 냉소하는 모습이다. 이런 점도 코라 상태의 충동을 의미하는 것이기도 하다. 특히, 나쓰미깡의 감각은 이원화된 현실을 냉소하면서 그것들을 초월하고자 하였다. 결국 이런 초월은 "사람은 光線보다빠르"(「선에 관한 각서 5」)다는 표현 속에서 무한시간성을 내포하며, 아이를 나비로 변주시키며 절정에 다다른다. 이때 나비는 '찢어진 벽지'를 뚫고 삶과 죽음을 이어주며 모든 경계를 허물어뜨렸다.

4장에서는 백석 시에 나타난 '아이'의 이미지를 중심으로 샤머니즘적 세계관을 살펴보았다. 기존의 논의에서 백석 시에 나타난 '아이'는 주로 유년 화자로만 존재했었다. 필자는 여기서 더 나아가 백석 시에 나타난 '아이'의 이미지와 아이와 같은 속성을 중심으로 백석의 문학을 다양하게 살펴보고자 했다. 특히, 백석 시에 나타난 아이들은 신비스러운 마을과 밀접하게 연관되면서 탄생하게 되었다. 게다가 마을은 동화적이고 신비스럽지만, 이런 신비스러운 마을에서 확장되어 샤머니즘 세계의 특징을 지니는 면이 있었다. 이런 샤머니즘의 속성을 간직한 마을에선 아이들은 놀이를 통하여 심화된 의미를 보여주었는데, 그들의 놀이는 일상적인 삶을 뛰어넘어 성스러움과 연결되면서 자아와 세계를 일치시키는 역할을 하였다. 게다가 "아이들이 물총새가 되었다."(「하답」)는 표현에서 아이와 새의 동등한 입장은 인간과 자연의 구분이 없는 샤머니즘 세계 그 자체이다. 아이들의 사고는 무한하다. 그들의 세계에서는 현실적 가치와 경험들은 중요하지 않다. 이런 점은 자연과 인간이 하나가 되는 샤머니즘 세계와 유사하다. 샤먼의 접신은 자연과 인간을 동일시하는 현상인데, 이런 점은 '아이'가 사물과 친구로 삼거나 그들과 이야기하면서 하나가 되는 현상과 밀접하다. 「연자간」에서는 다양한 사물들이 모여 하나가 되며, 무언가를 둘러싸고 있다. 둘러싸는 것은 원을 의미하는 것이고, 이 때의 원은 모든 것을 통합하면서 자연과 인간, 자아와 세계의 경계를 초월한다. 아이들의 세계 자체도 자연의 일부이며, 사물에 대해 느끼는 정도는 유동적이며 다양하다. 그러므로 아이들의 세계 그 자체도 초월적이다. 게다가 이런 초월성은 카오스적인 속성과도 밀접하다. "나의 옛 한울로 땅으로──나의 태반(胎盤)으로"(「북방에서」)란 표현에서 "태반"이란 아직 아무것에 의해서도 더럽혀지지 않는 상태, 절대적인 시초로 되돌아가는 것을 의미하는데, 절대적인 시초란 카오스적인 상태를 의미한다. 카오스적이라는 것은 무시간, 무공간적인 것으로 모든 경계를 초월하는 상태이다. 이런 카오스적인 영역은 샤머니즘의 정신과도 같다. 이런 점은 시공간을 뛰어넘으며 비현실의 다른 세계를 지향하는 아이의 순수한 정신이기도 하다.

참고문헌

1. 기본 자료

김재용 편, 『백석 전집』, 실천문화사, 1997.

고형진 편, 『정본 백석 시집』, 문학동네, 2007.

김윤식 편, 『이상 문학전집』, 문학사상사, 2001.

김종현, 『이상 전집』, 가람, 2004.

김주현 주해, 『이상 문학전집』, 소명출판, 2005.

『정지용 전집』, 민음사, 1988.

『김기림 전집』, 심설당, 1988.

『김우창 전집』, 민음사. 2006.

『개벽』『소년』『동명』『동아일보』『신여성』『어린이』『조광』『풍림』『천도교회월보』

2. 논문 및 평론

권창규, 「정지용 시의 새로움: 미의 개념을 중심으로」, 연세대학교 석사학위 논문, 2003

국효문, 「신석정 시 연구」, 성신여자대학교 박사학위 논문, 1994.

고 원, 「「날개」 삼부작의 상징체계」, 『문학사상』, 1997. 10.

고형진, 「백석 시 연구」, 고려대학교 석사학위 논문, 1983.

_____, 「백석 시와 판소리 미학」, 『현대문학이론연구』, 2004.

김명인, 「백석시고」, 『우보전병두박사회갑기념논문집』, 1983.

김미란, 「정지용 동시론」, 『청람어문교육』, 2004.

김미영, 「이상의 「오감도: 시제1호」와 「건축무한육면각체:且8氏의출발」의 새로운 해석」, 『한국현대문학연구』, 2010.

김성용, 「정지용 동시 연구」, 부산대학교 석사학위 논문, 2003. 4.

김승구, 「백석 시의 낭만성 연구」, 서울대학교 석사학위 논문, 1997.

김유중, 「1930년대 후반기 모더니즘 문학의 세계관 연구—김기림과 이상을 중심으로」, 서울대학교 박사학위 논문, 1995.

_____, 「김기림의 역사관, 문학관과 일본 근대 사상의 관련성」, 『한국현대문학연구』 26, 2008.

김윤식, 「이상 문학의 세 가지 글쓰기 층위」, 『한국학보』 90, 1998.

_____, 「허무의 늪 건너기—백석론」, 『민족과 문화』, 1990, 봄호.

김용희, 「정지용 시에 나타난 신경쇠약증과 언어적 심미성에 관한 고찰」, 『한국문학논총』, 2007.

_____, 「몸말의 민족 시학과 민족 젠더화의 문제」, 『여성문학연구』, 2004.

김은정, 「백석 시 연구」, 『한국언어문학』, 2001.

김응교, 「백석 시 「가즈랑집」에서 평안도와 샤머니즘」, 『현대문학의연구』, 2005.

김정수, 「이상과 백석 문학에 나타난 아동미학 연구」, 울산대학교 박사학위 논문, 2010.

김정의, 「『개벽』지상의 소년운동론 논의」, 『실학사상연구』, 2006.

김주현, 「이상 소설의 글쓰기 양상 연구」, 서울대학교 박사학위 논문, 1998.

김종태, 「정지용 시의 죽음의식 연구」, 『우리어문연구』, 2002.

_____, 「윤동주 시에 나타난 죽음의식 연구」, 『한국문예비평연구』, 2006.

김종현, 「한국근대 아동문학 형성기 동심의 구성방식」, 『현대문학이론연구』 33, 2008. 4.

김재홍, 「민족적 삶의 원형성과 운명애의 진실미—백석」, 『한국문학』, 1989. 3.

김태진, 「신석정 시연구」, 『홍익어문』 8집, 1969. 1.

김화선, 「한국 근대 아동 문학의 형성과정」, 충남대학교 박사학위 논문, 2002.

김학선, 「정지용 동시의 아동문학사적 의미」, 『아동문학평설』 61, 1999.

김혜경, 「이상 시에 나타난 아이러니와 부정적 아니마 양상」, 『한남어문학』 30, 2006.

김현숙, 「근대 매체를 통해 본 '가정'과 '아동'의 인식의 변화와 내면 형성」, 『상허학보』, 2006.

김현자, 「엘리아데 연구」, 서울대학교 석사학위 논문, 1988.

남기택, 「백석 시의 어린이기 연구」, 『한국언어문학』 54호, 2005.

남기혁, 「정지용 초기시에 나타난 보는 주체와 시선의 문제」, 『한국현대문학연구』, 2008.

류경동, 「1930년대 한국현대시의 감각 지향성 연구」, 고려대학교 박사학위 논문, 2004.

맹문재, 「김기림의 문학에 나타난 여성의식 고찰」, 『여성문학연구』 11, 2001.

문혜원, 「정지용 시에 나타난 모더니즘 특질에 관한 연구」, 『모더니즘 연구』, 1993.

박기태, 「이상 시 연구—그 미적 상징을 중심으로」, 『한국어문학연구』 9, 1998.

박몽구, 「백석 시의 토속성과 모더니티의 고리」, 『동아시아문화연구』, 2005.

박숙자, 「근대 문학에 나타난 개인의 형성 과정 연구」, 서강대학교 박사학위 논문, 2004.

박승희, 「백석 시에 나타난 축제의 재현과 그 의미」, 『한국사상과 문화』, 2007.

박현수, 「이상 시의 수사학적 연구」, 서울대학교 박사학위 논문, 2002.

백혜리, 「조선시대 성리학, 실학, 동학의 아동관 연구」, 이화여자대학교 박사학위 논문, 1997.

소래섭, 「백석 시에 나타난 음식의 의미 연구」, 서울대학교 박사학위 논문, 2008.

_____, 「김기림의 시론에 나타난 '명랑'의 의미」, 『어문론총』 51, 2009.

_____, 「『소년』지에 나타난 소년의 의미와 아동의 발견」, 『한국학보』, 2002.

손 승, 「'소학'에 나타난 동몽기 예절교육에 관한 연구」, 『대한가정학회지』, 2002.

손유경, 「한국 근대 소설에 나타난 동정의 윤리와 미학에 관한 연구」, 서울대학교 박사학위 논문, 2006.

신범순, 「이상의 개벽사상」, 『한국시학회 제24차 전국학술발표대회 발표문』, 2009.

_____, 「현대시에서 전통적 정신의 존재 형식과 그 의미—김소월과 백석을 중심으로」, 『국어교육』 96, 1998.

_____, 「정지용 시에서 병적인 헤매임과 그 극복의 문제」, 『한국현대시의 퇴폐와 작은 주체』, 신구문화사, 1998.

_____, 「정지용의 시와 기행산문에 대한 연구」, 『한국현대문학연구』, 2001.

_____, 「백석의 공동체적 신화와 유랑의 의미」, 『한국현대시사의 매듭과 혼』, 민지사, 1992.

_____, 「축제와 여성주의」, 『한국시사연구자료집』, 2006.

심명숙, 「한국근대아동문학론연구」, 인하대학교 석사학위 논문, 2002.

오세영, 「한국 현대시의 두 세계—이상과 김소월의 이미지 비교」, 『한국언어문학』, 1975. 11.

_____, 「떠돌이와 고향의 의미」, 『한국현대시인연구』, 월인, 2003.

_____, 「모더니스트, 비극적 상황의 주인공」, 『문학사상』, 1975. 1.

오택근, 「신석정 시 연구」, 한양대학교 박사학위 논문, 1989.

유성호, 「정지용의 이른바 종교시편의 의미」, 『정지용 문학세계 연구』, 깊은샘, 2001.

윤삼현, 「윤동주 시에 나타난 동심적 세계관」, 『현대문학이론연구』, 2006.

이근화, 「김기림 시의 표상성」, 『한국문학이론과 비평』 제38집, 2008.

이기훈, 「1920년대 '어린이'의 형성과 동화」, 『역사문제연구』, 2002.

이미순, 「김기림의 시론과 풍자」, 『한국현대문학연구』 21, 2007.

_____, 「김기림의 『태양의 풍속』에 나타난 우울의 양상」, 『한국시학연구』, 2008.

이수정, 「정지용 시에서 '시계'의 의미와 '감각'」, 『한국현대문학연구』, 2002.

이숭원, 「백록담에 담긴 지용시의 미학」, 『어문연구』, 1983. 1.

이원수, 「아동문학의 결산」, 『월간문학』 창간호, 1968. 11.

이영자, 「'오감도'의 구조와 상징에 관한 연구」, 명지대학교 박사학위 논문, 1986.

이지태, 「오닐 극에 나타난 가치 창조의 양상: 니체의 『차라투스트라는 이렇게 말했다』를 중심으로」, 명지대학교 박사학위 논문, 2009.

이재철, 「한국 현대 아동문학사 연구」, 단국대학교 박사학위 논문, 1977.

이정화, 「신석정의 초기 시에 나타난 자연관 고찰」, 『경기어문학』, 1980. 1.

이정호, 「'오감도'에 나타난 기호의 이상한 질주」, 『문학사상』, 1997. 10.

이혜원, 「백석 시의 동심지향성과 그 의미」, 『한국문학연구』, 2002. 3.

_____, 「백석 시의 신화적 의미」, 『어문논집』, 1996.

임수만, 「윤동주 시의 실존 양상」, 『한국현대문학연구』, 2008.

임재서, 「백석 시의 감각 표현에 나타난 정신사적 의미 고찰」, 『국어교육』 108호, 2002. 6.

임현순, 「윤동주 시의 자연과 주체의 자기 인식 양상 연구」, 『한국시학연구』, 2006.

전봉관, 「백석 시의 모더니티」, 『한중인문학연구』 16집, 2005.

정낙림, 「차라투스트라의 세 가지 변화에 대한 몇 가지 해석—진화론적, 역사철학적, 변증법적 해석의 문제점」, 『철학연구』, 2008.

_____, 「놀이하는 아이와 비극적—디오니소스적 인간」, 『철학연구』, 2009.

_____, 「놀이, 정치 그리고 해석: 놀이에 대한 철학적 연구—니체의 놀이 개념을 중심으로」, 『니체연구』, 2008.

정종진, 「정지용의 시에 표현된 동심과 경(敬)사상에 대한 연구」, 『새국어교육』,

2009.

정효구, 「정지용 시의 이미지즘과 그 한계」, 『모더니즘 연구』, 자유세계, 1993.

정혜정, 「동학 · 천도교의 교육사상과 실천의 역사적 의의」, 동국대학교 박사학위 논문, 2000.

조규갑, 「이상 문학의 원시주의 연구」, 서울대학교 석사학위 논문, 2008.

조연정, 「1930년대 문학에 나타난 숭고의 의미 연구」, 서울대학교 박사학위 논문, 2008.

조영복, 「1930년대 문학에 나타난 근대성의 담론 연구―김기림, 이상을 중심으로」, 서울대학교 박사학위 논문, 1996.

_____, 「1930년대 기계주의적 세계관과 신문문예 시학―김기림을 중심으로」, 『한국시학연구』, 2007.

김주성, 「황순원 소설의 샤머니즘 수용양상 연구」, 경희대학교 박사학위 논문, 2009.

진순애, 「백석 시의 심미적 모더니티」, 『비교문학』 30, 2003.

_____, 「정지용 시의 내적 동인으로서의 동시」, 『한국시학연구』 7, 2002.

차원현, 「1930년대 모더니즘 소설에 나타난 미적 주체의 양상에 관한 연구」, 서울대학교 박사학위 논문, 2001.

최기숙, 「'신기한 소년'과 '아이들보이'의 문화 생태학」, 『상허학보』 16, 2006.

최동호, 「정지용의 산수시와 은일의 정신」, 『민족문화연구』 19, 1986. 1.

최미숙, 「한국 모더니즘 시의 글쓰기 방식에 관한 연구―이상과 김수영을 중심으로」, 서울대학교 박사학위 논문, 1997.

최승호, 「1930년대 후반기 시의 전통지향적 미의식 연구―문장파와 자연시를중심으로」, 서울대학교 박사학위 논문, 1993.

최정례, 「백석 시의 근대성 연구」, 고려대학교 박사학위 논문, 2004.

최학출, 「1930년대 한국 모더니즘시의 근대성과 주체의 욕망체계 연구―김기림, 이상, 백석 시를 중심으로」, 서강대학교 박사학위 논문, 1994.

한상규, 「1930년대 모더니즘 문학의 미적 자의식」, 『이상문학전집』 5, 문학사상사, 1995.

3. 단행본 — 국내서

고병권, 『니체, 천 개의 눈, 천 개의 길』, 소명출판, 2001.

고형진, 『백서 시 읽기의 즐거움』, 서정시학, 2006.

_____, 『백석 시 바로 읽기』, 현대문학, 2006.

권영민, 『이상 텍스트 연구』, 뿔, 2009.

_____, 『한국현대문학사』 1, 민음사, 1993.

권정우, 『정지용의 문학 세계 연구』, 깊은샘, 2001.

김상일, 『수운과 화이트헤드』, 지식산업사, 2001.

김상환, 『예술가를 위한 형이상학』, 민음사, 1999.

김승희, 『코라와 기호학과 한국시』, 서강대학교 출판부, 2008.

김신정, 『정지용 문학의 현대성』, 소명출판, 2000.

김열규, 『동북아시아 샤머니즘과 신화론』, 아카넷, 2003.

김우창, 『김우창 전집』 4, 민음사, 2006.

김윤식 · 김현, 『한국문학사』, 민음사, 1973.

김윤식, 『이상연구』, 문학사상사, 1987.

_____, 『이상소설연구』, 문학사상사, 1988.

_____, 『이상문학 텍스트 연구』, 서울대학교 출판부, 1998.

김인환, 『줄리아 크리스테바의 문학 탐색』, 이화여자대학교 출판부, 2003.

김정의, 『한국소년운동사』, 민족문화사, 1992.

김진송, 『서울에 딴스홀을 허하라』, 현실문화연구, 1999.

김용희, 『정지용 시의 미학성』, 소명출판, 2004.

김의숙, 『한국민족제의와 음양오행』, 집문당, 1993.

김정현, 『니체의 몸 철학』, 지성의 샘, 1995.

김태곤, 『무속과 영의 세계』, 한울, 1993.

_____, 『한국무속연구』, 집문당, 1981.

김학동, 『한국개화기시가연구』, 시문화사, 1981.

김형효, 『데리다와 해체철학』, 민음사, 1993.

김혜경, 『식민지하 근대가족의 형성과 젠더』, 창비, 2006.

류점숙, 『전통사회의 아동교육』, 민음사, 1996.

박용숙, 『한국의 시원사상』, 문예출판사, 1985.

＿＿＿, 『한국의 미학사상』, 일월서각, 1990.

＿＿＿, 『한국미술의 기원』, 예경, 1990.

박춘식, 『아동문학의 이론과 실제』, 학문사, 1987.

박현수, 『모더니즘과 포스트 모더니즘의 수사학』, 소명출판, 2003.

백승영, 『니체 디오니소스적 긍정의 철학』, 책세상, 2005.

백 철, 『신문학사조사』, 신구문화사, 1986.

송준석, 『동학의 교육사상』, 학지사, 2001.

신범순, 『이상의 무한정원 삼차각나비』, 현암사, 2007.

＿＿＿, 『바다의 치맛자락』, 문학동네, 2006.

＿＿＿, 『한국 현대시의 퇴폐와 작은 주체』, 신구문화사, 1998.

안경식, 『소파 방정환의 아동 교육운동과 사상』, 학지사, 1999.

양민종, 『샤먼이야기』, 정신세계사, 2003.

오성철, 『식민지초등교육의 형성』, 교육과학사, 2000.

오세영, 『한국 현대시 분석적 읽기』, 고려대학교 출판부, 1998.

＿＿＿, 『문학과 그 이해』, 국학자료원, 1999.

원종찬, 『아동문학과 비평정신』, 창작과비평사, 2001.

유안진, 『한국 전통사회의 유아교육』, 서울대학교 출판부, 1990.

이상현, 『아동문학강의』, 일지사, 1987.

이양하, 『李揚河 미수록 수필선』, 중앙일보, 1978.

이재철, 『한국문학입문』, 지식산업사, 1988.

＿＿＿, 『아동문학의 이론』, 형설출판사, 1984.

이필영, 『마을 신앙의 사회사』, 웅진출판사, 1994.

정선혜, 『한국 아동문학을 위한 탐색』, 청동거울, 2000.

정혜경,『한국음식의 오디세이』, 생각의나무, 2007.

조흥윤,『무와 민족문화』, 민족문화사, 1991.

_____,『한국의 무』, 정음사, 1984.

_____,『한민족의 기원과 샤머니즘』, 한국학술정보, 2003.

주은주,『시각의 현대성』, 한나래, 2003.

진은영,『니체, 영원회귀와 차이의 철학』, 그린비, 2007.

최길성,『한국 무속의 이해』, 예전사, 1994.

최진석,『노자의 목소리로 듣는 도덕경』, 소나무, 2001.

4. 단행본 — 국외서

노자, 오강남 역,『도덕경』, 현암사, 1996.

맬컴 보위, 이종인 역,『라깡』, 시공사, 1999.

벤자민 슈워츠, 나성 역,『중국고대사상의 세계』, 살림, 2004.

알베르트 수스만, 서영숙 역,『영혼을 깨우는 12감각』, 섬돌, 2007.

워앤커, 전인초·김선자 역,『중국신화전설』, 민음사, 1992.

이지, 김혜경 역,『분서』1, 한길사, 2004.

장자, 오강남 역,『장자』, 현암사, 1999.

제임스 베어드, 박성준 역,『정신분석과 문학비평』, 고려원, 1992.

장광직, 이철 역,『신화, 미술, 제사』, 동문선, 1990.

조르조 아감벤, 조효원 역,『유아기의 역사』, 새물결, 2010.

존 브리그드, 김광태 역,『혼돈의 과학』, 범양사, 1991.

커트 존슨, 스티브 코츠, 홍연미 역,『나보코프 블루스』, 해나무, 2007.

필립 아리에스, 문지영 역,『아동의 탄생』, 새물결, 2003.

호이징하, 김윤수 역,『호모루덴스』, 까치, 1981.

_____, 권영빈 역,『놀이하는 인간』, 기린원, 1989.

柄谷行人, 박유하 역,『일본 근대문학의 기원』, 민음사, 1997.

_____, 김재희 역, 『은유로서의 건축』, 한나래, 1998.

_____, 송태욱 역, 『탐구』 1, 새물결, 1998.

_____, 권기돈 역, 『탐구』 2, 새물결, 1998.

中澤新一, 김옥희 역, 『신화, 인류 최고의 철학』, 동아시아, 2003.

_____, 『사랑과 경제의 로고스』, 동아시아, 2004.

_____, 『대칭성의 인류학』, 동아시아, 2005.

廣松涉, 김항 역, 『근대초극론』, 민음사, 2003.

Aries, P., 문지영 역, 『아동의 탄생』, 새물결, 2003.

Bachelard, G., 김현 역, 『몽상의 시학』, 기린원, 1989.

_____, 정영란 역, 『공기의 꿈』, 민음사, 1993.

_____, 곽광수 역, 『공간의 시학』, 민음사, 1997.

_____, 정영란 역, 『대지 그리고 휴식의 몽상』, 문학동네, 2002.

Bell, M., 김성신 역, 『원시주의』, 서울대학교 출판부, 1985.

Benjamin, W., 반성완 역, 『발터 벤야민의 문예이론』, 민음사, 1983.

Campbell, J., 이진구 · 정영목 역, 『원시신화』, 까치, 2004.

Deleuze, G., 하태환 역, 『감각의 논리』, 민음사, 1995.

_____, 김재인 역, 『베르그송주의』, 문학과지성사, 1996.

_____, 이경신 역, 『니체와 철학』, 민음사, 2001.

_____, 김재인 역, 『천개의 고원』, 새물결, 2001.

Eisenman, S. F., 정연심 역, 『고갱의 스커트』, 시공사, 2004.

Eliade, M., 이은봉 역, 『종교형태론』, 한길사, 1996.

_____, 『성과 속』, 한길사, 1998.

_____, 이재실 역, 『이미지와 상징』, 까치, 1998.

_____, 이윤기 역, 『샤머니즘』, 까치, 2002.

_____, 심재중 역, 『영원회귀의 신화』, 이학사, 2003.

_____, 이재실 역, 『대장장이와 연금술사』, 문학동네, 1999.

Frazer, J. G., 김상일 역, 『황금의 가지』, 을유문화사, 1996.

Freud, S., 김명희 역, 『늑대인간』, 열린책들, 1996.

Freud, S., 김석희 역, 『문명 속의 불안』, 열린책들, 2003.

_____, 김정일 역, 『성욕에 관한 세 편의 에세이』, 열린책들, 2003.

_____, 윤희기 역, 『정신분석의 근본개념』, 열린책들, 2003.

Gilloch, G., 노명우 역, 『발터 벤야민과 메트로폴리스』, 효형, 2005.

Harootunian, H., 윤영실 · 서정은 역, 『역사의 요동』, 휴머니스트, 2006.

Jung, C. G., 이윤기 역, 『인간과 상징』, 열린책들, 2001.

_____, 『정신 요법의 기본 문제』, 솔, 2003.

Kristeva, J., 김인환 역, 『시적 언어의 혁명』, 동문선, 2000.

M., Noelle, 이부순 역, 『경계에 선 줄리아 크리스테바』, 앨피, 2007.

Bakhtin, M., 이덕형 · 최건형 역, 『프랑수아 라블레의 작품과 중세 및 르네상스의 민중문화』, 아카넷, 2001.

Nietzsche, F. W., 임수길 역, 『반시대적 고찰』, 청하, 1982.

_____, 『권력의 의지』, 청하, 1998.

_____, 정동호 역, 『차라투스트라는 이렇게 말했다』, 책세상, 2000.

_____, 김미기 역, 『인간적인 너무나 인간적인』 1, 책세상, 2001.

_____, 박찬국 역, 『아침놀』, 책세상, 2004.

_____, 김정현 역, 『선악의 저편, 도덕의 계보』, 책세상, 2005.

_____, 이진우 역, 『비극의 탄생, 반시대적 고찰』, 책세상, 2005.

_____, 박찬국 역, 『즐거운 학문』, 책세상, 2006.

_____, 백승영 역, 『바그너의 경우, 우상의 황혼』, 책세상, 2006.

Rousseau, J. J., 주경복 · 고봉만 역, 『인간 불평등의 기원』, 책세상, 2003.

Vitebsky, P., 김성례 · 홍석준 역, 『샤먼』, 창해, 2005.

Vroon, Piet, 이한철 역, 『냄새: 그 은밀한 유혹』, 까치, 2000.

Willer, Ken, 조효남 역, 『감각과 영혼의 만남』, 범양사, 2003.

_____, 박정수 역, 『의식의 스펙트럼』, 범양사, 2006.

찾아보기

1930년대 현대시의
아이와 유년기의 상상력